———— 阅读之前 没有真相

午 夜 文 库

有翼之暗

[日] 麻耶雄嵩 著
张舟 译

NEWSTAR PRESS
新 星 出 版 社

我们所谓的历史,不过是被公认的虚构故事罢了。

——伏尔泰

目录

第一部

3	第一章	发端
29	第二章	序幕
36	第三章	死神与少女
83	第四章	邂逅
111	第五章	安魂曲
157	第六章	勒克纳诺瓦书

第二部

191	第七章	麦卡托登场
237	第八章	イマカガミ[①]
260	第九章	悲惨的结局
283	第十章	尾声
303		自作解说

[①] イマカガミ："今镜"的日语发音。此处是曲名，为与人名区分，保持了原文的假名。

人物表

今镜家

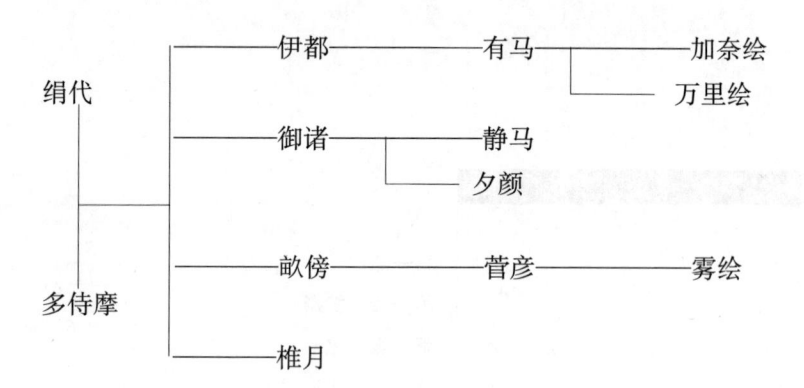

```
            ┌── 伊都 ──── 有马 ──┬── 加奈绘
            │                    └── 万里绘
绢代 ──┬────┤
       │    ├── 御诸 ──┬── 静马
       │    │          └── 夕颜
       │    │
       │    ├── 畎傍 ──── 菅彦 ──── 雾绘
       │    │
多侍摩 ┘    └── 椎月
```

其他主要登场人物

久保日纱	家政妇
山部民生	长工
木更津悠也	侦探
香月实朝	我
辻村	警部
麦卡托鲇	铭侦探[①]

---

①铭侦探：具有纪念碑意义的、有价值的名侦探。在麻耶雄嵩的作品中，常被麦卡托用来自夸。

第一部

乌鸦呀，
你们飞回家去吧！
把你们在莱茵河边的见闻，
都详细告诉你们的主人！
你们从布仑希尔德的山崖近旁飞行，
让还在那里燃烧的火神娄格返回瓦尔哈拉天官。
因为神界的结局现在已经临近，
所以——
我要这个火把投进瓦尔哈拉天官灿烂辉煌的塔楼里。[1]

理查德·瓦格纳《神界的黄昏》

---

[1] 节选自理查德·瓦格纳的《尼伯龙族的指环》之《神界的黄昏》。中文译文引用自中国文联出版公司的《瓦格纳戏剧全集》。

第一章　发端

1

翌日，我们向今镜家赶去。

无聊的风景。

别无岔道的柏油马路九曲十八弯，犹如一条因痛苦而昏厥的蛇。道路两侧，意境淡雅的森林连绵不绝，使人联想起荷兰的风景画。斜阳微微摇曳着枝叶的轮廓，将其洒向汽车的前罩。

"真是一座陆上孤岛啊。"木更津的话未免夸张，不过在最近的几十分钟里，车窗外的景色一成不变，仿佛视频中的一帧定格。

夏日里想必绿意盎然、美不胜收的栎树，一入冬便枯残叶败，满眼尽是一片暗灰与深棕，这煞风景的画面越发凸现出景致的单调。

"小时候妈妈跟我讲过，人不能浪费时间。"坐在副驾驶席的木更津忍住哈欠，小声嘀咕道。

从刚才开始，车用收音机就在起劲地播报阪神高速公路的十公里大塞车。行驶在这荒无人烟的地方，平时颇受助益的交通信息在此刻听来，也与刺耳的噪音一般无二了。

"虽说堵车无聊，但至少有明确的泄愤对象，还算不错啦。"

"这也是令堂大人说的？"

"是啊。"木更津无精打采地答道。

我母亲从未这样教诲过我，所以我也无法多问。更重要的是，在毫无意义的时候说毫无意义的话，两者叠加的结果并不能消去什么。而木更津也是一声不吭，转换着收音机的频道。

京都盆地的北端有地名曰"鞍马"，再往北则是直插日本海的北山·丹波高原，今镜家的府邸便坐落其间。随时代洪流涌来的市井喧嚣还不曾波及此地，未经尘染的自然风光铺陈四方，俯仰可见，数不胜数。倘若成仙归隐，这里恐怕是最合适不过的地方。

然而，从地理位置来看，此处离市区也就一个半小时车程，和郊外的新式住宅区并无多大差别。如今一些公司职员上下班都要花两三个小时，相比之下，这里没准儿还是个不错的地段。环境方面也是尽得大自然的恩惠，地价又特别便宜。

又行了片刻，眼前豁然开朗，他们来到了一个明亮的场所。先前胡乱生长的枝条被修整得服服帖帖。看来已进入今镜家的领地。

正前方有一座像门一样的建筑，说"像"是因为那门已处于半倒塌状态。加修曼式的铁制枪尖向上突起，形成一个椭圆，这种结构在日本极为罕见。开裂的涂料掉了一半，看情形主人毫无修补的打算。

钻过门之后是一条约五百米长的林荫道。法国影片里常见的只有顶部附着枝叶的行道树，似乎也未得到充分的照料，半已枯萎，衰弱不堪。

我在林荫道前放慢车速，缓缓行进。

"就是那个吧。"木更津用手一指。

铺满沙砾的路在尽头的喷水池处拐了一道小小的弧线，在那前方盘踞的便是我们此行的目的地——苍鸦城。

苍鸦城整体色调暗淡，宛如一个蹲伏的巨型老汉。

日耳曼哥特风格的洋馆造得十分结实。门廊在侧方的粗糙砖墙上画出了一个半圆，正面的窗户全被厚实的铁叶门所覆盖，凸向前方的墙面上好像装饰着巨型图案，由于磨损得厉害，看不真切。恐怕是家徽一类的东西。

青色屋脊从宅邸中央向左右斜切下来，其两翼各耸立着一座同为淡青色的锥形房顶，塔尖朝天，整体恰呈一个"山"字。象征着神圣数字"3"的这三座尖塔直刺云天，脚下则牢牢地扎根于地面。

苍鸦城虽不及狂王路德维希倾注过全部心血的新天鹅堡，却也予人一种观赏散落在莱茵河畔的中世纪诸侯城堡的感觉。

"这就是'苍鸦城'啊。"我的感叹脱口而出。久闻其名，但还是第一次目睹。再看房顶的色彩，确也似苍鸦蓄势待飞之状。两端的塔即是那振动的双翅吧。距离古都京都仅一个半小时路程的地方，竟存在这样一座建筑……我感受着这份文化的激荡，伫立良久。

"挺浪漫的嘛。"木更津兴味索然地来了这么一句。

"看你的意思是想说'低级趣味'啰。"

"据说'苍鸦城'这个名字典出十七世纪意大利诗人罗依尼的散文诗《苍鸦之夜》。诗中的苍鸦是死神的化身，黎明之时会来摄取孩子的魂魄。"

"孩子的？"

"'苍鸦鸣泣之晨，乘南来之风，死亡使者降临；寒村沉睡之晓，乘南来之风，现身以求稚子。彼之镰刀……'大致就是这个调调。"木更津止住吟声，又道，"不过，罗依尼本人倒是因杀害成年女性被判了死刑。"

"真是不吉利啊。"我看着木更津，心想这不会是真的吧。之前隐藏着的不安掠过了我的心头。

"喔喔，是红玫瑰呢……"他发出意义不明的叫喊，手指着车窗外，"一切都是为此而准备的。"

苍鸦城正前方的喷水池模仿了意大利的美第奇庄园，里面溢满了水，平静祥和，与周围的情调浑然一体。圆形的池缘上有多处裂口，赤褐色的砌砖增添了沉郁的气息。

寂寥与安宁……如果以日式语言来表述，此刻我的心境就像芭蕉辞世时留下的诗句。

然而，与筑造者内省式的意趣相反，木更津和我的心中则满是对今后事态将如何发展的不安，以及"期待"。如此姿态，虽陈腐却也不坏。

木更津指着几辆停靠在水池边的车。车身涂着实用的二色漆，与寂寞恬静全然无缘，表面还精心地打上了一个标志——京都府警。排在最后的是鉴识课的灰色厢形车。

"是出什么事了吗？"

"当然该这么想啦。"木更津大概是见惯不怪了，一脸若无其事的表情。

"凶杀案吗？"

"恐怕是。我们可能来晚了一步。做侦探的总是棋差一着啊。"

我把爱车停在警车后面。屋外好像一个人也没有。

木更津一只手拿着帽子，从车里飘然而下，脚步轻快地向前走去。对这种了无新意的登场亮相方式，木更津却是乐此不疲。

"总之先和伊都先生见一面吧。"

"难得今天早上茶叶梗都立起来了，可还是有种不好的预感。"

"嘿嘿，你这话未免草率。搞不好就因为你这么一说，让吉凶翻了个个儿。"

"不会吧！"

木更津再次嘿嘿一笑："因果倒转本就是世间常事嘛。"

"是说伊都吗？"

"谁知道呢。"

最糟糕的情节正在我的脑中加速展开。但若非如此，木更津的出场便毫无意义。我心情复杂地向宅邸走去。

"咦，这不是木更津君吗？连香月君也来啦！"

门廊的前端是一座大理石拱门，里面站着一个男人。叫住我俩的就是他——辻村警部。警部穿着风衣，那是他唯一一件拿得出手的服装。只见他摊开双手，显示出惊讶之情。警部年已四十，但一笑就成了一张娃娃脸。

辻村是个感情直露的人，在他那一行可谓罕见。当然，一旦遇上案子他便会装得一本正经，不过其他时候则是一个讨人喜欢的邻家大叔的形象。一介草民木更津能在警界如此吃香，也全赖辻村警部的能量。

"辻村警部，好久没见了。"木更津摘下帽子，微微点了点头。

"那起纵火案过后就一直没能见着面。已经有三个半月了吧。"

"可不是嘛。"

两人四眼相望，好似在庆祝久别重逢。

"好了，搜查一课的辻村警部大驾光临，也就是说确实是杀人案了？"

"你消息还是那么灵通，简直有点顺风耳彼得的意思嘛。我可不记得通知过你……"

辻村说话时一直在察言观色，脸上在笑，目光却锐利无比。

"我是受今镜伊都先生的委托到这里来的。"

警部越发吃惊地看着木更津。看起来他并非故作姿态，似乎是真的很震惊。然而他还是醒悟似的点了点头，从口袋里伸出手。

"原来如此。这么看来，你已经是一头栽进去出不来了。"

"是说这件案子吗？"木更津笑道。和刚才不同，他笑得十分平和。"还算好，不是栽进棺材。不过听你说'一头栽进去出不来'什么的，被害者是伊都吗？"

辻村一脸"你还真是单刀直入"的表情，放低声音道："好像是的。我也是刚来不久。最先到的是堀井先生他们。"

"这样啊。那我们去看看也行吧？"

"行啊。"辻村趾高气扬地点头道，"我说不行有用吗？"

"说得也是啊。"

黝黑的橡木门伴随着沉闷的吱嘎声向内侧开启。

一缕光线射入室内。渐渐地，明亮的线条越来越粗，仿佛在预示今后的事态发展。

我忐忑不安起来，耳边却传来了木更津的低语："我们已经跨出第一步啦。"

门厅的天花板极高，直到三楼为止，形成了一个楼梯井，半圆弧的顶棚下悬挂着一个金色的吊灯。

搜查人员大概都在现场，宽敞的大厅里不见人影，静谧无声，与仅隔一扇门的户外并无二致。

脚下是深红色的地毯，铺满了整个房间。似乎是高档品，厚度需以厘米计算，踩上去时能实实在在地感受到一股反弹力。

楼梯位于大厅中央，入口宽阔，自楼梯平台处往反方向折去，直抵二楼。楼梯也如国会议事堂一般，铺上了红地毯。此外，不光是地面与楼梯的地毯，壁纸、家具的色调也都是统一的红色系。不知是不是有意为之，色彩之间又各有微妙不同。恐怕也是因此，明明是白天，却只有这座大厅给人一种黄昏已至的感觉。

大厅两侧各有一条通道，想必是通往尖塔的。那里没有照明，唯有黑暗张开了大口。

"苍鸦的胃里是红的，还真是奇妙啊。就像发生了红移现象似的……总觉得脑子一阵阵地发晕。"

然而，木更津似乎没在听我说话，他把心爱的帽子挂向门口的衣帽架，突然又像是改变了主意，重新戴回到自己头上："好一个趣味高雅，古色古香。香月君，事情也许会变得比我们想象的还要有趣。"

他的脸上浮起了让人捉摸不透的笑容。

之后，木更津说出了"埃琉西斯之壶""拉康的圣杯""阿尔罗乌斯人鱼"等几个名字，并大加赞扬。在这方面我是一窍不通，因为我对文物不感兴趣。不过，摆放在墙边架子上的几件从远古至十五六世纪的雕像和饰品，还是让我这个门外汉倾倒不已。这里犹如一座古代美术博物馆，那些玩意儿恐怕都是不惜重金买来的。

"我倒是不希望这案子演变成你喜欢的那种。"警部叹息一声,脸部表情已切换到工作模式。

"胆小起来了嘛。警部你是不是也快加入老油子行列了?"木更津一脸坏笑。

辻村属于我们常说的战时一代。

"谁说的!这段时间净是忙一些鸡毛蒜皮的小事,根本没空想那么多。忙得我都想请一周假了。"

仔细一瞧,警部的脑袋上已经夹杂了不少白毛。

"而且破案率上去了,还能长一长警方的威信,不是挺好的吗?刑侦工作跟良心无关,就是一个饭碗问题嘛。"警部把紫水晶的人鱼像放回原处,大摇大摆地向楼梯走去。

"辻村警部,你有没有注意到这个?"

木更津说的是装点在楼梯两侧的甲胄。那是一对如门卫一般站立的骑士。尽管不是哼哈二将,却也像是在守护二楼的主人。

从简易的轮廓线条来看,估计是意大利文艺复兴时期的作品。和门柱不同,甲胄似乎受到了悉心的保养,光滑的曲面散发着银色的光泽。说是一对,其实外形设计上有微妙不同。也不知是有意为之还是技术所限,但微小的不对称性倒是将它们从单纯的无机质感中解救了出来。

木更津指着右边的甲胄。

"有点不一样。你看,两边都戴着维斯康蒂风格的头盔,右肩披着大得异乎寻常的肩甲,护腿是多重构造的,外形较为奇特。但我总觉得右边那座的蚀刻线条细了一点。直线型、边角溜圆的胸甲表面刻满了百合花纹,这一点倒是一样的。"木更津卖弄了一回学问,"这些可都是雕金名匠的作品。从刻线的精密度和保存状态来看,应该是装饰用的。属于后期风格。"

"这又怎么了?"

"你不觉得奇怪吗？护臂、枪盾、护肘这些附属品都齐全，可右边的甲胄上却没有铁靴。两只脚都没有！"

左侧甲胄的手足被缚在钢丝支柱上，而右侧甲胄的两只铁靴均不见踪影，用于固定的铁管裸露在外。

确实如木更津所言，很不自然。

"难道不是一开始就没有的吗？"说归说，辻村对此产生了兴趣是确凿无疑的。木更津微不足道的言行到后来往往具有非凡的意义，辻村见得多了，所以才会有如此反应吧。

"这就叫打破均衡吗？可是作为配对的装饰物，未免有些失调。另外，护腿的内侧还留有扣子被解掉的痕迹。"

木更津指着多重构造的护腿内侧让我们看。那里有一块带钩子的鞣皮，当是用来安装铁靴的。

"知道啦。可是这又怎么了？"

"然后呢？"

木更津一如既往地耸了耸肩说："姑且停留在提出疑问的阶段，反正早晚会知道其中的含义。"

"那也得真有意义才行吧。你这家伙总是这样，发现什么奇妙情况后，就只说一些含混不清的话。"警部不满地用手指弹了弹甲胄，发出"铿"的一声脆响。

"可最后我总能给出明确的解答，不是吗？"

"是这样吗……说到底还是一个方法问题啰。"

辻村一摊手表示难以理解，随后登上了楼梯。楼梯上也铺着血色的地毯。不难想象整幢宅子都会是这样的风格。屋主似乎是个相当偏执的人。

从楼梯平台开始，楼梯向侧墙两边分开，各自通往二楼。

"谜团多一点好。矛盾点越多，抵达真相的路也就越多。"

"别被折腾得团团转就行。"辻村冷嘲热讽地咕哝了一句。以他一根筋的性格,不用说肯定很憷"平行前进"时的麻烦劲儿和磨蹭劲儿。

"如何取舍才是方法问题吧。对了,现场是在二楼吗?"垫场戏式的交谈结束后,木更津终于切入了正题。多半是他来了兴致。

然而警部却倚住栏杆回头问道:"不去见见这宅子里的人吗?"

"既已知道被害人是我的委托人,接下来该如何处理我就只能随波逐流了。过一会儿再见今镜家的人也不算晚吧。"木更津答得理直气壮,随后又摘下眼镜,用手帕擦拭镜片。他总是戴着这副没有度数的眼镜,虽然嘴上的理由冠冕堂皇,说是为了防紫外线,但其实只是想扮酷耍帅吧。

"而我就是波流的源头啰?"

"您是幸运之神!"

"还是当巴克斯比较好。"酒豪辻村说。

"当然这也只是安慰您一下罢了。"

"知道啦,知道啦!可我就是要祈祷这件案子不是你喜欢的那种。祈祷是我的自由对吧?"

"也许已经晚了。古人说得好,'汝欲知之,则须堪忍迟延……'"

警部没做回应,再度沿楼梯往上走。看来他很清楚,和木更津争论下去也是白费口舌。

"关键是结果。"

二楼站着一位身穿制服的警官,他见到辻村便一正立姿,敬礼道:"警部,我们一直在等您。"

他似乎认识木更津,也向我俩行了个注目礼。此人身子稍有些横里宽,多半是个懒汉。

从上方俯瞰,苍鸦城整体呈一个"コ"字。以门厅为中轴,两翼与之成直角,向后方伸展。被这三条边包围的地方是中庭,由于两侧均有房屋,所以从二楼走廊无法看到中庭。

"伊都的房间是哪个?"

"最里面的那间。"警官指着右侧的走廊。

这里离走廊尽头约有五十米,比正面眺望宅邸时的感觉要宽。也许是走廊上只有门没有窗,致使晦暗的气氛笼罩了周围。

天花板上悬着灯,灯上覆有橙色的玻璃褶边灯罩。由于亮度低,没觉出它起了什么作用。

或许是心理作用,总觉得地板在向深处倾斜。

"谢谢你,由比藤君。"

警部道完谢,打开了橡木门。

室内面积将近二十帖[①],十分宽敞,丝毫不见局促地摆放着衣柜、床、写字台、沙发、衣帽架、衣橱、桌子等物。所有家具都造得厚厚实实,颇具古朴之风。

此外,左侧有一扇门,通往组合式浴室。看来中世纪之子遗的苍鸦城好似装配着涡轮轴发动机的达特桑[②]汽车,各个房间都实现了现代化。

屋子右侧的一角集中了一个十人左右的鉴识课小团队,时而有闪光灯亮起,另有四五个便衣警察。其中一个发现有人进来,

[①] 帖:面积单位,一帖等于一点六二平方米。
[②] 达特桑:日产汽车公司前身"DAT汽车公司"于一九三二年推出的小汽车品牌。一九八一年按当时的社长石原俊的方针,该商标名被逐渐废止。

便上前向辻村招呼道："警部！"

这个刑警名叫堀井，一脸精明强干的模样，和以前没什么两样。灰色的西装也让他显得格外有型。

"你来得好晚。出什么事了吗？"

"啊啊，只是起晚了。我是从自己家直接来这里的。"辻村搔了搔头。

"睡前又喝酒了？"

"嗯，醉得很厉害。"

"你这习惯可不好。"堀井耸耸肩。语气虽冷淡，却也不乏温柔。

"改是想改……"

"恐怕很难吧。咦……"

堀井终于注意到了警部身后的两个异类。

"这不是木更津先生吗？这次您来得挺早啊。"

堀井刑警二十五岁左右，才干过人，被称为搜查一课的王牌，如今已是辻村的左膀右臂。或许因此，他自尊心也要比一般人强，时常采取对抗的姿态，对木更津颇有敌意。

"哎呀呀，是堀井先生啊。好久不见了。"反之，木更津则毫不介意，向对方投以职业性的"木更津微笑"。

最先转移视线的是堀井。这个就叫"气势上先输了一截"吧。

"尸体在哪儿？"警部言归正传。

"在那边。不过有点怪异。"堀井略显吞吞吐吐。

"怪异？"

"说是怪异吧，其实是匪夷所思……"

辻村看着木更津，目光里满是不安。人类一旦明白现实无法回避，多半就会流露出这样的眼神。

"你可能要赢了。"

"事先打个赌就好了。能不能也让我看看?"木更津微笑着问道。这次的笑容绝不是职业性的。

"你认为我能选择说 NO 吗?"

木更津摘下帽子深施一礼后,向围住尸体的那支小团队走去。搜查员中也有不少人认识木更津,众人发出惊叹声的同时,纷纷为他让路。

我也急忙跟了上去。

论体形,伊都算是小个子。他裹着领口肥大、染成青色的羊毛质地的睡袍,与下身的睡衣是一套。对一个老人而言,如此鲜艳的色调未免花哨了点儿。大量渗入领口的血已经凝固,转为紫色。

伊都的身躯就像一具木乃伊,双手如枯木一般纤细,胸前衣襟合缝处露出了凸起的锁骨。

恐怕他的脸孔也是皮包着骨。

给堀井刑警带来冲击的并不只是伊都的奇形怪状。开始显现尸斑的前胸仿佛透明人一般,在颈项处突然中断了。是的,自肩膀以上再无一物,唯有那赤黑色的切面张着血盆大嘴,似乎是被锐利的刀具切割出来的。

木更津朝伊都的尸体凝视片刻。

"是无头尸啊。"他面对我,像是在说"正合我意"。

从颈根流出的血沾染了地毯。地毯本来就是红色的,所以并不显眼,不注意观察还看不出来。

"整块地板都像被血染红了似的。"

"真叫人头痛……"

警部嘴角抽搐了一下,将手插进口袋,斜眼望着尸体。

"更叫人头痛的是这个。"木更津倒是情绪高涨。

伊都的尸体穿着鞋,但并非室内用的拖鞋。那鞋十分奇特,铁制、尖头……无须木更津解释就知道这是甲胄的铁靴。

"刚才那个疑问的答案来得出乎意料地早啊。连我都觉得意外。"

"看来你的话总是对的。"

"可不是吗?"木更津自豪地点头,"不过,辻村警部好像还没搞清楚。"

警部歪着脑袋表示不解。

"我指的是问题的核心。"

木更津蹲下身,用手指"铿铿"弹了两下铁靴。

"正如我前面所说的,这是装饰用的东西。说是观赏用的也可以,总之就是一种艺术。一般而言,在完全没有实用价值的艺术领域,唯一的基准就是'美'。即如何显示出美,如何让人感到美。所谓'功能之美'这种词在古代是没有的。"

"讲义就免了,你到底想说什么?"

"哦……"木更津乖乖就范,"那就来说说那副甲胄吧,一旦用于装饰,在整体协调性方面就有一个要求,即要做成人的形状。"

"这个又……"

"但是,人类的脚必须达成'站立行走'的功能,所以事实上要比具备自然美感的尺寸大一号。因此,为了以协调之美为先,就必须把鞋子做得小一点,小到人穿不下的程度。中世纪的装饰用甲胄大多都是这么设计的。那么,伊都是怎么穿上铁靴的呢?"

木更津根本不给我们考虑的时间，一口气拔下两只铁靴。靴子轻易地脱落下来，如同拔软木塞一般。

只见……靴下空无一物。

"是的。只有一个办法——把脚砍掉。"

"这到底是……"

警部目瞪口呆，比得知尸体无头时更为震惊。

我也一样。不，不光是我，堀井刑警也好，鉴识人员也好，莫不如此。

这究竟是怎么回事？

只有木更津一人脸上浮出泰然的笑容，似乎对自己创造的舞台效果相当满意。

"你是怎么知道这具尸体是伊都的？"恢复常态的辻村语气冷静地向堀井发问。到底是专业人士，情绪调整快于常人。

"是根据指环判断的。其实木更津先生也注意到了吧？"

堀井刑警的视线越过辻村警部，直指木更津。

"不，我没注意到。"

木更津兴致勃勃地看着被害者的手。

尸体右手的无名指上戴着一枚银色指环——应该是订婚戒指——很像战前的制品，做工较为粗糙，套在干枯的手指上没准儿还挺合适。

"右手的指环都陷进皮肤里了，不太好摘。"

"这指环是伊都的东西？"警部问。

"是的。有家政妇做证。"

"如果家政妇做了伪证呢？"

"很简单啊，木更津先生。我们会立刻逮捕她。"堀井满不在乎地放出狠话。

"说得在理。"木更津钦佩似的点点头。

"而且指环上还用罗马字母刻着伊都自己的名字。"

"原来如此。"警部拿起伊都的手,"那么,关键的头部还没找到吗?"

"是的,很遗憾。不过,增援部队马上就到,到时候我们会合兵一处开始搜查。"

"要搜查整座宅子可是很麻烦的。搜寻对象只有西瓜大小,藏得住的地方要多少有多少啊。"

辻村一声叹息,从尸体旁走开,想必是不愿多瞧这具首尾皆无的遗体。我与木更津为了不妨碍鉴识人员,也移步来到房间的角落。

"这倒未必。要整合混沌,利用集合概念即可。"木更津的表情意味深长,看来他有他的一套想法。

"集合?"

警部皱起了眉头。我曾听说,警部在学生时代最怕的就是数学和物理。

"不用考虑得太复杂,只要想想藏匿场所的范围就行了。你知道爱伦·坡的《窃信案》吗?"

"我记得老早以前读过,好像是一个关于藏信地点的故事。可是,这次的对象是头。这里有放着脑袋却能不引人注意的地方吗?"

"恰恰相反。根据至今为止点点滴滴的倾向来看,头应该在最最显眼的地方。因为人会产生心理盲点嘛。以前还有泡在福尔马林中装饰起来的案例呢。至于这次嘛,比如说……"木更津在此处一顿,换了一口气,"搁在了门厅的衣帽架上。"

"门厅的？"

辻村像是意识到了什么，迅速叫来一个名叫中森的刑警，命令他去门厅走一趟。而堀井则一脸不感兴趣的样子，看着木更津。

警部关上门后，问道："为什么是衣帽架？我想听听你的依据。"

"很简单啊。"木更津苦笑道，"百闻不如一见。刚才我在门厅正要挂帽子，就看到一颗把帽子戴到眼眉上的人头一动不动地瞅着我。一不留神就对上了眼……如此而已。很遗憾，靠的根本不是推理。"

难怪当时在门厅里他会那样冷笑！之前木更津格外矫揉造作、态度达观，也都是出于这个原因。

"原来你一开始就知道结果。"

"确实是这样。"

总有一种上当受骗的感觉。这跟事先知道答案再去考试有什么两样？

"可是……把头挂在衣帽架上什么的，实在让人费解。"警部又一次搔起了头。

"我也搞不懂。"

"真的？"辻村疑神疑鬼地追问了一句。

木更津耸耸肩，对问话当耳旁风："我手里的牌也就这些了。别的先放一边，堀井先生，你能不能给我们讲讲发现尸体时的情况？"

"好啊。"堀井刑警再次转向辻村，翻开手中的笔记本。

"首先，发现尸体的是这里的家政妇，名叫久保日纱，听说已经七十岁了，在这个家干了差不多有二十五年。宅内一切杂务都由她掌管。说是家政妇，其实更接近管家。每天九点过后，日纱会把早餐送到伊都的房间。"

"就是在这个时候发现的吗？那她本人现在怎么样了？"辻村问道。

终于能正儿八经地说说话了，警部的欣慰之情溢于言表。

"正在一楼自己的房间休息。看到无头尸，精神状态还能好到哪儿去？没被吓死就算不错了。"

"房间没有上锁吗？"木更津插了一句。

堀井瞥了他一眼说："谁知道呢，详细情况还不清楚。得等到日纱情绪稳定下来再说。"

就在这时——

"警、警部！"

"嘭"的一声门被撞开，与此同时刚才的那位中森刑警闯了进来。他满脸通红，可能是跑着上楼的。他原本就是一个赤脸膛，现在更是红得发紫。

他慌张的模样引起了所有人的注意。

"怎么了？那里有头吗？"在一片寂静中，响起了辻村的声音。

"这、这个……"中森口齿不清，舌头就像缠成了一团。

"找到了，还是没找到？"辻村仿佛已被现场的气氛感染，语调也变得神经兮兮的。每个人似乎都觉出了异状。空气中的气氛紧张到了极点。

"找是找到了，就在警部您说的那个地方，可是……"中森停顿了片刻，"那不是伊都的头，而是另一个人的！"

2

"真是没想到啊。"片刻的寂静过后,木更津看着脚尖,徐徐开口道,"完全让人给算计了。"

不过,他神情尚属从容,甚至还颇觉有趣似的露出了挑战式的笑容。这证明他对敌人怀有相当强烈的兴趣。

"凶手到底在想什么呢?"

警部靠在屋角的沙发上,叹了一口气,仿佛站着是一件很痛苦的事。堀井刑警则一直呆呆地杵在衣架旁。

原以为尘埃落定的一条线索其实是崭新地平面的起始,宛如莫比乌斯环。这个环也许会层层扭转,不断制造出各种不同的局面。

无尽的不安化作海啸向我袭来。

"对了,头的主人是谁?"木更津打圆场似的问道。

"是有马。"伴随着沙哑的语声,一个老人出现在中森刑警的背后。

老人个子矮小,身材纤细,脸颊瘦削,淡褐色的肌肤上纵横着几道皱纹。

之前他被过于魁梧的中森刑警挡在身后,所以大家一直没能发现他。

"您是?"辻村欠身离开沙发,态度相当恭敬。

"老朽是今镜畝傍,伊都的弟弟。"

老人只向伊都的尸体瞥了一眼,便立刻转过脸再次面对我们,仿佛在抱怨看到了恶心的东西。

老人有着光秃秃的脑门外加八字胡,瞧这模样多半是个暴脾气。畝傍穿着白衬衣,外面罩了一件开衫。

"初次见面请多多关照。我是府警辻村。"

老人微微点头。

"您说的有马是——"

"伊都的儿子。"

畝傍的措辞给人一种置身事外的感觉，平静的语调中隐隐透出冷漠。即便目睹了亲哥哥的惨相，似乎也未能催生出什么情绪。他始终沉着冷静。

相比近几分钟内发生的变故，这也许只是小事一桩，但畝傍此人此态还是令我有些吃惊。再看警部，他的目光也渐渐警觉起来。

由于畝傍的出现，现场的气氛越发紧张了。

也不知老人是否意识到了这一点，只见他来回打量我们，最后将视线停留在木更津身上。

"你就是伊都请来的木更津君吧。"

"是，是的。"

"唔，我听过你的传闻……"

老人一动不动地瞪视着木更津，像是在评估眼前之人。

畝傍目光如炬。普通人被这么一盯，怕是早已动弹不得。可木更津却轻巧地躲过了畝傍的威吓。也许是习以为常之故，不见他有丝毫的动摇。

"长得倒相当不错。"

"畝傍先生，我才刚三十出头，离四十岁还远。"

畝傍默然不语，也不知他对木更津的评价如何。

借此空隙辻村开始向堀井问话，打算把话题扯回来。

"对了，堀井君，有马先生的住处你是不是还没查？"

"这个……我听说从昨晚起他就一直没回过家，所以……"

堀井一脸窘迫的表情。虽然还够不上失职的程度,但自觉责任重大也是理所当然。

"有马经常出门,说要去画画什么的。"畎傍插了一句。

辻村再次将眼皮往上一翻。"这么说,在外面过夜是常有的事?"

"是的。不过,我不知道他已经回来了。"

畎傍在辻村的对面坐下。一股线香的味道扑鼻而来。

"这话怎么说?"

"昨天很晚的时候,他给这里来过电话,说是要在城崎住一宿。"

"从城崎打来的……真的吗?"

"你去问日纱。电话是她接的。"

"日纱?啊,是那个家政妇吗?"

"当然。"

畎傍慵懒地点头,那姿势活像歪着脖子的木乃伊。

"可是,城崎这地方……"

从这里到城崎,直线距离约一百公里。要翻越丹波高原的话,就算开车也得花半天时间。

辻村抱起胳膊,瞅了木更津一眼。而木更津似乎对此不感兴趣,只是面无表情地轻轻晃荡自己的脑袋。

"对了,畎傍先生。"木更津貌似更关心其他问题。

"怎么?"

"您是否知道,哪些地方有可能发现伊都先生的头?"木更津意味深长地望着老人,嘴角略微松弛下来。

畎傍并没有显得太吃惊,挑了两三下眉毛后说道:"为何要问老朽?你想说老朽是凶手吗?"

"怎么会呢？事实并非如此，对这一点您应该是心知肚明的。只是，凶手似乎希望我们能找到头。那么最具效果的场所会是哪里呢？我认为问一下您就能明白。"

"原来如此。你说得很对。"

畋傍一脸敬佩之色，他摘下老花镜，露出了散发着微光的灰色眼珠。

"……那就是'地狱之门'了。"

"'地狱之门'？"

"说是'门'，其实是房间的名字。可能就是那里了，如果你的想法正确的话。"说着，畋傍笑了。

木更津也回之以微笑。

被赤色一统天下的门厅内，除去中央的楼梯，另有三条去往不同方向的通道。一条经过楼梯侧旁，笔直地奔向餐厅和中庭，另两条则往左右分岔，通向位于宅邸两侧的尖塔。

左折通道的尽头，即"山"字的左端有一间被称为"地狱之门"的屋子。

菅彦按畋傍的指示，带领众人去"地狱之门"。菅彦是畋傍的儿子，但从外表上丝毫看不出和其父有何共通之处。与个性强悍的畋傍不同，菅彦是一副普通工薪阶层的风貌。

菅彦说自己三年前已步入不惑之年，但实际看起来他显得相当年轻，多半是从小娇生惯养的缘故。也许上了年纪后他会变成畋傍那样的人，但现在也不知是幸运还是不幸，DNA的影响还未在他身上显现出来。

我原本担心栖居苍鸦城的人会不会净是像畋傍那样的怪物，如今见到菅彦心里稍稍松了一口气。

狭窄的通道被墨一般的黑暗所笼罩。通道内没有电灯,唯有仰仗菅彦手中的油灯。砖砌的侧墙上爬满了裂缝,与"呜呜"的空气音齐心协力,极具戏剧效果地把人们的恐惧推向了高潮。

呈弧状弯曲的天花板眼看就要掉下来了。感觉就像在洞窟中行走。地面似乎铺着石砖,虚无缥缈地奏响我们的脚步声,随后足音又化作回声追逐于身后。

"畖傍先生为什么说'地狱之门'……"

辻村问前头带路的菅彦。紧随其后的是木更津、我和堀井刑警。

"我也不清楚。不过,那房间一直是伊都伯父在用。"

菅彦性子温和,应答时姿态也放得很低,和傲慢的畖傍截然相反。只是这么一来,反倒给人一种靠不住的感觉。

"可是,竟然叫'地狱之门'。好一个别有用心的名字。"

随着辻村警部一阵肤浅的嘀咕,我们再度归于沉默。

全长不足五十米的通道却使人感觉怎么也走不到底,只能看到远处有个状似尽头的黑洞,就像是在没有终点的道路上行进。

"设计得很巧妙啊!这条通道正在向左右做微幅摇摆,和油灯相呼应,激起了人们不必要的不安感。"

做出上述分析的是木更津。不过说归说,他却是众人中最沉着的一个。

"就是那儿了。"

菅彦的油灯照住固定的一点,于是一扇大理石门便浮现在我们眼前。看来这就是"地狱之门"的门。灰白色的门在火光的调配下呈现出一片象牙色。

门扉表面刻着精致的雕画,最深处竟削去三厘米之多,可见门板本身就厚度惊人。

那是一张地狱受难图。数十具缠着常青藤的裸体围作一个长方形。矩形中的亡者背着一张"丰"①字形的板。那扭曲的表情栩栩如生，表现出跨越死亡时的苦闷。

多半是出自名家的手笔，连细微之处都有细腻的装点，流丽的线条中也凸现了笔致粗犷的个性。虽然配得上"地狱之门"这个名字，但与我想象的稍有不同。

"一开始我想，这是罗丹的作品吧。"

木更津似乎对这幅雕画十分欣赏。他凑近观看，脸几乎贴上了门板，就连那些细小的刻线也没放过。

"听说是十八世纪的一位俄罗斯雕刻家，不过我把名字忘了。"

"俄罗斯啊。所以才会把东正教十字架弄反吗？"

所谓十字架，是指中间那位亡者背负的"丰"字形之物吧。东正教十字架与一般的十字架不同，是要在受磔刑的耶稣脚下斜着打入一根楔子。把十字架弄反，意味着对信仰的否定或猜疑。这幅画是在表达对神的不信任吗？

"这位雕刻家恐怕没能安享天年。"

在绝对王权和神权政治并不对立矛盾的俄罗斯，创作这样的作品即等同于背叛国家。这当然就意味着死。

不过木更津并未特别表示同情，而是如总结陈词一般说道："结果就被囚入神栅了……"

"木更津君，你有什么想法？"警部似乎对雕刻之类的不感兴趣，有意把众人拉回现实。

---

①上下两横比中间的一横略短，最下方的一横自左向右稍稍上翘。

"当初做这个出来应该不是用来当门的。"

"我没问这个。"

"就算你问我'什么想法',我也只能回一句'里面会有什么呢'。里面有东西应该是确凿无疑的,除非凶手又设下一个局,就是把所有虚牌都交给我们。两者必居其一。"

"你的意思是会有另一具尸体?"警部的话似有一半出自真心,只见他用手背"砰砰"地敲起门来。

"这么想也未尝不可。不过,这样虽然极为有趣,但这次应该是到头了。"

"那是当然!刚才就是开个玩笑罢了,我才不会让凶手消遣到这个……"

"请等一下。"

木更津拦住辻村,从菅彦手里接过油灯,向门扉的上部照去。

通过灯光我们才第一次注意到,雕画中有一部分凹陷进去的地方,穿透了门板。换言之,门上有若干赤豆大小的孔。大多数孔都集中在门扉的上部。木更津将油灯靠近小孔,使火光从其中射入,打算窥探屋内的情况。

"能看清吗?"

"辻村警部。"木更津收回油灯。

"里面果然有……"警部的语声僵硬了,与此同时他将手伸向门把手。

然而,门纹丝不动,仿佛在拒绝生者入内。

那么,位于门内侧的难道是死……

"门被锁住了。"辻村"喊"的一声咂咂嘴。

"菅彦先生,门的钥匙呢?"

"啊,啊,非常抱歉!"

菅彦似乎被当场的气氛所震慑，完全没想起开门的事。他慌忙从口袋里取出钥匙，插进约一厘米宽的锁眼。

众人的视线汇集于菅彦的右手。

一刹那的寂静。

咔吧……

解锁之音久久回荡，静谧而又响亮。

第二章　序幕

一切始于昨日。

"你来得正是时候。"木更津笑嘻嘻地说。

这句话的听众是偶尔来事务所溜达的我——香月实朝。

与此同时，木更津取出了两个信封。一封白色，另一封牛皮纸的为淡褐色，均属市面上成捆售卖的混搭品，毫无特征可言。

我看着这两封信，心里不解。

"是今天早上送到的。"

两封信都由裁纸刀开了封，想必木更津早已过目。

如此看来，信中的内容符合他的期望。

"是委托信吧。"

我把信封翻了个个儿，但哪儿都没写寄信人的姓名。牛皮纸的那封也一样。封筒表面残留着薄薄一层白色粉末，大概是想提取指纹吧。

两封信的收件人都是木更津悠也。按理说这不算新鲜事，但近来已经没人给他个人寄信了。这倒不是因为木更津极端不擅长与人交往，也不是因为他饭量太大成了吝啬鬼的眼中钉。

木更津的老爹开了一家名为"木更津侦探社"的兴信所[①]，手下有十来名员工。虽然规模小，人手少，但贵在精锐，所以在坊间的评价还不错。如今俨然是京都乃至关西的业界新锐。

平时，木更津悠也也是这家"木更津侦探社"的少数得力干将之一。

当然这只是在平时……

让我这么一说，听起来不免有点"克拉克·肯特"的意思。不过，从某种意义上说，木更津或许真是一个超人。

他尤其擅长的并非腕力，而是头脑。这是一种推理小说中常见的、针对智能犯罪实施逻辑性处理与演绎的能力。古今无有匹敌者……

这是他的专有标识，整体人格的象征。

俗称"名侦探"。

现实中他也是一个颇具才能的名侦探。木更津身为兴信所的一介员工，却与府警的精干警部辻村交情深厚，也都是因为他参与并解决了好几桩案子。个中详情留待来日分解，总之两人跨越了十几岁的年龄差距，跨越了刑警与侦探水火不容的身份差距，始终对对方怀持敬意。如今，称他俩是一对"挚友"也毫不为过。

此外，随着木更津以快刀斩乱麻之势破获一件又一件疑案，他的名声开始在一部分人之间产生出无与伦比的价值，如驱鬼符一般发挥了巨大效应。不知从何时起，木更津之名在与他本人绝无瓜葛的地方受到神化，并被冠以"天才"的称号。这就和新兴宗教的教主被精于计算的信徒推上神坛一个样。

---

①兴信所：调查企业或个人信用状况的公司。

因此直到最近为止,许多私人性的案件不再送交兴信所,而是直接委托他个人办理。有一段时间,他每天收到的委托书足能装满好几个水桶。

然而,这就像一时性的感冒,过不了多久委托函便逐渐减少,近来频率已经下降到几星期才来一封。

原因很简单。因为木更津不断地回绝邀请,来一封拒一封。

这属于原则问题,正如大多数名侦探所做的那样,木更津也只接手自己感兴趣的案子,即便对辻村警部的私人委托也不例外。不过,一旦他来了兴趣,甭管什么案子,就算是找寻走丢的狗他也照接不误。难怪我们能断言:名侦探这玩意儿不是工作而是一种兴趣爱好。

此外,委托内容几乎都是上流社会的那些鸡毛蒜皮的纠纷,这也是木更津不愿接手的原因之一。这种神经兮兮的玩意儿,他是不屑一顾的。

事实上,木更津曾经草率地接过一个案子,结果倒了大霉。

"跟那种地方扯上关系准没好事。"

从那以后,这句话就成了他的口头禅。

不过,这次信件的内容似乎很合木更津的胃口,十分难得。只见他脸上露出奇妙的笑容——甚至还带着点儿媚态……

"香月君,你把信看了再说。"

木更津似乎是要我先读手上的那封。

关于我和木更津相识的点点滴滴此处也略去不表(诸位看官若想知道,还请耐心等待,因为木更津本人撰写的自传就快出版了)。总之,初出茅庐的推理小说家——我,和我小说中的理想主人公近似的他——木更津,从大学时代起就在犯罪推理领域拥有某种共同的偏好。这种封闭式的同胞意识通常被称为"同好圈"。大学毕业后，也是因为我俩的职业均不受时间约束，所以这份关系才得以保持至今。

于是，这一天我又来木更津这儿玩——碰巧了兴许还能得到点创作的灵感……

"可以吗？"我有礼有节地确认道。

"当然。怎么看这都不会是情书吧？"

看他那副冷淡的样子，确实不太像情书。

封筒里只有一张便笺纸。淡黄色，纸质上乘，右下角印着一枚百合花纹，中央处有一个相同模样的百合水印。

信由钢笔写成，或许是使用轻墨的缘故，整体字迹偏淡。随性排列于纸上的文字，越往右越呈下沉之势，行间均有空行。书写者似乎运笔迅捷，随处可见飞白，煞是抢眼。

内容也颇为简略，不，应该说是无礼。

信中只有一句措辞生硬的话：十二月二日上午十点来我住处，有事与你商议。

除了时间和场所，再无其他内容。就连商议内容，文中也没提一个字。简直就像以前的征兵红纸。

"这是怎么回事？有趣是挺有趣……这姿态，真是高得可以啊。"

我错愕不已。长篇累牍、大发牢骚的奇特委托书，我也常见。而这封信则是我所见过的最奇特的委托书之一。

"在没有预备知识的情况下，乍一看可能是会有这样的感觉。寄信人的名字你没看清楚吗？"

"写着吗？"

"就在文末啊。"

想想也是，给侦探社的信封上没有姓名是理所当然的。因为谁也不愿让别人知道自己在委托侦探办事。

我看了看写在最后的名字，那是一个逐字向右下方沉去的签名——今镜伊都。

"这个今镜……就是那个……"我不由得咽了口唾沫。

"YES！就是那个今镜。我想不出还会有哪个今镜。"

在京都，"今镜"这个姓氏无人不知无人不晓。即便是京都以外的人，至少也听说过今镜集团的大名。今镜集团的本部设在大阪，是一家拥有数百亿日元资产的大企业。

企业沿革我知之不详，据说集团是以创立于明治二十年的纺织公司——"今镜丝厂"起家的。之后，公司追随"富国强兵、殖产兴业"的浪潮，顺利发展壮大，开始向机械制造业进军。此后，又趁大正末年到昭和初期的军需扩张，一举成长为大财阀。有人说这是因为政府中有他们的强力支持者，也有人说是因为他们与右翼团体关系密切，但事实如何至今未明。

不过，显而易见的是，创始人今镜多野都的才干才是最主要的原因。据说他拥有审时度势的能力。无论是涉足兵器制造，还是在大萧条时期力排众议与银行联手并最终吞而并之，都出自他一人的决断。至于战后巧妙避开 GHQ 的财阀解体政策，得以始终保持稳定的地位，也要拜他的才能所赐。

战后不久，多野都去世。其子——第二代社长多侍摩展现了与多野都难分伯仲的才华，于是经历了高速成长期后，现在的今镜重工已成为旗下拥有数十家子公司的超大型企业。

除了这些老套的成功事迹，今镜家如此声名显赫其实另有原因。

"要去苍鸦城啊。"

我把信纸翻了个个儿。

大众主要的兴趣在于那座洋馆——苍鸦城。古都的一角，超越时空的宅邸，居住其间的人们……此外，近年来今镜家的住民开始过起了隐居者的生活，这也进一步引发了人们的好奇心。越是神秘、越是隐秘的东西，人们就越是趋之若鹜，从这层意义而言，今镜家以及苍鸦城正是再好不过的目标了。

事实上，见过洋馆的人屈指可数。很多人甚至不知道它准确的地址。不，没准儿连它是否存在都不清楚呢。人们只听过传说。

然而，朦胧之感反而助长了谣言的传播，说到苍鸦城，人们便会想起蓝胡子的别墅或德拉库拉伯爵的古堡。

"我听过一个最逗的传言，说苍鸦城是外星人的前沿基地。"木更津笑道。

直到最近，今镜家的名字才出现在大众面前，带上了一点儿真实感。一个月前，第二代社长兼会长今镜多侍摩去世，享年九十五岁。各大报纸理所当然似的划出整块版面，报道了这则令人悲痛的消息。西大路街被葬礼出席者的车挤得水泄不通的盛况，至今还让人记忆犹新。

说不定这封信也与多侍摩的死有着某种关联。至少木更津觉得是这样。

"这可是一条大鱼啊……"

我假装开玩笑，就见木更津咧嘴一笑。这笑容也是他的七大怪癖之一。

"看完下一封信，你会很感动的。"

木更津说的是那封牛皮纸的信。可能是受过日晒的缘故，表面给人一种破旧的感觉。

"这也是'今镜'的？"

信封内是一张被对折起来的便笺，有点厚。纸质与信封一样毫无特点。

一打开便笺，潦草的字迹便跃入了我的眼帘。

苍鸦城中潜伏着死神。切勿靠近！

文字剪自报纸，但字体和大小五花八门。糨糊涂得也不够，边角都卷起来了，制作者似乎缺乏耐心。一部分字还是用片假名来代替的。不过我却觉得，在这种时候，这些失谐之处反而有效地促成了恐吓的目的。

"土包子做法。"

我坦陈了自己的观点。现如今，很少能碰到这样的恐吓信。难不成是怀旧风潮的余孽？

"况且这封恐吓信毫无意义嘛。它只会惹得你心痒难忍。"

俗话说得好，不叫的雉鸡不挨枪子。眼下这封怀旧信无疑就是雉鸡那"咯"的一声叫唤。事实上，木更津兴致正浓，给我看信之举更是把他的心思表露得一览无余。

"确实很有意思。"木更津看了看我，用一种理所当然似的口吻说道，"你自然会跟我一起去吧？"

"可以的话，当然。我很想会会这封恐吓信的主人，虽说这位多半是个老古董式的人物。"

这话一半是开玩笑。我没怎么多想就答应了当木更津的跟班。

是的。当时谁又能料到，会有一场那么惨烈的悲剧在等着我们呢？

"这个寄信人啊……"木更津抓起恐吓信，嘴角现出笑容，"不是对我一无所知，就是对我了如指掌。"

第三章　死神与少女

1

空无一物。

这并非修辞，而是真的一无所有。

唯有死气沉沉的石砖墙围绕四方。不，"四方"的说法可能不妥，因为这房间不是立方体，而是一个圆筒。

使用至今，塔内似乎从未做过装修，日用器具及内部装潢一概没有。岂止如此，连坚硬的石地基也裸露在外。沟壑之处长满了苔藓。

整个空间宛如巨型井底。

天花板似乎离头顶十分遥远，黑沉沉的，看不分明。那里应该就是底大头尖的曲面的终点。房间没有窗，仅有几缕微光从上方的箭眼漏入室内。

照明设备也只有悬于门口的那盏古老的油灯。灯上覆着名为"贝拉斯科"的灯罩，表面起伏有致，边缘呈锯齿状。这盏灯了无生气，想必是灯油耗尽之故。

直径约十米的、广漠的圆筒空间……这就是"地狱之门"。

这间屋子放在平时只会让人觉得空旷，如今却多少显得局促。莫不是因为那阴郁的氛围？结实粗糙的石壁带给我们的压迫感也许要比表面看上去的强大。

爱德蒙·唐泰斯被关押的监狱也不过如此吧。这个地方与所谓的"居所"概念相去甚远。

而……一切的元凶就掉落在门的内侧，紧靠着门扉。

"房间是黑暗的，死也是黑暗的……"木更津喃喃自语道。

那张"脸"上没有苦闷的表情，但遗容也算不上安详。

开始腐烂的头颅上留下的是恐惧，而且是极度的恐惧，也是最后的恐惧。

木更津用手中的灯照亮了脚下。橙色的光芒奇妙地抖动着。

"有趣的是，失去躯干的头颅仿佛在召唤新的身体。似乎只有头部的话，会显得很不合时宜。简直就和辘轳首[①]一样。"

伊都的头颅旁横卧着一具尸体。当然尸体上没有头，从肩头再往前，赤褐色的血洒了一地。尸身穿着外出用的灰色大衣，乍一看似乎与头颅同属一人。

和伊都的头一样，尸体切口干净利落，使得两者几乎能天衣无缝地合在一起。

"这么一看，就像同一个人的。"

如果事先不知情，恐怕会对此深信不疑。不属于同一个主人的头颅与躯体极其自然地取得了协调。

"这可比弗兰肯斯坦博士强拧的人造人要自然多了。"

"这是有马的身体吧？"

"希望是这样。"

看在辻村的面子上，木更津姑且老实作答。

---

①辘轳首：日本妖怪的一种，脖子可自由伸缩。

警部翻了翻尸身的衣袋，里面只有黑皮革的钱包、房间钥匙，以及方花格的手帕。

"没有值得一提的东西啊。"

"凶手搜过手的话，自然是不会留下什么东西的。"

"有马是深夜从城崎赶回来的吗？"堀井刑警问道。

他死死盯住有马的尸体，目光不离不弃。不，其实是他无法将视线挪开吧。

"也可能是有马根本就没去城崎。他只是打电话说今晚要在城崎留宿而已，不是吗？"木更津插了一句。他与堀井完全不同，一直在东张西望，环顾屋内。

"这倒也是。"辻村也点头道。现阶段他除了点头别无他法。

"搞不好，头可能是被那个东西切下来的。"

木更津说的是一座摆在屋角的断头台。刚进来的时候，可能是灯光太弱的缘故，大家没注意到这件东西。断头台的木架呈黑褐色，几乎与背后的石壁融为一体，整体给人一种干涸的感觉，似乎颇有些年头，不免让人猜想安托瓦内特或丹东的脑袋莫非也是被它砍下来的。唯有一米见宽、放射暗光的铡刀表明，这座断头台还在服役。

灯光打在刃上，不规则地散射开来，像是发出阴森惨恻的笑声。

被斩首的尸体和断头台……令人不寒而栗的绝妙组合。

"怎么可能？！"

辻村否定的同时，也表示了一定的关注。他当即下令："堀井君，去把鉴识课的人叫来。"

"是！"

堀井领着气色不佳的菅彦走出房间。看来菅彦不光外表柔弱，内心也很单纯。

"有马为什么要说那样的谎？"我问道。

"既然隔着电话，就未必是有马说的。"

"是凶手模仿有马的声音吗？倒也不是没可能。看来有必要向家政妇做个确认。不过，为什么要这么做呢？"

警部话音刚落，木更津便答道："不知道。"

这话说的，好像那只是一件微不足道的小事似的。

"你倒是挺舒坦啊。"很难说辻村的这句嘀咕算不算嘲讽。警部多半不是什么悲观主义者，但在木更津的衬托下，看着有点像也不奇怪。

"总之，现在我们还一无所知。一切只有神明知道……就和写在这里的句子一样。"

拼接得严丝合缝的铺石板，在屋子的中心地带砌出了一个小圆圈。圈内刻有文字，像是古文字。因风蚀的缘故，有些字棱角受损，有些字缺了一块，但大致保持了原样。由于室内非常暗，在木更津掌灯指明之前，谁都没有发觉。

"弥尼，弥尼，提客勒，乌法珥新……这可是《但以理书》中的名句。意为，上帝数尔国祚、使之永终也，尔衡于权、而见亏缺也，尔国分裂、畀于玛代波斯人也[①]。"木更津做了一番讲解。

"这……这又怎么了？"

"神之看不见的手，在伯沙撒王宫里写下这句话，预警了巴比伦王国的灭亡。这里的神是犹太教的神。而如今我只能认为，这里发生的种种现象都是那只'看不见的神手'在起作用。"

[①]引自《但以理书》第五章。通俗的译文：上帝计算陛下统治的年日，到此为止；陛下在上帝的天平内不足秤；陛下的王国将要分裂，归与玛代人和波斯人。

"……你到底想说什么？"敏锐的警部嘴角一阵抽搐，似已有所领悟。

木更津快活地抿嘴笑道："就是密室啦。"

"地狱之门"没有窗，周围是坚不可摧的石壁。虽然在七八米高的地方有箭眼，但人是无法通过的。

大理石门是唯一的通道。

"空谈罢了。"警部立刻大加否定，仿佛这是他应尽的义务。

"以现在的情况看，未必就是不切实际的。倒不如说凶手极有可能积极地这么做。凑巧的是，这里各项道具又十分齐全，齐全得都过分了。"

当然，现阶段无法判断一切是否都缘自木更津所说的"看不见的神手"。虽说作为唯一出入口的门一直锁着，但只要在门外上锁就行了。

不过，我内心倾向于是密室。无可否认"兴趣至上"是原因之一，但最重要的是，我总觉得苍鸦城的氛围，以及事情发展至今的流程都迫切要求本案是一个密室。

"头砍下来容易，密室可就没那么简单了——而且毫无意义嘛。"

"那我问你，砍头又有何意义？"木更津一脸坏笑地看着辻村。他很少这么刁难人。

"现在还不清楚。"

"那么同理，我们现在也还不清楚把现场做成密室的理由，如此而已嘛。就算是在推理小说里，偶尔也会出现具备必然性的密室啊。"

"可是，也只有推理小说家才会去制造密室。真是无聊透顶。"辻村啐道。他的话里多少带着一点藐视非现实事物的意味。

"你还没明白吗，凶手怀有这样的稚气，以至于又剁脚，又砍头，搞得表演成分稍显多了点儿……"

"是你希望如此吧？"

"也可以这么说。"木更津缓了一口气，嘴角绽放出笑容，"有件事会让辻村警部备受打击……这个房间的钥匙好像就握在有马的手中。"

有马俯卧在地上，左手被甩出体外。从这只左手中能看到一件金属的棒状物。不用检查就知道这是一把钥匙。

我也说不准木更津是何时发现的，总之手里握着王牌一路推进话题是他一贯的策略。

警部抠出被有马的左手紧紧攥住的钥匙，入神地查看着，一时无语。钥匙由黄铜铸成，打造得十分华丽，与菅彦用来开门的那把一样。它的形状并不单纯，前端的槽沟要更复杂一些。钥匙整体色泽暗淡，看来已有些年头。装饰部分也十分考究，把手处还刻着一朵百合花。

"行了，看够了吧？反正迟早会弄明白的。"

"我可不想弄明白。"警部用手帕把钥匙包好。

"好了，再来看看这个，能解释吗？"木更津指着有马的尸体，那意思是"事情还没完呢"。

几粒橘核（好像是酸橙的核）散落在尸体周围，连外衣的皱褶里也掉进了两个。恐怕是受晚秋干燥天气的影响，橘核已经干瘪。

"我有言在先，这东西可不是我带进来的。"

"我知道。看见尸体的时候，我就留意到这些东西了。"木更津说的是玩笑话，但警部好像当了真。

"福尔摩斯探案集里有一个关于寄送橘核的故事。详细内容我已经忘了，好像是谋杀预告来着。"

"可是，干吗要做这么麻烦的事？"

"令世间哗然的'怪人二十一面相'[①]的所作所为也不全是合理有效的，对吧？这种东西是不能靠逻辑来分析的。"

"在我看来，凶手就是脑子有病。还是说怎么着，凶手是个疯狂的推理爱好者？"警部一脸怃然。

"或者是伪装成了你所想的那种人……不管怎么说，稚气是建立在从容之上的。想必凶手很有自信。"

"哈，自恋狂式的自信者吗？我讨厌这种人。"

"自恋狂大抵都是自信者。不过出人意料的是，自信有时来源于自卑，所以也不好忙着下结论。"

"那你的意思是，这一切都毫无意义？"我问道。

我那么问是因为话说到现在，我感觉木更津并不重视这些匪夷所思的现象。

"解释不了的话，自然就是毫无意义的。如果有意义，那到底是什么呢？现阶段我还不清楚。"

木更津轻巧地把我的问题搪塞过去。不过，想必他已经获得了某种灵感。

"没办法，因为我既不是荣格也不是弗洛伊德。砍头也好，剁脚也好，把砍下来的头交换一下也好，后来又弄成了密室也好，这一切是有意为之，还是凶手巧妙设计的误导，我全都不知道……啊，应该不会是巧合。"

"你的话一向很准。"警部一副关我何事的模样，转身走开了。

[①]怪人二十一面相：一九八四年至一九八五年，日本发生了一系列以企业为目标的恐吓、绑架和投毒案，受害企业主要是京都、大阪、神户地区的食品公司。凶手自称"かい人二十一面相"，所以这一系列案子又叫"かい人二十一面相事件"。译文中的"怪"字本是假名"かい"，并无汉字。

"一切皆是思维。"木更津显得很严肃。

"你确定说的不是恣意①？"

就在辻村开始发牢骚的当口，鉴识课的人终于到了。

"好了，我们离开这里吧。接下来你最好查一查橘子是从哪儿来的。"

"知道啦！"辻村冲着从身后传来的声音低吼道。

2

我和木更津在二楼的会客室等候。

拥有维多利亚时代所特有的华美隽永之气的家具，摆满了整个房间。说是会客室，平时多半也没什么访客，这里总给人一种强烈的感觉，那些桌子、台子被放在这里后就无人问津了。简直就像走进了后街的一家古董店。

置身于这片凝重的寂静中，我只觉得先前的慌乱都是幻象。究竟哪个是实哪个是虚，这个问题在此刻已全无意义。

也许是风势加强的缘故，西侧的窗户开始"嗒嗒"作响。

"没什么要查看的。"从阴森的"地狱之门"返回的途中，木更津咕哝道，"我是说现阶段。"

木更津的言行中常常含着一点说不清道不明的隐义，这倒不是最近才开始的。要说这隐义是深是浅，根本无从判断，只是什么话一旦从他嘴里说出来，听起来就显得特别意味深长。

事实上，他的眼睛也总是望着远方。

"看来你已经把握全局。而我呢，还没怎么明白究竟发生了

---

① "思维"和"恣意"在日语中的发音相同，均为"しい"。

什么。"

木更津闻言吃惊地转向我，用一种夸张的语气说道："如此聪明的你，竟也遇到了难题！这不是真的吧？"

"骗人对我有什么好处？"

我有点不高兴。以他的尺度来衡量，我比他逊色不是理所当然的吗？

"我倒是常把说谎当作一种手段。根本不必拿托洛茨基出来说事，总之，只要得到允许，一切都会被正当化。"

"我认为这和现在的事没关系……"

木更津坐进雕有蔷薇花纹的安乐椅，跷起了二郎腿。

"很简单。两人被杀，头被砍下，情况不就是这样吗？"

"我又不是在问这个。我问的是……"

"解释吗？"木更津悠然自得，一副故意要逗人着急的模样。

"如果你知道的话……"

木更津举起了双臂，他的手里握着一个苏格兰梗模样的摆设。

"我当然是不可能知道的。不管怎么说，这案子才刚开始啊。既然你那么想弄明白，不如直接去问凶手。"

听口气就像他知道凶手是谁似的。

"凶手会说给我听吗？"

"会的吧。嗯，依性格来看，凶手多半会告诉你一切。当然了，在此之前必须先找到凶手。"

"可不是嘛。"

为了避开木更津的诡辩，我决定提些具体的问题。再这么继续含糊不清地扯下去，也是白费工夫。

"那个房间真的是密室吗？"

"你这家伙，突然就跳到别的话题上去了。恐怕是的。不是我信任凶手，但凡此人对美感认知正常，那么密室就是必然的。"木更津断言道。

"你很确信嘛。可是，你有具体的根据吗？"

"你这话和辻村警部很像啊。我跟警部不一样，因为我是一个现实主义者，所以才会容忍密室的存在。"

"……"

"而且，在这个案子里，说那种话是不会带来任何进展的。这就好比每天都没日没夜地光顾着算账……"

看来目前木更津不打算说一个字。我终于意识到了这一点，虽说有点晚。木更津的意思是，信口说些没谱的事有违他的大政方针。只是，他的最后一句话让我比较介怀……

我放弃了，决定换另一个话题。当然，这种放弃也仅限于木更津所说的"现阶段"。

"那我们接下来该怎么办？现在伊都都被杀了。"

"这是我们当前面临的大问题。"木更津向后一仰身靠在安乐椅的椅背上，把脚底心对着我。

"可你的态度倒是挺从容的嘛。"

"算是吧。"

木更津似乎在期盼着什么。看他的举止，就像一直在等待着什么。

这时，响起了敲门声。

"请进。"木更津回应道。

"是辻村警部吧？"

"应该不是。恐怕是……"

敲门的人是菅彦。他从门缝里探出苍白的脸，随后进了房间。

为什么会是菅彦？

我瞧了木更津一眼。

然而，在木更津看来，菅彦的来访似乎是理所当然的事。他即刻露出生意人的笑脸道："菅彦先生，我一直在等你。"

菅彦似已恢复如常，但脸上仍残留着浓重的苍白之色。之前我还以为是灯光的关系，现在看来他原本就不怎么健康。或许是戴着眼镜的缘故，他看着就像一个文弱书生。虽已年过四十，却丝毫不见与其年龄相称的风骨。说不准是不是出于这个缘故，他望向我俩的目光中充斥着不安。

他似乎在犹豫些什么。

"刚才真是失礼了。"

菅彦的话音很轻，是一种低沉舒缓的声调。

"不要紧了吗？"

"是的。"

菅彦点点头，走上前来，他的紧张情绪似乎已被木更津爽直的话语化解了。

木更津并不擅长交际，但在如何让对方信赖自己、向自己打开心扉这方面，拥有一流的才华，堪比婚姻骗子。

我把木更津对面的座位让给菅彦，自己则站在一旁仔细察言观色。因为我想起木更津以前说过，不经意的小习惯也会释放出矛盾点。

"后来的情况如何？"菅彦刚坐入沙发，便直奔主题而去。如果是老奸巨猾的畝傍，此刻当会从对方最薄弱的环节着手进攻，而菅彦显然缺乏这样的智慧和经验。

"感觉还没有任何进展。"木更津漠不关心地答道。

"杀害伯父的凶手是……"

"不不,我什么都不知道。这是警方的工作。"

木更津在装傻。他似乎一直在等菅彦出牌。他明明对这个案子兴趣十足,却只字不提。

"……"

看情形菅彦也是举棋不定,不知该如何启动话题。他一副坐立不安的样子,难以想象此人竟然比木更津还大十来岁。菅彦双手合于胸前,两根拇指动个不停。

"不过在我看来,这个案子相当棘手。你也看到了,很多情况不合常理。"

木更津换了换二郎腿的姿势。他这么说大概是想促使菅彦做出反应。

"你说得是。直到现在我还不敢相信。伯父和有马竟然变成了那个样子……"

"你心里可有头绪?"这回轮到木更津探口风了。

菅彦一惊,抬起头来,如实地做出了反应:"这么说,凶手是今镜家的人?"

我以为木更津会再次装糊涂,谁知他出人意料地答道:"是的。"

"这只是我个人的见解。不过菅彦先生也是这么想的吧?"他又接着补充道。

"……"

菅彦不做回答,也没有否认,那对灰色的瞳仁躲藏在围着银框的厚镜片的背后,活像一只牡蛎。然而,对于这种优柔寡断的态度,木更津的话语拥有绝对的统治力。

"算了,无所谓了。"木更津一声叹息,朝我这边看来,并送出了一串代表成功的信号。

沉默持续了片刻。不久——

"说实话，我来这里是打算重新委托木更津先生的。"

菅彦似乎决心已定，再度开口道。看来他终于吐露了本意。

"此话怎讲？"木更津语调不变。

"我想请你查找杀害伊都伯父和有马的凶手。"与之前的态度略有不同，菅彦加强了语气。

"请我吗？"

"是的。光靠那些警察我不放心。怎么样，木更津大师？"菅彦佝偻着身子，抬头注视木更津。

"别叫我大师。怪难为情的。"木更津笑起来。他意味深长地看了我一眼，像是在说"怎么样，我厉害吧"。

原来如此……他的从容不迫原来是打这儿来的。

"我会叫人准备房间。当然香月先生也请一并留下。"

"我倒是没什么急事。"

我的消极态度当然不是出于本心。就算上刀山下火海我也想看到后续的发展。

"既然香月这么说，我也没有异议。说实在的，一旦和某件案子扯上关系，再要放手总会让人觉得不太舒服。"

装腔作势！这项委托对木更津来说可谓一根救命稻草。原本他应该无条件接手，现在倒好，弄得跟谋士似的，摆出一副煞有介事的样子。

"非常感谢。"

菅彦脸上绽出了无力的笑容，这原本就是一个性格消极的人吧。他舒了一口气，仿佛烦恼已烟消云散。

"我派人在三楼给你们安排卧室。"

之后，两人开始进入事务性的话题。侦探不是志愿者，所以"能捞则捞"似乎成了木更津的人生信条。近来由于客户多为警方，他净在做"无私的奉献"，难得这次的委托人是个名曰"今镜"的大款，无怪乎他的语气也自然而然地热络起来。

至于我，只要有东西吃有地方睡，外带有看好戏的机会，哪还有什么怨言。于是我摆出一副旁观者的姿态，只当没听见他俩的交易谈判。

"对了，伊都伯父的委托内容是什么？"

交涉进展到一定阶段后，菅彦突然变换了话题。他大概想装作随口一说的样子，然而纵观整个谈话过程，这一问显得十分突兀。不过他本人好像没有意识到这一点。

显然，这个不自然的问题是菅彦从一开始就十分挂念的事情。不过我很难判断，菅彦只是想知道答案，还是因为他心里有一些让自己也颇为忧心的想法。

木更津不露声色，淡然答道："啊，这个我不能说得很清楚，反正不是什么大不了的事，肯定不是关于杀人案的。所以，后来连我都吃了一惊。"

"是吗？"

有负期待的回答令菅彦颇为沮丧。也不知他是否相信木更津的话，但他没有再深入地问下去。

"好了，我也想问你几件事。'地狱之门'是不是有什么问题？如今那个房间除了断头台好像什么也没有，但它对于伊都先生曾经有某种用途应该是真的吧？"

"是的。伊都伯父经常出入那个房间，钥匙也由他自己保管。但说到目的，连我也不清楚。因为伯父总是半夜三更一个人待在那里。"

"很神秘啊，总觉得有某种危险的倾向。啊，我失礼了。"

"不不，我们也是这么想的。我父亲总是语带嘲讽地管这个叫作'拜神'。"

"拜神吗……"木更津思考了片刻，"你是不是想到了什么？就算是鸡毛蒜皮的小事也行。"

然而菅彦只是摇头说道："我想不出什么来。说句不害臊的话，虽然我和伊都伯父、有马同住一个宅子，但我们连面都没见过几次，也就是在吃晚饭的时候碰碰头。"

像今镜家这样的大家族，有家人间异常亲密的，也有互相反目的。今镜家似乎是后者。从畝傍对亲哥哥伊都的尸体所表现出来的态度，就可见一斑。

"这么说，有马先生突然回来的理由你也不清楚啰？"

"是的。有马经常到处乱窜。明明他比我大三岁……"

菅彦的话中隐约透出责备的意味。恐怕他与有马正相反，总是待在这座宅内闭门不出。

"有马先生不去公司吗？"

"是的，尽管他挂了个重要的头衔。我们几个也一样，自祖父引退后，就不太涉足公司的业务了。"

"这么说……"

木更津正要提其他问题时，警部不敲门就进来了。他的身后还站着堀井刑警。

"木更津君。啊，还有菅彦先生。原来你在这里啊，我们正在找你呢。"

辻村对菅彦表示出了一定的兴趣，但又立刻向木更津走去，仿佛在说现在还不是时候。

"怎么了？"木更津问道。

从警部的态度中他似乎感觉到了什么。而菅彦或许是因为尴尬的一幕被人撞见，又如先前一般不作声了。

"伊都的两只脚找到了。"警部十分克制，但显然情绪亢奋。

"在哪儿找到的？"木更津眉峰一挑。

"你觉得是哪儿？就用你那引以为豪的推理能力猜猜看吧！"

"稀奇稀奇！辻村警部居然会说这样的话。多半是个很出人意料的地方吧。唔……"木更津瞥了瞥警部的脸庞，"比如说，在伊都书桌的抽屉里之类的？"

我并不清楚，在这片混沌之中，木更津对整个事态做出了何等程度的预测，看得究竟有多远。没准儿他已经逼近了凶手的咽喉要害。

而现在唯一可说的是：当时警部就惊呆了。他只憋出了一句话："原来你知道啊！"

这是第二次来伊都的房间，也许是鉴识课的人已离开的缘故，屋里显得比前一次更为空旷。

玻璃门的背后是浴室，一切日常生活都能在这间屋子里完成。事实上，听说伊都除了去"地狱之门"秘密参拜外，整天都把自己关在这里。

静下心来一看，就发现此处装潢十分讲究，配得上"伊都之家"的称号。据木更津讲，占据着三个角落的床、沙发、橱等家具，可归为兴起于法兰德斯的矫饰主义的某个支流。而且，它们都有百年以上的历史，纹理泛黑的木腿更是显示了其与华丽技巧的奇妙融合。一件件东西与史上赫赫有名之物比起来，未免相形见绌，但所有家具、日用器具都按一个样式得以统一，不得不说这场面着实壮观。

"藏脚的书桌是这个吗？"

装饰过度的书桌上摆着一只竖向歪歪扭扭的花瓶，一眼看去似乎是新艺术派的作品。纵观室内的理念，不免给人一种不合时宜的感觉，然而我一问木更津才知道，这也属于亚矫饰主义流派。此类非匀称作品似乎很久以前就有了。

另外，就连意趣迥异的枝形吊灯、玻璃钟、贵族肖像也均为同一风格。换言之，这里称得上是一间充满仿古情调的屋子，仿佛瞬间穿越到了好几百年之前。

"你会不知道？反正你已经是超越人类智慧的存在了。"

不懂辻村是出于什么意图来了这么一句。或许是因为他已经走投无路了。不过，后来这番对话在另一层截然不同的意义上，发挥了极大的暗示性作用。

"怎么可能？我可是血肉之躯！"木更津拿起了那只花瓶，"脚已经收走了吗？"

"嗯。把脚像这个花瓶一样装饰起来，看了心情是不会舒畅的吧。血差不多都流光了，缩得很小。"

听口气居然有点恋恋不舍的味道。警部把手搁在桌上，这时好像有什么东西沾到了他的掌心。他急忙抬起手。

"是糨糊啊。给信封封口的时候漏出来的吧。"木更津冷静地说道。

"看来伊都不是一个一丝不苟的人嘛。"

警部急匆匆地用手帕擦手，随后又像没事人似的说道："脚被扔在最下面的那个抽屉里。"

"确实是藏东西的好地方。"木更津左右摇晃着花瓶，里面似乎没有水，"不过跟头一样，凶手好像并不真的打算把脚藏起来。"

"这个我知道。比起这个来……"

"还有其他东西？"

"嗯。抽屉里还放着一些文件，把脚给遮掩起来了。"

辻村取出一只信封，白色，纸质上乘。

"这个被放在最上面。"

木更津漫不经心地接过信封，翻了个面。只见那里有几个以楷体写就的大字：河原町祇园先生。

"河原町……就是那个……"

"应该是吧。这么少见的名字，不作第二人想。"

河原町与木更津一样，也是私家侦探，乃江湖上赫赫有名的人物。年纪上他要大得多，知名度方面也远胜木更津。如果说木更津是只在小圈子里闻名的小众侦探，那么河原町就是一个市民皆知的街头侦探形象。

不过人们认为，他的知名度与其说与才能有关，还不如说是努力营销的结果。车站月台、电视广告、报纸广告栏等地方，"河原町侦探"之名随处可见。以至于大家都说，扔块石头都能砸中河原町侦探的宣传海报。

从这个意义上来说，他可算"京都奇男子"之一。此人年轻时是个美男子，听说这个也成了卖点之一。不过在新近张贴的海报里，他眉宇间已难掩衰老之态。

"没有开过封的痕迹嘛。"

木更津再次翻转信封，仔细观察了封口处。

"我没看里面的信。"

"不，我不是说警部你开过封，而是说凶手。我的意思是，就连喷上蒸汽打开封口的痕迹也没有。完全保持了用糨糊粘住后的原样。"

木更津将信封递还给辻村。辻村也看了看封口处。

"这……"

"似乎凶手对此不感兴趣。"

"看来是这样。可能凶手觉得里面没写什么重要的事。其实我想说的是,伊都不光给你,还给河原町发去了委托。"警部的视线转向了木更津。

"也就是说,信上写的可能是委托内容?要不我们打开看看?"

木更津的语调中并未包含多少期待。连我都能预测出,信里的内容恐怕和寄给木更津的那封差不多。

"我们当然会打开看的。我搞不懂的是,同时委托两名侦探是出于什么心理。你不会连这个也知道吧?"

"不不,光是这件事就足以让我吃惊了。"

木更津夸张地一摊手。这动作真是要多假有多假。

"看起来不像啊。"

"大概是因为只找我一个人不放心吧。河原町侦探那边的风评又比我高。"

"是吗?我倒是没信任过这个人。还是说怎么着,事关重大,所以非得请你们两个来?"

辻村看着木更津,后者则一耸肩膀说道:"寄给我的信里可没写委托内容。这个先不提,我建议你先采集一下信上的指纹。"

伴随着一阵"吱吱嘎嘎"的响声,木更津关上了沾满血迹的抽屉。

3

有马的房间上着锁。

一扇破旧的木门毅然阻挡在我们的面前。不清楚锁门的是有马本人还是凶手,而这也是大家以为有马在外头过夜的原因之一。堀井刑警等人也是,直到有马的尸体被发现为止,对此都深信不疑。虽说这也是理所当然的事,可堀井好像至今还在懊恼。与其说是责任感,还不如说是他的自尊心无法原谅自己的失误。

警部拿出一把附有红色饰品的钥匙。钥匙取自有马尸体所穿的西装的内口袋。据说指纹采集已经完成。

有马的房间与伊都的房间相邻。话虽如此,由于房间大小有二十帖以上,门与门的间隔与普通公寓相邻两室之间的距离差不多。

这次我们算是回到了所谓"第二个起始地",只是肩头的担子之重,简直不能与开始时相提并论。这或许是一种焦躁,又或许是一种焦急,至少从警部身上能看出如此征兆。

这里是否也隐藏着凶手的嘲笑呢?我发现自己在不安的同时,竟抱有一种说不清道不明的期待。

"好了,出来的会是鬼,还是蛇呢?"

是木更津在嘀咕。他仍是一副唯我超然于世的样子,不过倒还不至于破坏整体的紧张氛围。

警部咽了一口唾沫,将手伸向门把手。

乍一瞧,屋内并未透出之前所见各室的古怪风格,也没有被扰乱的痕迹。别说新的尸体了,就连凶手是否侵入过这个房间都令人怀疑。

"估计是凶手也玩不出什么花样了。"

辻村嘴上这么说,脸上却是一副扫兴的模样。进门前精神头儿提得太高,现在不免有一种强烈的被耍弄的感觉吧。堀井刑警以下一干搜查人员也是如此。再看木更津，沮丧之情溢于言表。唯有内部人士菅彦如释重负。

然而，也不是完全没有能引起我们关注的东西。

那便是马的照片。有驰骋于牧场的无鞍马，有在马场上飞奔的赛马。很多照片被扩印、制成了框画，数量有五六十幅之多。英国产良种马占了绝大多数，阿拉伯马也有几匹。

这些已成为框画的相片被密密麻麻地装饰在墙上，就跟到处贴着明星海报的十来岁少男少女的屋子差不多。

多达数百匹的骏马在屋中巡回奔走，这景象已然超越"壮观"，跨入了"喜感"的境界。

"有马对赛马很有研究。啊，指的不是赌博，而是马本身。他好像还拥有自己的牧场。不过我不知道他还在房间里贴这种照片。"

菅彦也显出吃惊之色。

"那么这些都是有马的马了？这也太热衷了吧。"辻村被震住了，他的感慨像是发自内心的。

"那是自然，连名字都叫'有马'了嘛。有马的马里是不是有一匹叫'里德伯有马'？"木更津似乎想起了什么。

"好像是叫这个名字。亏你还知道这个！"

"哪里哪里，我只是根据名字想应该是这样吧。"

"你知道这匹马的事？"问话的是警部。

"不是很出名的马，但名字倒是听到过几次。我记得这匹马已经有七岁了。"

"我都不知道你还喜欢赛马。"

辻村的话里多半含着几分轻蔑的讥讽。他讨厌赌博，这在警官里可不多见。

"老早以前的事了。这个跟扑克不一样，没法靠纯逻辑得出结论，所以我很快就不干了。"

"这东西把你难住了？"

木更津摇头道："不，是因为我明白了，万马券①的不确定因素毫无依据可循。不谈这个了，话说有马先生好像对这匹马非常上心。"

"里德伯是有马最宠爱的一匹赛马，虽然成绩不怎么突出。事实上，他也就是图个乐子，胜败尚在其次。"

菅彦语气淡然，看来他也不喜欢赛马。不过，连他都能知道这么多，可见有马对这匹马是颇为得意的。

我也难以理解，这种无法获胜的赛马有什么好的？莫非这个就叫"马马相合"②？

"拿马当消遣啊。真是奢侈的爱好。"

木更津只在三年前养过一只"六角恐龙"③，是别人送的，而且两个月后就被他养死了。

"自从几个月前里德伯死了以后，有马就一蹶不振了。听说是前腿骨折了。"

我听人说过，对马来说骨折就是致命伤。

"比起多侍摩先生的去世，爱马的死给他的打击更大？"

"是的。事实上，祖父对我们来说只是一个令人生畏的对象。"

"你说'我们'……也就是说你也是？"

---

①万马券：猜中者所获奖金为购入金额一百倍以上的马券。日本的赛马券最低购入金额是一百日元，一百日元的一百倍即一万日元，故名"万马券"。赔率越高通常表示猜中的概率越低，所以"万马券"一词也常被用来比喻可能性极小的事。此处木更津就是在揶揄警部赌赢的可能很小。

②原文是"馬が合う"，意为投缘、合得来。这个短句源于"马与骑手配合默契"之意。此处是戏谑的说法。

③原文是"ウーパールーパー"，是日本对墨西哥钝口螈的爱称。中国俗称"六角恐龙"。

"……是吧。"

菅彦支吾起来。含糊其辞的背后，恐怕隐藏着家人之间筑起的某种外人不可入侵的关系构造。

"他是追随爱马而去了吗……"木更津不再深究。

菅彦平静地点点头。

警部等人已开始搜查房间。冷眼旁观也能看出，结果并不乐观。

"凶手可能没把心思放在这里。"

我话音刚落，木更津便立刻否定道："这可不一定。因为这个房间是一个奇点。"

"奇点？是指数学的那个奇点？"

"嗯。根据凶手的指导方针，我们来有马的房间应属必然之举。然而，这里却没有发生任何现象。至今为止所拥有的连续性便戛然而止了。"

我感觉能理解他的话，但最终还是没怎么明白。

"那么这个房间不重要是吗？"

"正相反！奇点是解析函数的一把关键钥匙。凶手没把这间屋子当'前舞台'用，这一事实本身就表明了线索的存在。'为何什么也不做'也许才是问题之所在。"木更津颇具暗示性地得出了一个结论。

"也就是说，这里是舞台的幕后？"

"是啊。"

"可是，如此一来，这屋子里的痕迹不是更要被凶手抹杀干净了吗？"

无须把握整个事态，凭感觉我就能知道凶手是一个大胆而谨慎的人。所以初期凶手不可能在重要场所留下证据。临界值通常是零。

"那是。"木更津泰然地说道。只差没说"警部他们做的都是无用功"了。幸好警部等人貌似都没听到。

"我不会说这是毫无意义的,但效率太低。而且,这个凶手呢,靠人海战术是逼不死的。"

"这个也是推理吗,还是神给你的谕示?"

"这只是我的预感。"木更津一脸冷淡地放言道,随后他突然转换了话题,"对了,这里有一样好玩的东西。"

木更津指的是屋角的一套立体声音响。这是今年春季某著名厂家以超低音为卖点开发的新产品。由于是分离式的,主机两侧各摆着一堆双层式的音箱。

"立体声音响怎么了?"

"不,音响本身没问题。问题是唱片。"

木更津打开半透明的唱机盒,里面有一张 LP 唱片。黑胶光滑亮丽,似乎是新品。

"唱片竟然就这么放着不收好。"

木更津用双手捏住唱片两端,读出了上面的标题。不,这是国外的唱片,所以准确地说应该是"翻译"。

"'德沃夏克 F 大调第十二号弦乐四重奏《美国》',然后是……"他翻转唱片,"'舒伯特 d 小调第十四号弦乐四重奏《死神与少女》',是斯美塔那啊!"

两者皆为弦乐四重奏中的经典名曲,是知名四重奏乐团竞相灌制录音带的对象,演奏会上也经常能听到。我记得国内应该出过斯美塔那的唱片。

"《死神与少女》……相当有暗示性啊。《美国》也与一首黑人灵歌相关吧,尤其是第二乐章。"

"我还以为你要说什么呢。巧合罢了。而且唱片拿出来没收好是常有的事。"

说归说,可我多少也觉得没准儿是这么一回事。不过,相比之前的斩首和切足,如今光靠一个"死神与少女"来立论未免太薄弱了。

用来制造气氛倒是正合适。

"是吗?我倒觉得这是一条不错的线索。首先,里面放的不是 CD 而是 LP,这一点很有味道。"

木更津留恋地用双手转动唱片。

"被杀的可是老人和中年人。在我看来,你不过是想特意给这些东西找个理由。"

"如果这幢宅子里有少女,情况就不一样了,不是吗?菅彦先生,有马先生对古典音乐兴趣如何?"木更津对我的话置若罔闻,转而向菅彦提问。

先前一直忐忑不安地看着刑警搜查的菅彦,慌忙转过脸来说道:"马以外的事,我就说不清楚了。伊都伯父常听古典音乐,所以有马也许感兴趣。"

"是吗?"

"唱片架上的情况如何?"我问道。

"主要是一些外国电影的配乐啦。古典音乐多少倒也有一点,《命运交响曲》《第九交响曲》之类的。有点难以想象,这里会突然蹦出一张《美国》或《死神与少女》。"

诚如他所言,即使在古典音乐中,弦乐四重曲也是极不起眼的品种。通常人们都会从交响曲或协奏曲开始买起吧。不过,这两首曲子作为电影音乐都很出名,因此而购入的可能性是完全存在的。

"用抒情曲版的《死神与少女》来作暗示更生动现实吧。而且，如果是为了死者，这张效果更佳。"

我拿起的是莫扎特的《安魂曲》，原先被夹在唱片架里。如果是这张唱片，想必不光是木更津，所有人都会信服吧。然而唱片机中放的却是《死神与少女》。木更津的嗅觉再怎么敏锐，我也觉得是他想多了。

"靠时间总能解决的。"木更津死心似的把唱片放了回去。

这句话可以有两种解释。

"对了，你手里拿的是莫扎特吗？"

"是的，怎么了？"

这是卡尔·伯姆重登指挥台后的一次著名演出。

"莫扎特也行吧，不过按凶手的性格，倒是朱塞佩·威尔第更合适。"

结果，在有马的房间里并没有什么特别的发现。这本来是一件颇为遗憾的事，但同时警部等人好像也松了一口气。可能是因为再出什么乱子的话，就更不好收场了吧。

之后，警方在三楼的某个房间开始做笔录。那个房间平时被用作客房。由于有这么一幢大宅子为底，说是客房其实也大得惊人，室内布局与二楼的房间完全相同。

以畎傍为首，菅彦以及家政妇等包括用人在内的相关人员都受到了盘问。警部等人也是干劲十足，一心想挽回之前的工作不力，他们一个个都全神贯注，生怕听漏一句话、一个字。

然而，三小时后一切都以徒劳而告终。没有值得一提的成果，工作几乎没有进展。

或许一开始大家就知道会是这样的结局。凶手胆大心细——

按木更津的说法，这种人是不可能留下犯罪线索的。警方的询问得到的净是否定的回答。偶尔也有肯定的回答，但大多只是对已知事实的确认。

只把结果整理一下吧……被推定为作案时间的昨晚三点到四点，没有一个人拥有不在场证明。此外，在有马诡异行动的理由、二人遇害的凶手动机这两方面，也没有新的发现。当然，警方不会只看表面的说辞，但是一拳击出完全感觉不到反应却也是事实。

警部一边不断重复着单调的问题，一边察言观色。然而这一招似乎也未奏效。这可能要归罪于警部还没能把握每个人的特性。

今镜家众人（虽说不是所有人）都和畎傍一样个性淡泊。说得好听一点叫冷静，而这似乎也把他们引向了漠不关心。他们没有恶俗的起哄心理，同时也缺乏家人被杀时应有的紧迫感。这群人只表现出一种隔岸观火似的反应，简直就像一群鸦片吸食者。

就算不是警部，也必然会被这极度的焦躁搞得着急上火。所有人的口供都录完时，警部精疲力竭地瘫倒在椅背上。

要问警方在这徒劳无益的对话中收获了什么，那还得是家政妇日纱的证词。

日纱说了两点重要证词。一个是关于信的。昨晚她把晚饭送进伊都的房间时，看到他正在往便笺上写字，不难想象这应该就是写给河原町侦探的信。

警部看了信，文字与寄给木更津的那封并无太大差别，完全没写委托内容。然而，在木更津决定来苍鸦城之后，伊都还要委托别的侦探，着实不可思议。

另一个——其实更为重大——足以令警部的沮丧之情雪上加霜。说到底是与"地狱之门"的钥匙有关。

如前所述，发现有马尸身的房间"地狱之门"位于塔中，除门之外的三个面均从上到下被厚厚的石壁所包围。没有窗，唯有七八米高的地方开着若干处箭眼。而这箭眼也不过是一些数厘米见方的洞孔。

发现尸体时，那扇雕有地狱图案的大理石门被锁着，"地狱之门"处在完全密闭的状态。门钥匙有两把，一把原配，一把备用。原配的钥匙被有马握在手中。最初大家认为锁"地狱之门"用的是日纱保管的备用钥匙，然而通过这次笔录，这个观点被否决了。

"钥匙和其他备用钥匙一起被保管在一只嵌墙式的保险柜里，最近几年从来没用过。直到我听从刑警先生的吩咐打开保险柜为止，柜子表面都盖着一层均匀的薄灰。要是有人最近打开过，应该会留下手印。"

老家政妇言之凿凿。任凭警部如何变着法子地问，回答都一样。而且，每重复一次问题反倒更加深了她的确信程度。

"我赢了。"木更津说归说，但并没显得有多高兴。看他的表情就像一个得了九十八分的优等生。

"你是正确的。你总是正确的。"

"前提是家政妇的证词没有错。"

木更津停止了挑绷子游戏。现在他的两手之间连着五颗星。木更津常玩挑绷子游戏，目的是能集中精神。

"你的意思是她在说谎？"

"我可没说她做的是伪证。只是，从'可能性'的角度来看，犯'错误'的情况还是有的吧。不过呢，我压十二万五千日元赌她没错。"

十二万五千日元是木更津所住公寓的月租金。

罕见的是，在问讯过程中木更津没插过嘴。一般情况下他总会冷不防地问个两三句，可这次他始终在警部身边专注地活动着手指。作为一个旁观者，我简直怀疑他到底有没有在听别人说话。

"这是要开赌吗？"

"没准儿你还能赌到一张万马券呢。"木更津笑道。

"你为什么能说得那么肯定？"

"我只是好这一口罢了。根据凶手迄今为止表现出来的那种挑衅式的——也可以说是嘲讽式的——态度，就算出现密室也没什么好奇怪的。"

"挑衅式的态度里难道就不包括'使用第三把钥匙'的情况吗？"

"外行人是很难复制那种钥匙的。"

堀井也连连点头。这点小问题其实辻村一眼就能看明白。只是，他的瞻前顾后阻碍了他从心底承认这件事。

"如果是专家的话还是能复制的吧，但这样就会留下蛛丝马迹。除非凶手有做这一行的熟人。"

"凶手没有危险的同伙，这一点我还是懂的！"警部心不甘情不愿地做出了让步，"总之锁是在门外上的啰？"

"假如凶手无法从室内脱身，那自然是在门外上的锁。那个地方简直就是一座石牢啊。至于方法，是多种多样的。"

"多种多样……比如说？"

"咒语、意念力……不过我想你应该明白不会是那种陈腐的手法。"

"自尊心的问题吗？"

"现如今，已经不流行线和绳了。"

"这种家伙应该早点儿灭掉！"

"切记不可着急。我们还没开拓的领域可不止这些。"

关于密室，木更津似乎也没有具体的想法。然而，从态度上又可窥见他的从容，或许他已经抓到思考的切入点。

"对了，辻村警部。"木更津换了个话题，"你知道《三个橘子的爱情》吗？"

"不知道……堀井君，你知道吗？"

堀井刑警点点头，态度有点拘谨："这是普罗科菲耶夫的歌剧。我记得后来被编成了曲组。"

"《三个橘子的爱情》是苏联作曲家普罗科菲耶夫在逃亡途中写出的佳作。当时他还不满三十岁，如今这部作品和《基杰中尉》一道成了他的代表作。"

"我只听过《彼得和狼》。这个又怎么了？"

"没什么'怎么了'。我只想说，组曲版的第二曲目叫《地狱场景》。"

一刹那，警部傻了似的用手扶住额头。我也觉得这和《死神与少女》一样，纯属牵强附会。

"可是，橘核何止三个，掉了都有十几个吧。这一点你怎么解释？"

"我还在考察。"

警部哼了一声道："你小子有个偏好，总是企图认定某件事物的存在。现在的这个也是……也许你有万分之一的可能是对的，但我还是要否定你。"

"如果不这么做，就不会有进展。"木更津微笑着说道，"一切都是断片。除此之外还没有出现过其他东西。所以我只是在拾取断片。当然，实际上该把它们嵌入何处还没有定数。现在我们必须尽可能多地拾取断片。"

"很可能怎么拼也拼不好呢。"警部不怀好意地回应道。

"是啊。这是常有的事。不过，留意一下橘子总归是没错的吧。"

"这要看地狱会不会如你所说地出现。"

"地狱的话，已经出现啦。下面登场的将会是王子和公主殿下。"

这时，外面响起了敲门声。

"抱歉。"进来的是中森刑警，正是发现有马的头时，涨红着脸跑上楼的那位。

"这是鉴识课的报告。"中森二话没说就翻开了手里的报告书，这人多半是个急性子。

"被害者的头和身体都对上了。两只脚也吻合。伊都的死亡推定时间是深夜三点到三点三十分。有马也是。"

"缩短到三十分钟了吗？反正也无关大局。然后呢？"辻村催促道。警部似乎不喜拘泥于形式的报告。

"死因方面，不是毒杀。根本检查不出药物死因。两个人都是……"中森在此处一顿，脸色略有些发白。

"怎么了？"

"啊，非常抱歉。死因是颈髓被切断。报告上说是当场死亡。"

"颈髓……"木更津低声说道，仿佛在咀嚼话中的意味。

"这么说……两个人都是被斩首而死的？"

警部闷哼了一声，其中透出的惊骇与之前的种种讶异性质截然不同。因为凶手并非割下尸体的脑袋，而是活生生地将人头砍下，杀害了死者。死者的呐喊被生者的惨呼所替代。伊都和有马都是活着被送上了断头台。

"是，是的，好像是这样。切面上检测出了活体反应。"

"这叫什么事啊！"辻村抱住头发花白的脑袋，"也许我们要对付的不是你说的那种清高犯，而是变态吧——还是最恶劣的那种！"

"简直是恶魔啊。"木更津罕见地送上赞美之辞，从神情中也看不出他是否受到了震动，"这头是献给谁的也是个问题啊。"

"这可是真正的从活体身上砍下的人头啊。但是……不会连脚也是死前切下来的吧？"警部无视木更津的话，问道。

"不，伊都的两只脚是死后，据说是三十分钟之内被切下来的。"

我心下稍安。如果伊都被砍下脚时还活着……光是想想就觉得恐怖。堀井好像也有同感，刚才嘴角还在微微抽搐，如今已臻极致的紧张情绪似乎也略有缓和。

"凶器呢？"

"具体情况还不清楚。他们说是被一把刃口锋利的刀一下子切断的。"

如果是割肉刀或斧子，切口会非常粗糙，因为这需要技巧。然而，伊都和有马的颈部截面都很平整，宛如被切成圆片的萝卜或黄瓜。凶手用的只能是经受了千锤百炼、专为斩首而来的刀。

"一刀两断吗……简直就像介错人[①]嘛。难道说凶手有这方面的经验？"

中森一边支支吾吾，一边快速地浏览报告书。

---

①介错人：为剖腹自杀者断头的人。

"不。伊都和有马的后脑有被殴打的痕迹,应该是把人打昏后砍的头。这个时候,据说只要用大砍刀那样的重型刀,就算是外行也能在手起刀落之际,利用刀自身的势道把头砍下。"

这番话不禁让人联想起某位将青龙偃月刀使得随心所欲的中国豪杰。当然,他还长着一把五柳长髯……

"断头台呢?"

"没有使用过的痕迹。查不出鲜血的反应。"

"你说'鲜血',也就是说断头台以前沾过血?"

"这个怎么说呢……"

看来这份报告书到底是没把木更津的个人口味考虑在内。

"那只能是刀了。"

"大砍刀的话,无论古今中外,这幢宅子里恐怕是要多少有多少。"木更津道。

这里的确是古董的宝库。

"要一把一把地查鲁米诺反应吗?"

那可是不得了的工作量。据菅彦说,光是堆满破刀烂剑的房间就有三个之多。

"没那个必要。可能性只有两个,要么是马上就能发现,要么就是不会发现。"木更津纠正道。

"真是搞不懂你。为什么会得出这么极端的答案?"

"因为凶手极端啊。一种做法,是为了制造效果把凶器丢在显眼的地方;另一种做法,是为了制造效果把凶器隐藏起来。至于凶器本身,估计对凶手来说没什么危险性。"

辻村吃了一惊,抬起头来问:"这么说凶杀还会继续下去?"

"恐怕是的。"木更津点头道。

"可是,为什么呢?用一把新的刀不就好了吗?"

我这么一问，就听木更津赞许似的回答道："问题就在这里！凶手硬是把凶器藏了起来。也就是说，我们可以做出推测，凶手是想露骨地表示接下来还会发生第三、第四桩杀人案。"

"故意把凶器藏起来以煽动大家的不安情绪吗？过些日子再让凶器暴露在大庭广众之下的话，确实会很有效果。"

"意外的是，这也可能是对我们的一种警告。"

木更津用不合时宜的微笑打断了这轮对话。中森伺机把未完的报告继续了下去。

"关于指纹，甲胄上的指纹被擦得一干二净。"

"'地狱之门'呢？"警部像想起了什么似的看了中森一眼。

"房间被污染得相当厉害，结果只从门扉上采集到了指纹。但是，外侧及内侧把手上的新指纹都是伊都和有马两个人的。"

"这是肯定的吧。"

谁也不认为凶手会愚蠢到在这种地方留下指纹。

"不过，既然有马的指纹也在上面，说明有马是按自己的意志去那间屋子的。"

"是啊。又或者是被引诱过去的？"

"'地狱之门'的地面上只有伊都和有马两个人的血。不过问题在后面，伊都房间的地毯也沾了有马的血，而且量还不少。"

"有没有药物反应？"

"目前还没检测出来。血好像很新鲜。"

"你们是什么想法？"辻村看着堀井和木更津问道。

"'地狱之门'的血是从有马身上流出来的，这个能理解。但伊都房间的血就比较奇怪了。"回答的是堀井，"会不会是把血装进塑料袋后拿过去的呢？几分钟的话还是能保持鲜度的吧。"

"倒也不是不可行，只是为什么要这么干……啊，这个问题问了也是白搭吧。"

"然后有马左上臂的肌肉有轻微的炎症。似乎是痉挛。"

"痉挛?"警部眼角抽动了一下,惊讶地问道。

"听解剖的法医说,有马被杀时左臂也发生过痉挛。"

"就是攥着钥匙的那只手吧。"

"是。"

木更津冷不防的提问似乎令中森有些不知所措,赤脸膛涨得越来越红。

"有马是左撇子吗?"

"不是吧。菅彦好像说过他惯用右手。这个跟痉挛有什么关系?"

"不知道。"木更津两手一摊,耸了耸肩,"只是,手臂都痉挛了钥匙还不撒手,我觉得有点儿可疑。"

"我认为没什么东西能不引发你的疑心。也只有你这样的人才会去思考什么整数矛盾问题。我是完全无法理解的。"

"你是在放弃。"

"我也打算这么干了。"

这种事在辻村身上是很少见的。平时他总给人一种百折不挠的感觉,但只有这次,从一开始他就处处表现出不想好好干的态度。

"不管不顾可以,但你不能无视。因为这个疑点可能会成为一个重大要素。"

"真相什么的,你好像已经看出来了嘛。"

"我只是在进行等级评估。"

"哦哦。可我想要的是事实,而不是你的那些含含糊糊的东西。现在我们只知道一件事,那就是昨晚三点到三点半之间伊都在自己房间被杀,有马在'地狱之门'被杀。"

"补充一下,伊都的头和有马的尸身同时在'地狱之门'被发现,而有马的头则是在挂帽子的地方被发现的。然后,'地狱之门'锁着,钥匙被捏在有马痉挛的手中。现场处于我们常说的密室状态。"

"密室不是事实!"辻村始终在意密室的说法。

"无非就是一个用词的问题罢了。这个先不管,你忘了一件事,一件非常关键的事。"

"什么?"

木更津将手中的线揉成一团后,回答道:"一切事象的目的都匪夷所思、不清不楚。至今还没有一个问题能得到解决。"

这是千真万确的事实。

4

"好了,凶手是谁你是不是有眉目了?"

"没有。"

木更津回应冷淡。看样子他已经停止思考,只是在发呆而已,唯有正玩着挑绷子游戏的手在机械式地忙个不停。

我们被菅彦带到了三楼的某个房间,恰好与用来做笔录的屋子隔中庭相望。此处似乎是来客用的卧室,一体化浴室和床铺等设施一应俱全。菅彦是要请我们在这里留宿,直到案子破了为止吧。

"现在只是序幕战,敌人甚至连牌都还没出光呢。"

"你认为凶杀还会继续是吗?"我有点吃惊。

"这话我应该说过了。"

"我以为你是半开玩笑的。"

"现在离愚人节还远得很吧。连圣诞节都没到呢。"

木更津啜饮了一口家政妇端来的咖啡。从收音机那儿传来了莫扎特的《嬉游曲》——是 D 大调。

和着轻快的曲调,室内仿佛化为一幕广告里常见的早餐景象,一片舒适惬意的空间,难以想象片刻之前我们还在与凶杀案相伴。

斜阳渐渐被染为血色。从我们来到这里,已经过了半日。

"伊都是想委托你办什么事呢?"

"谁知道呢。"

敷衍了事的回答。在办案过程中木更津不会向我透露半点信息。

"会不会和现在这桩案子有关呢?"

"单纯想想的话,应该有关系。不过,考虑到畎傍也听说过委托的事,可见我们的到来并不是多机密的事。"

木更津的手还在拨弄红线。

"你的意思是有乘机作案的可能?"

"也不失为一种见解。这种讨论大抵是没有意义的……好吧,如果委托内容与杀人案有关,伊都做事就未免太粗线条了。当然,也可能只是伊都本人还未意识到问题的严重性。"

"那到底会是什么情况呢?"

"换言之,伊都把我们叫来是为了牵制凶手。"

这个解释可以接受。木更津就是所谓核武器。由于"核武器"的存在,双方互相戒备,就能在一定程度上抑制事态的恶化。然而,一旦在使用方式上走错一步就会酿成惨剧。也许这次就是一个失败的案例。又或者就像影片《中国综合症》里的故事那样？

"会不会凶手根本就不知情呢？"

我俩的到来和杀人案也可能是碰巧凑一块儿了。这绝不是全然无法想象的事。

错综复杂的案子往往是"偶然"的复合体。

"你忘了一件事。如今登场亮相的是这个。"

木更津将手从红线中解脱出来，从内口袋里掏出一张纸。是昨天收到的恐吓信。

"对啊！"

"至少凶手知道我们要来，是否清楚具体时间另当别论。当然，寄恐吓信的人和凶手根本不是同一个人的可能性也是有的。"

木更津嘴上说讨论"没有意义"，自己却往里面注入了大量"意义"。

"当然，你要否定我的想法也行。反正'存在'正在把一切转化为现实。"

"可是，这么做的理由是什么？凶手既已向你发起挑战，恐吓信还有什么意义？"

木更津细心地叠好信，将大拇指往下一指："这可能是一块试金石，也可以认为只是一个余兴节目、一支为中心动机做铺垫的前奏曲。"

我可不觉得他光是为了这个就会把恐吓信郑重其事地带在身边。他的一些信誓旦旦的话是不能盲目相信的。以前有过一个案子，木更津在现场突然来了个后手翻，把警部等人惊坏了。他这么做自有他的道理，当然大家知道时已经是破案之后了。

"不过，恐吓信为我们指出了一个问题。"木更津好像读懂了我的表情，补充道，"那就是两封信的间隔过短。两封信是同时送到我这儿来的，说明委托信和恐吓信的寄出时间没差几个小时。"

"凶手知道伊都写了委托信，就立刻写了这封恐吓信？"

"恐怕是的。"

喇叭里突然传出第一小提琴的高亢乐声。我的注意力不由自主地被带了过去。

"也许伊都把写信的事都泄露出去了。"

"你告诉警部了吗？他好像还没意识到这一点。"

"总归会说给他听的。"

木更津的口气显得若无其事。越是重大的事他就越是说得轻描淡写。

"为什么不说呢？"

"这东西可是寄到我这里来的。也许是我自高自大，凶手要找的对手不是警察而是我啦。"

"真是骇人听闻的假设。"

说归说，可我又觉得他的看法是对的。其实无论是对凶手还是对木更津而言，恐吓信都是一切的诱因。在暗中较劲方面，警方总给人力量不足的感觉，这一点是无法否认的。

"把这个假设继续推下去，我们就能消去各种各样的可能。"

"这玩意儿还真便利。"

同时也有危险。因为一切皆可能会过于轻巧地借此得到解释。木更津多半也心知肚明，所以言语轻飘。这与莫扎特缺乏责任感的轻浮似有共通之处。

"对了，有马为什么要撒谎呢？说什么在城崎。"

"首先，此人是不是有马还是个问题。我不是要怀疑家政妇的证词，不过模仿有马的声音还是能做到的。隔着电话时，说话方式要比声音本身更能左右人的判断。"

"可是,有马半夜里回了家是确凿无疑的事吧。"

"啊,你是想问有马打算干什么……你好像有什么话要说是吧?"

木更津抿嘴一笑,似乎看穿了我的心思。

"对有马来说,城崎这个地方不会让人感觉不自然。不,无论他说去哪儿画画,都是讲得通的。现在,我们假设他是凶手。"

"非常大胆的假设啊。"木更津姑且装出一副吃惊的模样。

"这有什么关系?"我继续往下说,"假如有马是凶手,那么去城崎就是为了制造不在场证明。然后,他为了杀掉伊都,深更半夜回了家。伊都要委托的内容其实是关于有马的,寄恐吓信的也是有马。然而,当他回到苍鸦城时,伊都已经遇害了。"

"被真凶杀了?"

"是啊。同时有马也被这个凶手杀害了。"

这套解释虽然略显廉价,但我认为还是很有条理的。

我观察了一下木更津的反应,不料他却闷闷不乐似的饮尽咖啡,说道:"原来如此,是跟《狗园杀人事件》一样的情节嘛。也就是说,有马最终也成了被害者,无巧不巧地被人杀了?"

"恐怕是的。"我点点头。

"被假定为凶手的有马原来不是凶手啊。太滑稽了。好吧,这个先放一边。你的意思是,'地狱之门'的密室和换头也是这位真凶即兴搞出来的?"

"可能'地狱之门'原本准备用在伊都身上。因为最初决定要杀的人就是伊都嘛。凶手只是把它配给了有马的身体和伊都的头罢了——出于你所说的猎奇趣味。"我硬是把话说得言之凿凿。

"大的脉络方面嵌合得不错。但是……"木更津的话总能给人带来不祥的预感,"为什么要砍下伊都的脚呢?另外,伊都房间里留下的有马的血迹又意味着什么?"

"这个么……"

木更津间不容发地抛出一个又一个问题:"凶手为什么要制造密室?用的是什么手法?有马的手里为什么会攥着'地狱之门'的原配钥匙?"

难道这是他对刚才被我一通提问而做出的反击?当然,他也许不是在问我,而是在自问。

"没你这么刁难人的!不过我想第二个问题还是能回答的。"

"怎么说?"木更津装出一副洗耳恭听的模样。

"在斩首之前,有马不是被人击中后脑勺晕倒了吗?当时他流鼻血了。"

"原来是这样啊。可是,据中森君讲,现场的血量没那么少。据说和伊都在'地狱之门'的出血量差不多。"

没准儿木更津老早以前就对我刚才说到的可能性进行过推演。如今,针对我的一切答案,他都亮出了不利于我的材料。

"那么……就是凶手把有马的头带进了伊都的房间。"

"目的是什么?"

"是为了搅乱搜查工作啊。你说凶手是在挑战你,但在我的假说里,这些乱象都是即兴之作。既然如此,我觉得凶手特意摆上几个没啥意义的棋子,让我们走走弯路,也不足为奇。"

说了半天还是在原地踏步。

"好一个避重就轻的说法。那关于密室你怎么解释?"

"……假如事先复制钥匙行不通,那凶手就是从保险柜取的钥匙。他没留下指印,或者是后来洒过一层薄灰,让柜子看上去没什么变化。我们要用备用钥匙的时候,日纱自然会触摸柜子的把手，这么一来动过手脚的痕迹就会被抹掉。"

"好一个权宜之计。万一日纱没留意的话……不，应该说日纱没注意到的可能性要大得多。她碰巧注意到没有指印，密室才得以成立，但是一般情况下人不可能记得那么清楚。这很不可靠啊。"

"……"

"而且按照你的说法，创建密室时凶手是在尝试某种挑战对吧？在几天乃至几年的时间里，凶手倾注了大量智慧，可搞出来的东西也未免太陈腐了。我总觉得手法应该更大胆、更新颖。"

"那……"

"你不会说是用针和线吧？"木更津动作夸张地表达了对我的否定，"门可以在内侧锁上，因为钥匙就握在有马的手里嘛。只是刚才我也提到了，是在左手。左撇子的伊都也就罢了，可有马明明惯用右手。而且家里人都做证说他惯用右手，所以我很难想象凶手这样做是为了陷害某个人。"

"这个真的有那么重要吗？"

"恐怕是的。不过我想我现在是在听你的意见。"

"可不是嘛。"

"还有，伊都预定被杀的地点究竟在哪里？如果密室原本是凶手的计划之一，那么伊都应该是在'地狱之门'遇害的。然而事实上伊都却死在了自己的房间里。"

"因为被有马发现了。"

"你是说，伊都被杀之前有马就在凶手眼前出现了？"

这简直就像老师在打击一个没学好数学的学生。木更津似乎也乐在其中。

"那你的看法呢？"

"问我吗？我的看法可是很正统的。有马是被凶手叫去的。"

"这不就跟警部的说法一样了吗？"

"是啊。"木更津满不在乎地说道，"难不成你一直抱着'警部的观点必须全错'的想法？"

被木更津说中了。大概我已经养成了一种习惯，那就是净考虑事物的反面。不过，木更津的那套逻辑也有漏洞。

"……我们言归正传。既然密室能否成立全要仰仗日纱一人，那么，就算如你所说，凶手制造了一个大胆的密室，也会因为你所说的那个理由而失败，不是吗？"

"问题就在这里。"木更津的声调突然降了一个音阶，"只能认为是凶手忘了这茬儿，要么就是我的推测还不到位。虽然这两个哪一个我都不想承认……"

看来木更津对此尚不明了，语至末尾也开始含糊起来。

这下我心情舒畅了。虽然也就是那么一点点……然而，木更津那副情绪不稳的模样更让我在意。

"不过，这些都是细枝末节。拿以前那种具体的视角来看这桩案子，是得不到任何启发的。靠演绎法或归纳法绝无可能抵达终点。这就好比用牛顿力学是掌控不了核物理的。潜藏在更深处的、犹如宇宙真理一般的东西，才是我们的目标。"

这语气与先前那种轻飘飘的口吻不同，低沉、凝重……倒不如说是在喃喃自语。

木更津闭上嘴不再说话，只是默默地注视着眼前的某个点。

我也没再提问。

前来通知晚餐已备好的是家政妇。日纱依旧披垂着令人心烦的额发，而这也确实让她散发出一种阴郁的气质。这个问题恐怕与美容院什么的扯不上关系……事不关己，但我还是很在意。

外国电影里的豪宅中，往往会有一个讲究教养、令人生厌的家政妇角色。且不说日纱是否也讨人嫌，总之她全身上下好像都迸发着一股严厉的气息。想必其他用人也对她颇为忌惮吧。

"我们也一起用餐吗？"

木更津似乎被攻了个措手不及，一问才知是畝傍的邀请。原以为他一定会把我们赶出去，真不知道这是吹的什么风。做笔录时，他可是一眼都没瞧过木更津。

为了不让家政妇听见，我在木更津耳边悄声说道："原来是那个老头儿啊。"

不过，从他俩在伊都房间会面的情况看，畝傍也许意外地对木更津抱有好感。

"还真是的。"木更津颇觉有趣。虽然他脸上没表现出来，但我心里清楚。

木更津仪容一正，恭敬地答道："我很乐意前往拜会。"

今镜家的饭厅相当宽敞，足有四间房那么大。由于苍鸦城的房间大小有通常人家的两倍大，所谓"四间房"合起来，都能容下一套新建的住房了。

饭厅中央是个楼梯井，接近三楼的拱顶上绘着单色的宗教画。二维的画面，给人死气沉沉的感觉。

正面拱门的上方挂着拉斐尔的画。圣母马利亚怀抱稚子（是天使吧？虽然看不到翅膀……），脸上浮现出微笑。以广角向前延伸的侧壁上，连续镶嵌着一块块彩色玻璃，不禁让人想起了大教堂。

屋顶中央有一条锁链，下面悬挂着一个硕大的吊灯，正兀自放射出庄严神圣的光辉。

"那个要是掉下来的话，绝对会死一大片……"木更津一进门，就在我耳边嘀咕起来。

拱顶自不必说，其他部分也是极尽绚烂之能事。这份旁若无人的华丽足以超越东南亚的王宫，加之惊人的宽敞度，共同催生了令吾辈自惭形秽的威严与压迫之感。

然而，这只是多种文化之间毫无节操的调配，或可称之为"拼盘"。西欧、东欧、南欧被毫无节制地掺合在一起，就像在看一本关于西洋美术的参考书。如果餐桌上能再摆一座亚里士多德的胸像就更完美了。

我和木更津踩着红地毯向里面走去。

从入口处到餐桌，还有相当一段距离。

与壮丽的饭厅不相称的是，可供二十多人用餐的长方桌旁只坐着五人：菅彦、畝傍、菅彦的女儿雾绘、菅彦及有马的堂亲——静马和夕颜兄妹。

不计用人，今镜家除了现在围坐餐桌的众人外，另有两人（当然，到昨天为止是另有四人）未到。缺席的两位都是被害者有马的女儿，我还一次都没见过。做笔录时她们也没露面，似乎是别有隐情。

"加上我和你，就凑成正常的人数了。"

考虑到昨天之前的情况，木更津说的也不尽然。不过，如今七个人等间隔地坐开后，倒也正好把座位填满了。遗憾的是，这里没有雇来能为我们演奏海顿或莫扎特的室内乐团。

"承蒙招待，不胜感激。"木更津施了一礼。这个时候，他那种煞有介事的口气倒也不让人讨厌了。

木更津抬起头时，畝傍那沙哑的声音也已到了耳边。他瞥了一眼菅彦，说道："我听菅彦说了。我也觉得这主意不错。"

畝傍至少没显出不高兴的样子。如今已成为一家之主的畝傍，还是习惯性地坐在第二把交椅上。最里面的上座中空无一人。

不过，多侍摩引退后，是畝傍就任了会长之职，而非伊都。据说伊都颇有艺术家的气质，对生意上的事不感兴趣。他不当会长也许与这一点有关。

"是吗？"

"这下大家都到齐了。"

畝傍俨然一副家长的模样，开始介绍在座的众人。先是木更津和我，然后是今镜家的各位族人。尽管早在做笔录时就见过所有人，但身处此境，我们不得不像初次见面时一般再度互相寒暄问候。

木更津的位子被安排在夕颜旁边，而我则坐在他对面。不明白为什么要把我们的座位分开。

我的右侧坐着雾绘。寒暄时，她向我微微点头致意。问讯时也是如此。她动作细微，感觉是一个柔顺的人。夕颜和雾绘都只有二十岁出头。

"好了，木更津君，现在情况如何？"畝傍问道。

"呃，现阶段还什么都不好说。"

也没见木更津怎么慎重地斟酌字句。换作是我只怕会当场愣住，而他回话的腔调与面对警部时并无二致。

"现阶段吗……"

畝傍显得不太满意，但也没再深究下去。只听他吁了一口气，又道："不是这里的人干的就行。"

虽说畝傍是老江湖，但我觉得可以按字面上的意思来理解他的话。木更津是个深不可测的家伙，畝傍亦如此，他那双灰眼珠正在揣摩木更津的内心。无言的相互试探持续了一段时间，不久俩人就都放弃了，将视线移至一旁。

反倒是夕颜身旁的静马明显流露出反感的情绪。

"赶快把凶手找出来，让大家知道我不是凶手就行。"他的话里带着刺儿。

"我没觉得你是凶手。"

"说得好听。看来你也只剩下自信了。"

"这点自负都没有的话怎么成？"畝傍责备静马道，"好了，这种场合还是避开这样的话题比较好。"

静马闷闷不乐地耸了耸肩。当然，他好像对畝傍也很有怨气。

这时，前菜已经上桌，晚餐开始了。

本以为会波澜再起，不料用餐时无人说话，大家只是默默地将饭菜送入嘴中。静马偶尔会望一眼木更津和我，似乎想说些什么。除此之外，众人都装出一副漠不关心的样子——不，也许是真的漠不关心。

这是否才是今镜家的常态呢？

木更津也和众人一样，只是安静地吃着东西，最后就连和我也没说上一句话。

最终，第一天的晚宴仅仅成了一次接见。

对木更津及凶手之外的人来说……

第四章　邂逅

1

第二天早上……

壁钟的指针已越过十一点。与平时不同的光景跃入眼帘之际，我才想起这里是苍鸦城的一室。

昨晚我怎么也睡不着，记得直到四点左右还是辗转难眠。这当然不是换了枕头的缘故，而是另有原因的。

"木更津他……"

身边已是人去床空，屋里也见不到他的人影。昨天他说要回京都市内一趟，看来是一早就出发了。"就不能吱一声吗"，我一边对团成人形的被子咬牙切齿，一边起身下地。

桌上摆着冷掉的早饭，应该是日纱很久以前端来的。红茶也成了冰红茶。

由于室内装有隔音设备，即使侧耳倾听也听不到一点走廊上的脚步声。糟糕的是屋子还那么宽敞，一个人独处时未免太过静谧，宛如一间静音室。唯有寒风拍打窗户的声音在单调地回响着。

一想到畋傍和菅彦每天都在这样的空间里生活，也就能够理解他们那些异于常人之处了。根据乔治·茨威格博士的理论，剥夺听觉要比剥夺视觉更容易扰乱人的精神平衡。

我转动收音机的旋钮，里面传出了舒伯特的即兴曲。其音色细腻，颇合女性钢琴家的风范，处处流露出对早夭天才作曲家的哀伤之情。空旷的屋内由此荡起了一串串音节。

我的脑子有些运转不畅（应该不是那曲子的缘故）。我可不愿意想成是因为木更津不在。原本我的角色就不是侦探，现在更是和一个被丢在陌生场所的孩子没什么两样。

这么说他算是我的代理监护人了？

正在胡思乱想之际，我听到有人敲门。

"请进。"

然而，敲门声并未止歇，也不见有人进来。即使隔音效果再好，如此大声的回应对方也应该听得见啊。

我又应了一声，可是来访者仍在敲门，整个一副不把门捶坏不罢休的势头。无奈之下，我只好披上长袍，向门口走去。

一打开门，只见眼前站着两个模样可人的女孩，而且容貌相同。

蜃景？分身？

一瞬间，我怀疑自己看错了，然而两个身影始终分开着，并未重合在一起，似乎不是我眼睛散光的缘故。

疑惑之间，两个少女同时开了口。

"你好！"

左右两边分别传出了相同的声音，犹如在听立体声。

双胞胎？

是有马的女儿吗？

无论是问讯时还是晚餐时，她俩都不在场，所以现在算是初次见面。我记得她们一个叫万里绘，另一个叫加奈绘。当然我不敢确定是否就是眼前的这两位。

没想到竟是如此相像的一对双胞胎。

听木更津说，她俩已有二十岁上下，然而站在我跟前的少女看相貌却只有十五六岁。带褶边的连衫围裙，配着花边小帽，服饰是统一的淡粉色调，像是同一套系的。两人身材矮小，肤白如雪，辅以稚嫩的美貌，宛如两个纯洁的法兰西人偶。就她们这副模样是搞不了竞技运动的吧。

怎么想我都觉得所谓"二十岁"是我听错了。她们不光是外貌，就连散发出来的气质也有一种说不清道不明的稚嫩。

而且，从她俩的神情中看不出痛失父亲后的悲伤之色。不，那两双灰色的瞳孔中并未流露出任何情绪，唯有天真无邪的光泽蕴涵其中。

都这个年纪了，总不至于是有人骗她们说父亲去了大洋彼岸的某个国家吧？

"哪一位是加奈绘小姐？"我问。

"我是小加啦。"

右边的少女（本该称她为女子吧，可怎么看都是少女）举起了手，纤细白嫩的掌中握着一样东西，像是扑克牌。

少女满面笑容，似乎很高兴自己的名字被第一个叫到。

另一边的少女则一脸嫉妒。我无法判断这种幼稚的举动是不是有意为之。

"那么你就是万里绘小姐了？"

"嗯。我是阿万。"

左边的少女点头。与此同时加奈绘也点了点头。犹如常青藤一般的精神感应。万里绘拿着的不是扑克牌，而是青少年读物版的福尔摩斯。

"我说……"

她俩再次以"立体声"方式向我搭话。清晰的女低音伴随着与视觉不相吻合的怪异感，在我的耳边回响着。

"你是侦探先生吧？"

"是啊。"我不偏不倚地面对她俩答道。

即使说一句"其实不太一样，我是侦探的朋友"，想必她们也理解不了其中的差异，而且我自己也不见得能讲明白。

或许是此处鲜有访客，她俩都饶有兴味地看着我。

"你叫什么名字？"

"香月。"

"酸浆①先生？"

我可不是那果实红扑扑的酸浆！

"不不，是香月啦。X-I-ANG香，Y-UE月。还有，你们说话能不能一个个来？"

被逼着听"立体声"，生理上有些受不了。难解的语言体系让我的坏心情更是雪上加了一层霜。

两个少女开始嘀嘀咕咕地讨论由谁先说话。

"那好，就由我来说吧。"

看来最后定下的是万里绘。她的眼里充满了期待："香月先生我问你，你玩不玩'ソウスケ'？"

"ソースケ？"

"嗯，ソースケ。就是按顺序排数字玩。很好玩的。"

"要说的不是这个吧，阿万？"

──────────
①酸浆：日语发音为"ほおずき"，与香月的日语发音"こうづき"相近。

加奈绘从旁边伸出双手堵住了万里绘的嘴。

"干什么嘛……"

"要说的又不是这个！"

是在戏弄我？根据她俩乍一看天真烂漫的态度，我只能这么理解了。

加奈绘摁住万里绘的头，抿嘴一笑以掩饰她的羞态。

"呃，我们要问的不是这个，香月先生。杀害父亲和祖父的凶手还没有找到吗？"

姐妹俩的声音在最后"还没有找到吗"这个地方又重合了。

"嗯，还没有。"

我回答时的腔调与面对菅彦等人时一模一样，说完后我才意识到自己的粗枝大叶。对方可是女孩，被杀的又是她们的父亲。

我猛然一惊，看了她俩一眼。

然而，万里绘和加奈绘却安之若素，对我欠缺考虑的话语并未做出敏感的反应，而是根本不为所动，仿佛是在谈论一个外人。少女们凝视着我，双眸熠熠生辉，毫不掩饰孩子气的微笑与好奇心，

这两个女孩究竟是……

就连菅彦和畝傍眼中也曾充满过某种情感，可是……

此刻我才第一次明白自己正处在一个奇特的立场上。

"凶手是大爷爷吧？"万里绘问道。

"为什么？"

"大爷爷"是指畝傍吧。此处冷不防提到了畝傍，莫非她知道些什么？

"阿万啊，你是因为讨厌大爷爷才这说的吧？蠢蛋！"

"什么嘛！"恼怒的万里绘和加奈绘绊起了嘴，"在电视里，

讨厌的人肯定就是坏人，不是吗？"

看来是被加奈绘说中了。

"大爷爷可没在电视里出现过。"

"这个又有什么关系？"

"怎么没关系？你说对不对，侦探先生？"

突然抛给我这么一个问题，我一时也答不上来。

"小加才是蠢货呢！"

万里绘猛推了一把加奈绘。

加奈绘防备不及，踉跄了几步。"干什么嘛！"

随后她用双手反推万里绘，这回轮到万里绘失去平衡了。

"干什么嘛！"万里绘吼叫着对加奈绘予以回击。

这一击似乎力量极大，只见加奈绘的身子"砰"的一声撞到了背后的墙。

"你到底想干什么嘛！"

小孩子吵架就此拉开了序幕。在目瞪口呆的我面前，两个已成年的女人开始你推我搡起来。

"干什么嘛！"

"干什么嘛！"

"干什么嘛！"

"干什么嘛！"

"干什么嘛！"

"干什么嘛！"

"干什么嘛！"

"干什么嘛！"

"干什么嘛！"

"干什么嘛！"

"干什么嘛！"

……

我一边观战，一边在思考。

她俩年已二十，为何能如此天真烂漫？拥有羞花之貌的少女，为何会如此暴戾？是因为幼稚吗？

是的，万里绘和加奈绘并非稚嫩型美人。无须比喻，她俩就是一对美貌的幼女。

永远的少女……

父亲有马的死对她们来说恐怕没有任何意义。如此一想，我不禁悲从中来。并非为有马而泣，也不是为可怜这对双胞胎。我也不知道是为什么。

争吵逐步升级，发展到了互相扭打的地步，于是我也不能再呆呆地袖手旁观了。

然而，她俩有着孩童的心灵、大人的身体。向来以手无缚鸡之力著称的我，很难制止她们。我刚想把两人拉开，手背就被狠狠地抓了一把。

就在这时——

"万里绘小姐！加奈绘小姐！"

从楼梯方向传来一声叱责。一刹那，双胞胎宛如中了捆身咒，骤然停止了厮打。

发出嘶哑喊声的是家政妇日纱。她迅速奔向双胞胎，揪住两人的手，身手之快与其年龄极不相称。万里绘和加奈绘垂头丧气，就像恶作剧被抓了现行的孩子，安分了许多，既没想着逃走，也不打算辩解什么。

相比我的拼命阻拦，日纱的这一声吼似乎效果要好得多。在两人面前站定后，她愤然喝道："嘭！"

"你们两个真是的！现在必须给我老实地在屋子里待着！"

老家政妇训斥几句后，看了我一眼。或许是因为暴露了不愿为人所知的秘密，她的神情显得捉摸不定，唯有目光锐利异常，像是在责怪我。虽说我把两姐妹迎进门并非出于己愿，但还是有些尴尬。

"真是失礼了。"日纱垂首道歉。

"哪里哪里。倒是这两位小姐……"我催促道。

"非常抱歉。"

家政妇轻施一礼，执起双胞胎的手，连拉带扯地把两人带走了。她动作娴熟，想来是平日里做惯了的。

加奈绘和万里绘一直望着我，像是有话要说。莫非她们是想要一个玩伴？想象一下两人在昏暗、无声的屋子里终日无所事事的情景，她们的行为也就不难理解了。我不禁牵肠挂肚起来。

换完衣服后，我决定去庭院里逛逛。虽说我不是什么考生，但也需要透透气。总在室内憋着，脑子更要发霉了。更何况今天还是一个久违的晴天。

从铺设红地毯的楼梯下来时，我迎面看见了两幅画。昨天没能引起我的注意，现在一看，只见画被嵌在雕有百合花纹的框内，悬挂于一楼与二楼之间的楼梯平台的墙上，把整个墙面都占满了。

这是两幅肖像画，有十五号大小吧。约一人高的画布上分别画着一个男人和一个女人，似乎是出自名家之手，细小至每一根毛发都被精心地绘制下来。人物尺寸自不必说，人物与背景的明暗调和以及两种色调的平衡也十分到位。

当然，最引人注目的是人物本身。

欧洲中世纪的画家在描摹模特儿方面，技艺已臻化境，他们能以照片等级的精度使对象再现于画布之中。然而另一方面，过于偏重技术的他们无法描绘出人物内心深处的性格。近代绘画艺术正是以此为起点的。而我眼前的这两幅画，既遵循正统，同时又能不使用表层技巧而将人物性格刻画得淋漓尽致。男人的豪放、女人的高贵，跃然于布面之上。这当是那位画师毕生之大作吧。

肖像的主人有些面熟。男人的相貌酷似畂傍，尤其是那锐利的眼神和结实的下巴。女人也与某人相像，感觉曾在这幢宅子里见过，可怎么也想不起来。这种既视感就像前天吃过的菜现在还有点印象一样。

不过，根据画的陈旧程度推测，这两位多半已不在人世。用不着讨论油彩的状况，从模特儿的古老装束上就能窥知这一点。这很可能是苍鸦城建成前后——即明治末期至大正年间的作品。

画中的女人二十来岁，身着晚礼服，手执秦扇，坐在安乐椅中。她姿容华美，与日本人殊异，但应该不是混血儿吧。即使画像有所夸张，模特儿也必是一个美人。

男人则戴着"一眼"镜，身穿燕尾服，打着蝴蝶领结，不禁令人怀念起往日的社交界。男人面容粗犷，一看就是那种颇具军士风范的人。拜其所赐，总觉得这身时髦的装扮与他格格不入，倒不如枯草色的军服来得合适。

"这是我的祖父和祖母。"

从上方传来了话语声。我抬头一看，一个女人正沿着楼梯往下走。黑色的礼服令人印象深刻。

一瞬间我陷入了错觉，仿佛这个女人是刚从那幅画中走出来的。

"你是……"

那应该是丧服吧。

"夕颜小姐？"

这个女人——夕颜轻轻点头致意，黑发随之在肩头微微晃动。

黑色的花边帽十分惹眼。

仔细一瞧便发现，夕颜只是气质与画中人物相似，容貌则完全不同。她应该说是典型的日本女子。在五官轮廓鲜明的今镜家，只有她一人散发着日式的古典之风，与肖像画中的女人形成了强烈的对比。

那是当然，因为夕颜是养女。她的养父今镜御诸是多侍摩的次子，排行在伊都与畝傍之间。三年前御诸逝世，而养母也在她还是个孩子的时候就去世了。

"你是侦探香月先生吧？"

加上做笔录和共进晚餐时，如今我已和夕颜见了三次面。不过，前两次主要露脸的不是木更津就是警部，所以对方能记住我的名字倒让我有些吃惊。

"不不，只有木更津是侦探。我就类似于他的跟班。"

我姑且这么一答，而夕颜似乎也理解了。

"你在看画吗？"

"是的，因为画得很出色。"

"听说为了这画，特地从巴黎请来了画师。"

夕颜应该比我小三四岁，但说话老成、冷静，很适合用"知性美女"一词来形容。也许是戴着眼镜的缘故，在警部问话时她的回答显得精准而机械。

这和木更津一样，是我最憷的那种类型。

"这两位是？"

"我的养祖父母。"

原来是多侍摩和绢代。

今镜家遗传基因的原型就存在于这两幅画中。当然，这些特征是不会反映在夕颜身上的。

我再次观赏起画来。

"真是一个美丽的女子。"

"是啊。不过她似乎不怎么在社交圈抛头露面。"夕颜答道。

"神秘的才是最美的吗？"

"好像是这样呢。"

夕颜不可能了解过去的绢代，留存她记忆之中的只是一个老态龙钟的身影吧。

"已经是两年前的事了。"她喃喃地说道。

两年前，绢代因心脏病先于多侍摩而去。

"听说生前她还被誉为女中豪杰。"

"从画里倒是看不出来呢。"我随声应和道。

世人尽言：多野都殁后，多侍摩能撑起今镜家，绢代居功至伟。而且她并非充当"贤内助"的角色，而是在公司经营方面也展露了卓越的才能。换言之，经营之神实是夫妇二人的合体。

即使抛开街头巷尾那些夸大其词、不负责任的小道消息不提，这位夫人也是个谜一样的人物。大家都知道多侍摩与夫人于一九一八年在哈尔滨相识，但她之前的经历则完全是一片空白。由于长着一张外国人的面孔,有人说她是马贼的女首领,也有人说她是俄罗斯落难贵族的女儿。不过,或许是因为今镜家自身的血统也不清不楚,所以结婚时并没出什么问题。

"确实非常高贵。"

"她就是玫瑰。"

明白"玫瑰"意味着什么是容易的,而理解它还将继续意味着什么也不困难。

"莱麦塔的黑玫瑰吗……说是能保持永久的美丽。"

"据说世上只有三朵。不过这全都是迷信。就算是漆黑色,也终有一天会退为紫色吧。"

夕颜透明的嘴唇里吐出了看破红尘似的话语,然而她的嘴角却浮出浅笑。

"很没有梦想啊。不过,相比黑玫瑰,我倒是更想见识一下苍白的玫瑰。"

"只有在梦里,黑色才代表永恒的黑暗。连雪之女王塞莱斯塔也是从无光的世界中找到了平安喜乐。"

"这是你个人的观点吗?"

"是的。"

苍鸦城的鸦拥有深藏青色的羽翼,夜夜现身以求稚子……

今镜家也是一群被囚禁在黑暗中的人吗?

"夜晚的黑可是混杂着深青色的。"

"所以才令人忧伤。"看来这就是她的答案。

夕颜似乎正望着大厅。那两尊背对着我们的甲胄就伫立在那里。

"为什么呢?"

"怎么说呢……香月先生是理解不了的吧。我也是。"她轻轻摇头，长发也随之摆动，"只是感伤罢了。"

"玫瑰不会在苍鸦城中盛开，夕颜小姐！不管是红的、黄的、还是青的……就连黑的也是。"

光抵达不到的地方不可能绽放出花朵。那里只会滋生出白化病。

"形势一如既往的话，恐怕就连白鸦也会消失吧。"

夕颜出人意料的话语，突然将时序的概念引入了这场关于平面世界的讨论。

"你是说现在的这个案子吗？"

"你为什么会这么想？"

我不由得支吾起来。夕颜越过花边帽檐看着我，脸上露出了难解的笑容。

"白鸦已不是鸦。仅此而已。"

不必借用叔本华的话，也能轻易否定这种自以为是的言论。然而，夕颜与我说话时显然也明白这一点。

"因为有黑，所以才会有白的存在，不是吗？"

简直就像在玩猜谜游戏。可她不是说过黑是会退色的吗？

我不知该如何回答，而夕颜则平静地打量着我的脸，欲结束话题似的低声说道："还是别想太多的好吧。"

冰冷的语声。这是要我别蹚浑水吗？相比畋傍和木更津的话，夕颜此言犹如一声女高音，在我心里激起了更大的反响。

夕颜转身再次向二楼走去。脚步安静、平缓，姿态宛若绢代夫人。

　　黑羽之鸦腾空去。
　　盘旋而上九重天。

这是木更津告诉过我的《苍鸦之夜》中的一节。

我感觉这时，夕颜似乎回头轻声说了一句："因为这座宅子已经疯了。"

2

雾绘坐在中庭的长凳上。

中庭其实是一个小小的植物园，栽培着数种花草。雾绘似乎正在亭子的背阴处读书，亭子位于庭院的中央，四周缠绕着黄绿色的常青藤。

远远望去，周围的环境与姑娘素气的装束互相融合，几乎让人辨识不出她的存在。然而，与其说是因为衣着朴素、不引人注目，倒不如说是雾绘娴静的气质与树木摇曳时的"沙沙"声化为一体。

想来雾绘读书读得入神，竟没有发现我正向她走来。

"雾绘小姐。"

我的一声招呼，令这位裹着纯白连衣裙的女子惊讶地抬起了头，手中的平装本也"啪"的一声被合上了。

"……香月先生？"

"嗯。"

看来今镜家知道我名字的人要比我想象的多。倒是不少已混得脸熟的警方人员都没能记住……

也许是我来得过于唐突，雾绘多少显出了吃惊的模样。她瞪大了眼睛，虽然只有那么一瞬间。自从来到今镜家，只有别人让我吃惊的份儿，能吓到别人这还是第一次。

"对不起，我好像吓着你了。"

"不……"

与有马的双生女及夕颜不同，雾绘多半是个怕生的人。只见她立刻就低下了头。既然是那位菅彦先生的女儿，倒也不难理解。

"你是怎么了，穿成这个样子？"

雾绘穿着半袖服。虽说今天是个小阳春式的日子，可在十二月初露着两只白嫩的胳膊出门在外，也未免太"动人"了。而且，时不时地还会有山风吹来。

"我很在意，所以就过来了。"

"谢谢你……"雾绘低声致谢。

"这有什么。"

"因为屋里太闷了。"

"太闷了……"

话从雾绘嘴里说出来就显得格外真实。那煞白的脸色几乎让人以为她是一个病人。

"是的。"雾绘细细打量着我的眼睛，"总觉得有什么东西……很可怕。"

"杀人狂吗？"

"可能是吧……"

话没说完，雾绘就像虾似的弓起身子，"吭吭"地咳个不停，样子十分痛苦，苗条的身体如弹簧一般激烈地上下起伏。

"不要紧吧？"

我刚一伸手，雾绘便突然害怕似的身子一颤。我不知该如何是好，正想叫个人过来时，她却语声含混地拦住了我。"没关系的。"

正如雾绘所言，片刻后她的咳嗽就止住了。

见我仍是神色不安，她的脸上浮起了乏力的笑容。"每到季节转换的时候，我的身体状况就会变差……"

"……"

"香月先生不那么想吗？"

"嗯？是说刚才的那些话吗？"

"是的。"

"我没什么感觉。可能是我这个人本来就迟钝的缘故。"

苍鸦城中确实存在一种压迫感。不过我觉得那并非雾绘所说的"可怕"，想必是某种外人无法理解的东西。

"是吗？"

雾绘一脸遗憾，神情中的阴霾更深了一层。与此同时她的内心似乎也被封闭了。不知从何时起，她已不再看我，而是望向了遥远的某处。

"虽然我不是很明白，但我认为木更津不久后就会为你除掉这个'可怕'之物。"

"木更津先生吗？"

"他就是为此而来的。"

我微笑着给她鼓劲。虽说这属于随便替他人许诺的不良行为，但现在哪儿还管得了那么多。

"就像神一样呢。"

雾绘受我的影响，也笑了起来。那表情像极了水仙的微笑。

"他就是神啦，至少在现阶段是。"

"你很信任他啊。"

"那是自然。"

说完这句话，我才注意到她寂寥的表情。

"你也可以信任。"我略微加强了语气。

"信任木更津先生吗?"

"木更津也好,神也好,都可以。凡事唯有信任才会有救赎出现。"

"信者得救"的论调未免陈腐,但也基本属实。至于是否当真存在这样的说法,早已不是问题。

"我也信神。只是……"

"只是?"

"啊,没什么。"

雾绘做出笨拙的笑脸,似乎在拒绝我进一步的"侵入"。

"那我告辞了。"

我把长袍披上她的肩头,返身离去。

到底能不能把她拯救出来呢……

她的思想与殉道者无异。

"干得不错嘛!"

不知何时木更津已站在了中庭的入口处。我刚走到他的跟前,他就"嘭"的一声拍了拍我的肩头。

"很有绅士风度嘛。"

木更津露出一脸低俗的坏笑,想来是刚才的那一幕全被他看在了眼里。他大概没有嘲弄我的意思,可我还是觉得很害臊。

"情况不容乐观啊。总觉得她快要死了。"

俗话说"病由心起",的确是事实。自律神经最终也会向意志力屈服。

"也许吧。不过这也是没办法的事。"

木更津居然表示了认同,随后他眯起眼睛望向雾绘。雾绘似乎又埋头看起了书。曾与我对话的世界再度归为一幅画面。

"你这是什么意思？"

"有一些内在的原因。很久以前……嗯，应该说从出生时起就已经存在了。"

木更津故意兜着圈子，使我在期待下文的同时，又感到非常焦躁。

"她是菅彦的私生女啦。"

"私生……"我的视线再次投向了雾绘，"这……是怎么回事？"

"今镜家最近刚刚认领了雾绘，还不满半年。就是很常见的那种事——二十年前菅彦有个差点儿发展到私奔的对象，恋情遭到反对自然是因为老一套的'门第不合'了。"

看看如今的菅彦真是难以想象，原来他也曾经有过热情如火的一面。

"没成吗？"

"是啊。最后菅彦没能扛住压力。不过，当时对方已经怀孕了。"

"孩子就是雾绘……"

"不管菅彦是不是一开始就知道，总之雾绘的母亲一死，菅彦就认领了她。身边的人自然是大加反对，但都被他压下去了。很有为二十年前赎罪的意思。"

可是，这也太迟了吧。如果木更津说得没错，那么雾绘显然还未从过去的阴影里走出来。

在我看来，如今的雾绘就有如行将破碎的常青藤叶，令人感到无限的悲哀。

"她若是抱有复仇之念也是很正常的事。"

木更津的低语令人感到恐惧。我不清楚他是不是故意说给我听的，也许只是不经意间漏出的话。

不过，我并没有尝试反驳，而是转移话题问道："好了，今天早上是怎么回事？哪怕只跟我打个招呼也好吧！"

"不不，我看你好像做梦做得很开心，所以不忍心把你吵醒。"

木更津信口胡诌了几句，看来压根儿就没打算认真辩解。也罢，他一贯如此。

"那你有收获了吗？"

"你好像不太信服啊。"木更津还在坚持自己的说辞。

"无所谓了。"

一阵风吹过，一顶蓝色的帽子从我俩眼前飘过。海一样的蓝色。莫非是紊乱的气流所致？这顶不知该何去何从的麦秆帽在中庭里不停地辗转翻滚。

"这是谁的帽子？"

"……我怎么知道？"

不久，蓝色隐入了梧桐之绿。

"难道不是你的吗？这颜色跟你玩挑绷子的红线很般配啊。"

"苍鸦城的基调色可是红色、黑色以及灰色啊。"木更津笑道。

"灰色"一词被注入了重音。仔细一想才发现，今镜家的人们全都呈现出灰色的样貌——并非欠缺生气的灰，而是一种近乎妖艳的银色之灰。

据说银餐具能分辨毒物，然而今镜的"银"中却含有剧毒的水银。只可惜我不知道它被掺入了何人体内。这便是木更津口中所说的"灰色"。

"还有啊，阿里阿德涅也拥有红色的毛线球。"

晌午过后，为了详细调查是否存在逃脱通道，警部一行再次搜查了"地狱之门",似乎是打算来一次动真格的大扫荡。

如苍鸦城一般的古风建筑,拥有一两个暗室或密道并不稀奇。不过,我和木更津一样,也没抱太大的期望,只是站在大理石门背后充当旁观者,看警部等人拼命地干着近乎意气用事的搜查工作。

木更津则念念有词地刺激警部说"都是白费工夫啦",好似在观看一场蹩脚的将棋比赛。

"别说通道了,就连进得去一只老鼠的地方都没有。"

西方的天空渐渐被染为朱色之时,一个虎背熊腰、蓄着胡子的刑警无可奈何、多少带着点儿表演性质地做出了上述结论。

"这到底是怎么回事!"

倚靠在断头台旁的辻村表示他已经尽了全力。"地狱之门"是密室没关系,情况与木更津所说的如出一辙才更让他懊恼吧。

趁心情恶劣的警部还没来得及拿人撒气,我俩迅速撤回了自己的房间。

"辻村警部对那个房间非常执着啊。"在三楼的房间歇了口气后,我开口道。

"我认为执着并没有错,只是他把握的角度有问题。"木更津哼了哼鼻子。

"是这样吗?可是,光是一个密室就……"

"你观察出来的东西好像比辻村警部还少嘛。伊都可是每晚都会出入那里的。你觉得有人会长期泡在什么也没有的房间里吗?警部在找的是另一间屋子。"

"原来是这样啊。"

我有一种受到了启蒙教育的感觉。一切事物似乎总会在某个不为我所知的地方，被我擅作主张地加以理解。"

"但这么一来，情况岂不是越来越混沌了？"

"不，这里是有关键点的。"

出人意料的是，木更津否定了我的看法。他坐进沙发后，继续说道："是一个相当重要的关键点。虽然它只拥有一面性。"

"是解开密室的关键吗？"

我一问之下，就见木更津露出了不耐烦的表情。

"既然你说了这样的话，就说明你也没看出来吧。"

"此话怎讲？"

这好像已经不是在质疑我的能力了。我总有一种被木更津恶意贬损的感觉，贬损层面没到"人性"的高度，但也差不了多少。最重要的是，对方还是木更津，这一点让我有些恼火。

"密室是怎么做成的、为什么要砍下头和脚……你和辻村警部想的都是这些，对不对？"

"是啊，这些不都是重大问题吗？"我反驳道。

"都是细枝末节啦！诚然，表面上它们也许显示了事件的全貌。然而，这些毕竟只是表层现象。光靠这些绝无可能抓住隐藏在深处的凶手。"

木更津一向以理服人，这话真不像是他说出来的。

"为什么？"

"因为这里是苍鸦城。"

"……"

危险的是，他的话居然拥有奇妙的说服力。似乎只此一言便可解释一切。

"可是，光来这么一句我怎么搞得懂？"

"不存在具体论。因为这里的氛围就是瓶颈，就是'关键'。"

"那么，辻村警部是抓不到凶手的喽？"

木更津点头道："作为近代文明的产物，他的能力太弱了。"

具有决定性意义的一句话。同时，这也意味着木更津将与所有的一切展开对决。

"那我们该怎么做呢？"

"用眼睛看，然后思考。"

木更津就像一个诡辩家，说话含糊不清。

"你的话也太抽象了。"

"是吗？那我就说点能让你听明白的。"

"那就太谢谢了。"

木更津望着半空，目光飘忽不定。

"比如说，'地狱之门'的门扉上不是雕着背负十字架的亡者耶稣吗？但其实，那个雕画指的不是背负人类灾难的救世主基督，而是因痛苦而扭曲的人。"

"人？"

"正是扛不住神的重负，抛弃了一切的耶稣。以前我也说过，那画指的就是对信仰的否定。不，说成对正道的否定更妥当吧。世间的很多说法都倾向于支持这个观点。"

"不过，那房间打着'地狱之门'的名号，说明人家承认这一点啊。"

"别忘了地狱也是神的领地。其实，问题出在另一个事象上。就是那个被刻在房间中央，由'看不见的神手'写下的救世之言。身处绝境的人民时刻盼望着救世主的到来，而那段文字便是神的回应。纯粹的对神的期待等同于信仰。也就是说，同一间屋子的内与外，思想却是对立的。我完全搞不懂这个二律背反有何意义，目的为何。"

"哪一边才是凶手意图之所在呢?"

"当然是涅槃之彼岸了。"

我并非对此间的狂乱氛围没有知觉,也能理解木更津想说而未说出口的话。然而,这可是对事象的忤逆啊。

"可是,凶手既然是人,其思维就该极为符合人性才对啊。"

"不,也许凶手不是你所说的那种'人'。"

"难道伊都是在那个一无所有的屋子里进行拜火教仪式之类的东西?在那个圆的中心?"

"没准儿真是恶灵把他咒死的。"

木更津似乎是认真的。

菅彦来我们的房间是不久之后的事。

"咦,是菅彦先生啊。"木更津恢复了常态,与之前判若两人。他把菅彦迎进了门。先前的阴影已荡然无存。

菅彦应该是第二次来这里,可态度还是显得很拘谨。连我这个旁观者都忍不住觉得:你好歹也是委托人,拿出更对等的姿态来不好吗……至于木更津那边,多半是有意要保持这样的状况。我感觉得出来,他正乐在其中。情绪转换是他的拿手好戏。

和昨天一样,菅彦说着无关紧要的话,迟迟不表明来意,于是一脸焦躁的木更津突然直指核心:"也就是说,你在担心你家小姐对吧?"

菅彦霍然抬头,就像抹大拉的马利亚遇见复活的耶稣时那样……这么说虽然夸张,但他所受的冲击似乎与之相去不远。他凝视着木更津,仿佛在说"你是怎么知道的"。之前两人均未提过一句关于雾绘的事,也难怪他会吃惊。

木更津则像往常一样,只是咧着嘴笑,没做任何解释。

"我说得对吗?"

"嗯。"

木更津开始滔滔不绝地展开话题。他貌似恭敬实则傲慢,总之言谈举止中透出的,更多是冲劲而不是温柔。不知不觉中,菅彦也说出了心里话——亦即此行的目的。

"我想你已经做过调查,雾绘是私生子。雾绘的母亲在怀孕期间就离我而去了……然后,直到半年前我都对此一无所知。"

他神色淡然地开始了讲述。内容与方才我在中庭入口听到的一模一样。司空见惯的情感悲剧。

菅彦双手合拢于身前诉说着自己的故事,犹如在神父面前忏悔一般。

"我打算认领雾绘时,她母亲已经去世了。听说她为了抚养雾绘,吃尽了苦头。大概是出于这个原因吧,雾绘从没向我打开过心扉。"

菅彦歇了一口气。或许是情绪波动的缘故,他的话音紊乱了。

"反对你们结婚是因为门第不合吗?"

"今镜家的来历也很奇怪啊,比那个博尔吉亚家族还要可疑呢。"菅彦自嘲式地笑道,"所以说,如果只是门第不合,还是有办法可想的……"

"也就是说,问题出在对方身上?"

菅彦犹豫片刻后,说道:"你没调查过雾绘母亲的姓名吗?"

"还没进行到那个地步。"木更津耸了耸肩,摇头道。

"……马利亚。马利亚·库彻拉——这就是她的名字。我们是在美国相识的。"

"原来如此。"木更津若有所悟地点了点头。

对摆脱不了贵族意识的今镜家来说,和外国人结婚无异于叛逆行为。我能够想象畝傍与多侍摩激烈反对的一幕。

"原来雾绘小姐是混血儿啊。"

然而,也许雾绘更多地继承了菅彦的血统,她长着一张远比加奈绘姐妹更接近日本人的脸孔。雾绘不自然的口音曾令我有些在意,如今我终于明白了原因。

"这一点可能很重要。"

"嗯,她无法原谅抛弃自己二十年的父亲,这份心情我非常理解。我原先也打算不急不躁,慢慢等待时机的到来。"

"结果就在这个节骨眼上,发生了现在的案子。"

菅彦"呼"地叹了口气:"是的。我想你已经注意到了,今镜家的人都很排外。而且,我父亲畝傍也是反对我认领雾绘的。"

木更津重重点头,随即问道:"那么你要我做什么?"

"我想请你保护雾绘。我是不成了。"

菅彦的话几近哀求。他对女儿的关心恐怕是真的。

接下来的一段时间,木更津装出了沉思的模样。说"装"是因为我觉得他想好下一句措辞根本不需要一秒钟。

"明白了……不过,我认为香月是个不错的人选。我呢,为了查案免不了要东奔西走。"

菅彦回头看着我,眼里满是乞求之色。

"好,如果你们觉得我行的话。"

我无奈地答应了。说是"无奈",其实倒不是我不愿意,而是木更津的独断专行让我很不满意。

"拜托了!"

短短一句话表露了菅彦心中的所有情感。他深施一礼后,弓着背离开了房间。

那背影与普世间的父亲并无二致。

"这可是个好差事啊。"

看来木更津没打算对强加任务于我一事表示歉意，反倒呵呵地笑得很欢。

一直站着也累，于是我坐在菅彦刚才坐过的沙发上。

"你倒是随随便便就帮我决定了。"

"反正你也闲着没事。"

木更津爱答不理地打发了我，顺手拧开了扩音器的开关。悲伤的音乐从喇叭扩散到了整个房间。

是《死神与少女》。

"是那张碟吗？"

"嗯，"木更津点头道，"是我问菅彦借来的。没准儿能从中获得什么灵感。"

"能吗？"我表示怀疑。

"你有活干了，这不是正好吗？"

"保护她可是一项很艰巨的任务！"

"我去的话，我想她会对我有戒心。"

雾绘的确会对身为侦探的木更津抱有更大的抗拒心理。只是，看她先前的表现，我也不觉得她会对我打开心扉。

"而且你又属于那种能让对方感到安心的类型。"

他总是这么画蛇添足。

"你是想说我予人无害吗？"

"哪儿的话。"不知何时木更津已经取出挑绷子线，单手做出了一个三齿钉耙的形状，"这可是一种才华，很多能干的推销员都有。"

他总是拿这个举例子。可这么一来，我就搞不清他到底是不是在夸我了。

"要不要把她养老的积蓄全部卷走？"

"这就要看你的良心了。"

继钉耙之后，木更津又做成了一只龟。随后他双手"啪"地一松，长约二十厘米的赤龟便随着小提琴的曲调飞上了天。

"没必要去开启她的心灵，光守护就行了。"

"这个我当然明白！"

见菅彦那样，我已经无法拒绝了。当然这并不是唯一的理由……

我不满的是木更津成了我的代理人。

"菅彦心里想的凶手是谁呢？"

菅彦应该对这个他感觉将威胁到雾绘的人有过猜想，否则他不可能委托木更津来办事。虽然他本人说毫无头绪，但其实应该有一定的眉目了。

"假想的凶手。我敢肯定，就算问他，他也不会告诉我们。"

"那你呢？你有没有在推理谁是凶手？"

木更津眉峰一挑说："推理啊。推理这玩意儿不过是一种对直感的信仰，关系到身为教主的侦探能获得多少信徒。'真实'的定义无非就是'普遍性'。换言之，就是神谕。看来你对此的信仰是无条件的。"

"少废话，我想听听你的这个神谕。"

"很不巧，到目前为止出现的都是瘟神。"木更津装完傻，又硬是把话题扯到了我的身上，"在这段时间里，你将一直守护雾绘。现在终于要演变成一部浪漫的青春剧啦。"

"我好像正游离于事件的主线之外啊。"

我怄气似的嘟哝了一句。而木更津则双手一摊说："哪儿的话,那位赫尔克里·波洛不也说过吗——编织支线故事的人是非常重要的。"

"书里真有这么凑趣的台词吗?"

"你很多疑啊。一找就能找到的啦。"

被他这么一说,悲哀的黑斯廷斯就只能无奈地退下了。

"菅彦不结婚恐怕就是为了这个。"

木更津重归原先的话题。难得这次"修正路线"的人是他。我一直以为这是我的任务。

"这样他就可以以需要继承人的借口,认领雾绘了?"

"忘不了马利亚小姐只是表面上的理由。"木更津说得就像证实过似的。

"这么说菅彦知道怀孕的事?知道了还不管不顾?"

"应该是无法违逆家长的意愿吧。他确实也不可能反抗成功。"

"抛弃她们倒是做到了。"

一切都是我不负责任的想象,但可信度很高。纵观菅彦的性格,也让人觉得一定是这样没错。不过,为了认领雾绘,菅彦一直左右为难、烦恼不已也是事实。当然在雾绘看来,那都是他自讨苦吃吧。

"菅彦的内心活动和这件案子是没有关系的。我是说直接关系。不过,如果雾绘清楚他的想法……事态也许会变得很严峻。"

"什么意思?"

木更津将手指从赤线中脱开,压低声音说道:"意思就是,凶手可能是雾绘。"

这时,日纱敲门通知我们现在已是晚餐时间。

第五章　安魂曲

1

这一天的开端与昨日没什么两样。

十点左右醒来时，木更津已不见人影。我心想他是不是又抛下我一个人跑了，不过看他事先没做过任何通报，也许只是散步去了。昨天我说过他，想必今天他不会再一声不吭地走了。

我换好衣服，拉开窗帘。

清爽的早晨。山鸟的鸣叫如欢唱之声入耳而来。

乍一看，还真是一片安宁祥和，完全没有迹象表明会发生木更津所预言的第二桩杀人案（按人数算应该是第三桩……）。三天后木更津若能破案，就一切圆满了。如此一来，我也能从苍鸦城的沉闷空间里解脱出来。

当时我确实是这么想的……

一进走廊，我就听到一阵敲击木头的"咚咚"声，断断续续而又单调地回响着。由于隔音效果好，响声传不进屋内。然而，可能是因为墙面对声波的反射率高，一旦站到走廊里，就显得格外吵闹。

我循声走下楼去。

从一楼的楼梯平台往下看,只见一个工匠打扮的陌生人正用槌子敲打木钉,像是在修理楼梯扶手。看外表他似乎年事已高,不过也许是做得熟了,抡起槌子来是又狠又准。木槌的头部迅速地上下运动,就像打字员在击打键盘一样。

我与这个男人素未谋面。做笔录时他不在场,可见不是这座宅子里的人。而且,按今镜家的人员构成,畝傍之外应该没有像他这样的老人了(其实也就六十岁上下吧)。除非他是多侍摩的亡灵。

这么说……

可能是男人觉察到身后有异,没等我出声打招呼,他就回过头来。

起初他面露沉思状,不久便"嘭"地一拍手:"你是那个传说中的侦探先生吧?"

他不可能知道我长什么样,多半是从家政妇或用人那里听来的。

"早上好。"

"好。"他简慢地应道。

"你是山部先生吧?"

"是的,怎么了,侦探先生?"

他是长工山部民生。说是长工,其实只做少许家政妇等人干不了的力气活。所以他不是全职用人,据说每周只来苍鸦城两次。

所以,两天前山部不在宅内也不奇怪。

"你在做什么?"我又询问道。

"你是问这个吗?"

过了半晌他才终于明白，我是在问他干活的理由。他拿槌子"咚咚"地敲打扶手，说道："扶手歪了，我不管的话，要是掉下去了可就危险了。"

恐怕他也意识到自己的行为很不合时宜，语气里透着一丝辩解的味道。

扶栏上雕刻着百合缠绕的图案，其中的几根支柱与顶柱的结合部出现了裂缝。正如山部所言，不小心靠上去的话，有和扶手一起掉下去的危险。

"没啥可说的，肯定是那几个捣蛋的小姑娘搞的。"山部一通斥骂。

捣蛋的小姑娘当是指加奈绘和万里绘。

"日纱一直包庇她们，说什么她们刚失去父亲，可我觉得那两个姑娘根本就没啥想法。"

看来山部了解姐妹俩的情况。当然，也包括相当于今镜家之秘密的那一部分。只是，与日纱不同，他似乎对姐妹俩没有好感。

"据说凶手还没抓到对吧，情况到底如何，侦探先生？我很害怕……"他压低嗓音说，"凶手果然是这里的人吧？"

我哪敢直截了当地承认，只能用一声"呃"来回答他。想来山部也觉得我的反应很含糊，于是他换了换拿槌子的姿势，说道："务请早日抓到凶手。我也想安安心心地在这里工作啊。"

这像是他的真心话。扯职业意识未免夸张，不过看样子他确实对这份工作相当满意。

"那么，山部先生，你可有什么头绪？"

我一问之下，他只是摇头。

"没有，要知道我当时人又不在这里……"

"可是,以前发生过的怪事呢?"

"这个谁知道……"话到一半,他突然支吾起来,面露胆怯之色。

与此同时,从大厅里传来一个声音。

"哎呀呀,一大早就工作,真是干劲十足啊。"

是静马。他身上裹着厚厚的外套,似乎是出门刚回来。打老远就能看出他情绪不佳。

"早上好。"

山部颇有点做坏事被人撞见的感觉,他悄悄调整了木槌的握法,重新干起活来。静马则斜眼看着他,大摇大摆地上楼去了。

"早上好,你刚才出门了?"

"我必须回答吗?"他一脸不快地反问道。

"不必。"我老老实实地退下。

昨天我问过木更津,而他也不知道静马过分敌视我们的原因。当然,我更是毫无头绪。

"我可没做什么亏心事,又不是埋尸体去了。"

静马从肩头卸下旅行包,嘴角一阵抽搐。

"我怎么会这么想呢?"

"谁知道你们心里想的都是什么啊。就算嘴上说得好听,心里……"

"怎么会……"

木更津多半会轻飘飘地一听而过,但我可没有这种处世才能。我只会站在攻击的风口浪尖,重复着同一句话。

"事实上,现在凶手还没有抓到。总之,你们就是在怀疑我们中的某个人……"

"哥哥,你在说什么呀?"

一个毅然决然的声音从二楼传来，打断了我俩之间的对话。是夕颜。

"你没看见香月先生很为难吗？"

每次遇到夕颜必是在一楼的楼梯平台，昨天也是在我来到肖像画跟前的时候。她缓步走下阶梯。或许是因为从上方而来，总给人一种文静而又不失威严的感觉。

夕颜戴着和昨天一样的黑帽子。

静马"喊"了一声，随后将视线从我身上挪开，移向夕颜。

"是夕颜啊。"

"这话对香月先生说又有什么用呢？"夕颜责备似的说道。

静马似乎很憷这个名义上的妹妹，他也不反驳，只是一声不吭。

时间在奇妙的沉默中流逝。其间，唯有装作旁观者的山部敲打出的槌音在有规律地响着。

"早上好，夕颜小姐。"我不堪忍受这样的气氛，对夕颜寒暄道。

夕颜也以点头致意来回应我。这时，我俩的视线相交了，从她的眸子深处我感到了一种冰冷的东西。难道她是在瞪视我？

静马神色严峻地转脸看我："搞什么嘛，原来你已经巴结上夕颜了。"

"你这话就有点过分了。"

夕颜责备完静马，执起了我的手。宛如蝴蝶飞舞一般，夕颜的手与我的手重叠在了一起。冰一样的寒冷触感涌向了我的四肢百骸。

"我们到外面去吧。"

"……"

一时之间，我全身的机能都停止了。我的理解力根本赶不上夕颜的突发行为。

不过，目瞪口呆的不止我一个，静马也表现出了同样的反应。

"……这是怎么回事？"

他的那张脸至今我都记忆犹新。眼睛睁得溜圆，仿佛时间就这么停止了似的……亲眼看到超乎个人理解范围的东西时，人就会做出那样的表情吧。

"这是怎么回事？"

静马好不容易憋出这句话后，背起包匆匆地跑上了二楼。他的背影略有些晃荡。

"对不起，哥哥就是那样的脾气。"

夕颜松开我的手，就像什么也没发生过似的微微一笑。蛊惑式的笑容。

"……那样的脾气？"

"木更津先生现在怎么样了？"

我正想寻求进一步的说明，却被她的话语解消了。

"嗯？木更津吗？你要问木更津的话……"

夕颜似乎没在听我说话，只是继续说："那个人很聪明吧。"

如此提起话题未免太唐突了吧，不过我还是尽力克制住自己。

"是的。在推理方面他比谁都强。"

对"推理"一词的解释，我没他那么讲究。

"你还真是坦率啊。"

夕颜做出了惊讶的表情。很显然，这是她的一种怂恿。于是我顺着她的话题说道："夸赞友人是一种美德嘛。"

"是发自内心的吗？"

夕颜的微笑渐渐转为——昨天也曾显露过的——冷笑。

"是的。"

我俩来到外面。大厅的门把阳光迎入室内。那光芒虽不可与盛夏之时同日而语,但仍似要将埋于深处的愤懑宣泄而出一般,向我袭来。

这是我第一次见到阳光下的夕颜,但这并没有破坏她的神秘感——或者说是不可思议性吧,相反还为她新罩上了一层由火神编织的薄羽面纱。冷酷的黑暗女王不过是夕颜的一个侧面。

"那么布鲁图斯①究竟是哪一个呢?"她问道。

这句话具有决定性的意义,不,应该说是"具有破坏性的"才对吧。

"你很想知道吧。"

我没有回答。显然,沉默已被视为肯定。但是,我想不出别的应对手段。

宅邸的侧旁有一条铺着草坪、被平整过的小路。小路穿过宛若植物园的今镜家外庭,延伸至背后一公里开外的湖泊。当然,小路并非一条直道,而是和JAL的航线一样,时而分岔,时而汇合。

"我是很想知道,不过……"

我俩总能走在同一条路线上,仿佛心有灵犀一点通。只是,我和夕颜都不认为这有何不可思议。

"什么?"

夕颜回过头来。她比我矮,然而不知为何却是我在仰视她。

"刚才的事你还没解释。"

---

①布鲁图斯:古罗马家族名。此处当是指暗杀恺撒的主谋之一马可斯·布鲁图斯。

"刚才的事？"

"在大厅里发生的事。"我耐心地说道。

我随时都可能屈从于夕颜的笑容。

"是说哥哥吗？"

"是说你。你的行为让人感到非常奇异。"

"在这里，香月先生你才是奇异的。"夕颜巧妙地躲开了。

"这可算不得解释。"

"啪嗒"一声，一根细树枝掉落在地上。

"因为已经疯了。"

她的话大胆而干脆。夕颜似乎无心认真作答，但又感觉不出她有岔开话题的意图。

"昨天你也这么说过。这是什么意思呢？并不只是指异于常规吧？"

夕颜没有直接回答。片刻后，她折下手边的树枝。

"你知道瓦尔·塞尔能的故事吗？"

"不知道。"我摇头道。

"是很久很久以前的故事。"

夕颜望着屹立于叶缝之间的苍鸦城，缓缓开始了讲述。

"贫穷的木匠塞尔能被不贞的妻子下了毒药。虽然幸运地保住了性命，但可怜的是，他疯了，至少在旁人眼里是这样。从此以后，塞尔能整天都沉浸在妄想之中，因为他已经成了住在梦里的人。无论是睡觉还是起床，他心里想的只有死亡。这恐怕是因为他自己已走到死亡的边缘。周围的人自然都觉得他很可怕。"

夕颜在此处一顿，歇了两三口气。仿佛长时间的说话会令她痛苦似的。

"然后怎么样了呢?"

"不贞的妻子自不必说,后来没有人再去照顾他。亲戚们也开始害怕他。于是,他真真切切地陷入了唯有等死的境地。然而,塞尔能在临死之前,领悟了真正的'死亡',于是在感动中离开了人世。"

"如果这是寓言的话,被下毒这一段就显得多余了。"

我坦率地陈述了自己的感想。关于故事内容,我则有些迷茫,不知该如何评述。这里缺少定论。

"问题出在后面。后来,塞尔能被选入圣者之列,享受无上的幸福。香月先生,你信吗?"

这就是她的回答。

何为客体?何为对象?夕颜没有给出任何暗示。她只是意味深长地微笑着。

"白鸦无法在黑暗中生存,因为它自己否定了这一点。但是,我们难道不能在主观上予以肯定吗?"

"可是,那是事实啊。"

夕颜究竟在暗示什么呢,我心里没有把握。

"那是谁?"

树丛对面有一个人影在晃动。从小路那边现身的是木更津。

木更津还在五十米开外,但似乎已经发现了我们。他挥挥手,一边向我们走来,一边用左手拨开横生的枝叶。看来他也在散步。

"那我先告辞了。请代我向你的木更津先生问好。"

夕颜说着,便转身离去了,像是在逃避木更津。而我也找不到阻拦她的理由,只能对着她的背影喊道:"塞尔能是你吗?还是说,指的是静马?"

没有回音。远去的身影渐渐变得渺小。

突然，我想起了《一千零一夜》里的一段文字。

"我站在地狱的门前。令人吃惊的是，里面一多半都是女人。"

"是夕颜啊。"木更津饶有兴趣地望着她的背影，"你在干吗？"

"散步啊。"我倒是想问问他在干什么。

"哈。"

"你觉得这幢宅子里的人是不是疯了？"我试探地问了一句。光凭我一个人实在是难以断定。

"哪有，按你说的意思来看，他们都很正常啊。"

意见一致。但是……

"是夕颜给你灌输的吗？她好像在躲避我嘛……"木更津嘿嘿一笑，"这位女士人很聪明吧。"

"真叫人吃惊。夕颜对你也有同样的评价。你们两个不会是产生共鸣了吧。"

"你嫉妒了？"

木更津兴致勃勃地打量我。虽然是开玩笑的，但多少有点恶俗。

这时，我发现我的脑中有一堆问号在团团打转，仿佛有什么东西正在我的前顶叶一带频频鸣响警钟。然而，这些终究只是问号，与昨天遇见雾绘时在脑海中浮现的事物完全相同。

根本原因多半是出在木更津身上。

"其实是正相反。她和我之间，一个是真正的贤者，而另一个只是纯粹的愚人，所以我们才会互相了解。"

"你想说夕颜是愚人？"

木更津的瞳孔冰冷下来："你好像有自卑感啊，这可不太像你。不过呢，还没肯定我就是贤者。因为事实上我可是被凶手摆了一道。"

"这么说,她是凶手?"我斜眼看他。

"怎么说呢,现阶段只有八分之一的概率。不对不对,你在这种地方跟我闲聊不太好吧。你可是肩负重大使命的人。也可以说是天命吧。"

"天命什么的,太夸张了吧。"

话虽如此,却有一丝不安爬上了我的心头。

难不成……

"开个玩笑啦。"木更津为打消我疑念似的笑道,"我想凶手还不至于那么性急。"

"那就好。"

我俩在落叶丛中踏上了归途。

白鸦舞天,苍鸦坠地。

就在打开玄关大门的当口。

一声刺耳的尖叫传来,宇宙的轰鸣支配了整个大厅。

古斯塔夫·马勒梦寐以求的卡塔西斯①波。

这正是第二幕惨剧的开场铃。

2

"约翰……"

木更津的喃喃自语又像不经意漏出的一声叹息。

右侧沿墙边摆着一口箱子,据说当年主人为得到此物还亲

---

① 卡塔西斯:古希腊语 katharsis 的音译。原为医学用语,指用药物催吐、催排泄。后被奥菲斯教等宗教引为"净化灵魂"之意。在诗学及心理学中,这个词也表"净化"之意。

自跑了一趟北欧。箱子高约一米，黑褐色，颇有些年头，表面刻着复杂的图案，描绘的好像是《卡勒瓦拉》[①]里的故事。

据说畎傍对其视若珍宝，甚至不许用人打扫。然而，这口令他自豪的箱子所焕发的光泽，如今却因滴落的鲜血而不复存在。无数赤线流入木纹理与雕刻的沟槽，生生将它们染成了血色。

恐怕……畎傍倘若看到这一幕怕是会因震惊过度而昏倒。也许他会青筋毕露，不管不顾地大发雷霆，没准儿还会让一两个用人卷铺盖回家。

然而，现实中我们已不必担心。

因为玷污箱子的正是畎傍自己，本应成为愤怒主体的人物已不复存在。

畎傍的实体以区区一个头颅的形式残留在这个世上。

莎乐美将先知约翰的人头载入银盆，翩翩起舞。而畎傍的人头就像土著民族的战利品，被随意地摆在他自己珍藏的箱子上，与那悲剧中的主人公相比更为凄惨，同时又充满了喜剧色彩。

"事情就像你说的那样。"

听了辻村的话，木更津微微点头。他的视线始终固定在畎傍的头部。

在第一桩命案里，最先让人吃惊的是尸体的头被砍下，后来又发展成了二重杀人、密室。而这次也是，除斩首之外，另有新的元素融入其中。

那就是化妆。所有人——恐怕连木更津——都是始料未及。

畎傍那张因痛苦而扭曲的脸上涂满了白粉，犹如歌舞伎艺

[①]《卡勒瓦拉》：芬兰民族史诗，芬兰文学史上最重要的作品之一。标题为"英雄之地"的意思。由十九世纪诗人埃利亚斯·伦罗特根据民间故事润色汇编而成。

者。这个是叫 Dohran[①] 吧，舞台演员使用的白色颜料。

畎傍浅黑色的皮肤被完全遮掩，令这团布满皱纹、如果汁软糖一般的丑恶之物显得尤为诡异。

除去原本就稀疏的头发，白粉的白与脖颈切面的红形成了强烈的反差，使见者无不悚然。

死后被化过妆的头颅……

木更津口中的"约翰"的头颅，跨越了时空在今镜家的一室得到了再现。当然两者美丑有别。

当时的那声尖叫是日纱发出的。

我和木更津一听到声音，便顺着中央的楼梯跑了上去。尖叫声是从二楼的走廊里传来的。木更津往右边的走廊奔去，而我则向左折去。

这时……长工山部犹如被安达原的鬼婆追赶一般，向我猛冲过来。不，说是跟跟跄跄、连滚带爬比较准确吧。他也不看前方，差点儿就和我撞了个满怀。

我抓住山部的肩头将他拦下，这时就听他口齿不清地反复说着同一句话。看来他是想拼命传达一些信息，可舌尖却缩成一团，落了个语不成声。

不过，我很快就明白了，他是要告诉我畎傍出事了。

"请你等一会儿。"

我撇下濒临崩溃的山部，一口气跑到位于走廊尽头的畎傍的房间。

当时，在一定程度上我确信事情已无可挽回，但谁也没想

---

① Dohran：舞台化妆用的油性粉彩。德国 Dohran 公司的产品被用得比较多，因此这个词渐渐被拿来指代这一类物品。

到竟是一个如此饱受嘲弄的场景。

日纱瘫坐在门口,倒是没昏过去。和山部一样,她也语不成声地重复着同一句话。双手的手指小幅度地敲打着地毯,凄惨的模样与平常那位严厉的老家政妇判若两人。唯有那双惊惧的眼睛,如同中了邪魔师的缚咒一般,紧紧盯视着某一点。

我顺着日纱的目光,向房间的右侧看去。

"呜哇……"

悬在半空的白色头颅……

灰暗的墙壁前,隐约凸现出一颗被涂成白色的头颅。其实头只是被放在了箱子上,然而由于箱子与墙色融为了一体,看起来就像是头漂浮在半空中。

就连有心理准备的我也险些发出惨叫。冷不防看到的话,做出失常之举也不奇怪。我顿时理解了山部和日纱恐慌的原因。

"我没想到畝傍会被杀。彻底被凶手钻了空子。"待慌乱的气氛略有收敛后,木更津这样申辩道。

"你认为畝傍是凶手?"

木更津关于会发生第三起命案的预言应验了,对此辻村不会有什么好脸色。

"不不,正相反。我认为他最没有凶手相。任谁看来都是如此,包括真凶。"

"也就是说,你是准备把他留着当幌子?"

"是啊。看来对方已经识破我的意图。"木更津感佩似的低声说。不过,现在还看不出他有挫败感。

辻村漠然无视他的话,只是向周围瞥了一眼。

"关键的躯体部分好像没有啊。总是这样,要么缺头要么缺身体。"

头部粉墨登场,躯体却遍寻不获。堀井刑警等人打开衣柜逐一检查,但没有发现任何蛛丝马迹。另外,从地毯上只有微量的血液来看,斩首地点似乎不在这个房间。

"是凶手好这一口吗?"我就斩首一事探问木更津。

"这个也有可能。不过,在目前发生的案子里,哪怕只有一件要求必须斩首,那么我们也可以认为,凶手在其他案子里砍下人头,是为了掩饰这个异常之处。手法很常见,但又非常有效。"

"然后呢?"

"首先,必须思考哪桩案子确实需要斩首。不,应该这么说,必须从'里面存在那样的案子'这一假设出发,进行斟酌。"

"能不能用你拿手的直感做点什么啊?"我半带挖苦地说。

"这个不行。我的直感是潜在型的。阿波罗神还没传下圣谕呢。"

"您的高论且放一边,能不能先给我一个具体的解释?"辻村似乎又重温了两天前的噩梦,心急火燎地发起牢骚来,"比如说躯体去哪儿了?如今我们可是有一堆问题要解决的!"

"但是,这次我们也没法再问畋傍了。"木更津笑起来还是那副德行,"就在这附近肯定是没错的。很奇怪,这个凶手好像不喜欢长时间地隐藏尸体。"

木更津还想保持静观的姿态吗?这让我既感到不安,又觉得他值得依靠。

警部耸了耸肩,放弃了。他转而问堀井:"菅彦呢?"

"在自己屋里。就是这个屋子的隔壁。"

"是吗?"

"要不要把他叫来?"

"不，现在还用不着。更重要的是……"

辻村正准备讨论当前的策略，门突然被猛力推开。进来的是中森刑警。

"警部！发现尸体了！"

中森语气慌乱，每说一句话，就会蹦出点唾沫星子。

既已发现头，说"尸体"本来是不准确的，但现在管不了那么多了吧。说起来，报告在帽架上找到有马头颅的也是这位刑警。看来这是一个霉运高照的男人。

"在下面。一楼的储藏室里……"

我们听到日纱的尖叫、发现畎傍的首级是在十点四十分左右。警部一行人则是在十二点前赶到苍鸦城的。

现在，十二点十分，找到了畎傍的身体。

储藏室位于一楼食堂对侧的房舍中，如今已化作鲜血淋漓的现场。

这原本只是个普通的房间，被改造成了堆放食物的场所。我以为储藏室会像食品公司的冷冻室，不料却造得十分简陋，倒是更接近山庄的仓库。不过，内部室温一直保持在四五度，我刚进去就起了一身鸡皮疙瘩。

畎傍（没有头）呈"大"字形倒在白色地板的中央。不，由于头颅已被砍下，应该说成"大"字形才对。

发现身体的是一个名叫宫古的伙房女佣。为了准备午饭，她和往常一样想取些必需的食物，结果在命运的安排下邂逅了无头尸。如今她正与日纱等人一起在用人室的床上休养。

储藏室一天要去三次，把尸体抛在这种地方，可见这次凶手也没打算隐藏。此外，储藏室不上锁，谁都能摸进去。

铺着水泥的地上鲜血横流（幸好食物都在稍高一点的地方，没有受到血的洗礼），如实反映了此处就是斩首的现场。储藏室没有窗，除了取用食物，也不会有人进来，是大白天偷偷斩首的绝佳场所。

"换个角度看，这也算是一种定时装置。"木更津以一贯的感叹口吻嘀咕道，"可以富于效果地让别人发现尸体。凶手肯定知道十二点左右女佣会去储藏室吧。"

"你的意思是，凶手已经预料到我们会先发现畝傍的头？"

这是一道难题。这种事真的能做到吗？

"啊，你不用把问题想得那么复杂。倒不如反过来思考一下。"

"反过来？"

"对。凶手的计划也可能是这样的：首先，无头尸在十二点左右被女佣发现。根据体态和衣着马上就能判明是畝傍，于是我们自然会去畝傍的房间，对不对？到这时，才终于轮到化妆的头颅出场。而事实上，头先被发现，在闪亮登场之际只有家政妇和长工两人在一旁做伴，搞得非常冷清。"

"玩笑就别开了。"辻村愤然责备道。

"这可不是玩笑。说不定凶手就这个与事实相反的假设，做过某种尝试。当然我不会明说。"

木更津强硬过后，又让了一步。

"又是这种听上去含有大量暗示的话。反正我不知道实际是什么情况。'解释'这玩意儿，就是看当时的心情，不管有多少也总能成立。"

"也许是这样。不过，这次是殴打致死。"

"嗯……属于死后斩首。"

"这次凶手比较温良啊，虽然我不知道是出于什么目的。"

显然木更津还觉得有点遗憾。

"是以前太异常了吧,一般都是死后再斩首的。"

"说不定凶手是想先把人弄昏,谁知人就这么死了。"

"反过来说也行吧,木更津先生。"堀井刑警插话道,"前天的案子里,死者还活着就被砍了头,但凶手当时可能以为人已经死了。"

"这么想的话,多少也能降低一点残酷性。"

辻村一声叹息,像是放下了内心的重负。这举动让人觉得他毕竟是老了。

"两者其实没有多大差别。前者更有趣而已。"

"只有你才觉得有趣吧!"

"哪儿的话,"木更津将右手举到眼前,"恐怕凶手也一样吧。"

三十分钟后进行了相关人员的问讯,地点和前天一样,是某栋楼三楼的一个房间。这栋楼位于我俩房间的背面。

第一个接受问讯的是头颅的第一发现人山部民生。可能是日常生活中从没和警方打过交道,他在警部面前显得特别战战兢兢,椅子坐得似乎也不怎么舒服。他时不时把眼珠往上一翻,挨个儿打量我们。早上在楼梯相遇时的那股气势全都不见了。

"我按畝傍老爷的吩咐在修理楼梯。好歹在中午之前都完成了,所以就想去报告一声。正好日纱婆婆也有事要找老爷,我们就一起去了。"长工虽然结结巴巴,但也一口气把话讲完了。

"然后你们就看到了尸体——啊不,是畝傍先生的头。"

"是的。"山部多半又想起了当时的情景,身子不由得一哆嗦,"一开始我还以为是谁在恶作剧。因为那张脸被涂成了白色。可是,我仔细一看啊,是真的人头……而且还是畝傍老爷的头。"

山部又一次颤抖起来。

"房门没有上锁吗？"

"是的，没上锁。我敲门里面没反应，因为门没锁，所以我想老爷应该在里面……"

"是谁先进的屋，日纱婆婆还是你？"木更津从一旁插嘴问道。

"这个人是谁？"

"你不用管，回答就是了。"警部催促道。

山部再次转向木更津："好，明白了。是我们两个一起……不，是我先进去的。我怕得不行，不知所措地傻站在那里，就在这个时候，日纱婆婆从身后问我'怎么了'。"

日纱是在这之后看到头的吧。我听到的尖叫声估计也是在那时发出的。

之后的事和我们所看到的一样。山部说，他记得听见了日纱的尖叫，但后来自己做了些什么，就完全没有记忆了。从当时山部那惊慌的模样来看，他的话应该是真的。

"你进房间时，有没有注意到什么可疑的地方？比如感觉屋里有人什么的。"

问话的又是木更津。

然而，山部却摇头说："我什么都没觉出来。再说了，畝傍老爷的房间我平时是不去的。"

木更津道了声谢，把椅子往后拉了拉。辻村则一探身取而代之，再度开始了问讯。

"今天上午十点到十点半之间，你在做什么？"

十点之后约三十分钟之内是畝傍的死亡推定时间。由于躯体部分躺在低温的储藏室里，所以无法把范围缩得更小。结合头颅一并考察，才得出了现在的这个结论。

"我从十点前开始就一直在修楼梯的扶手。"

被问到不在场证明时，山部回答得扬扬得意。也许是慢慢习惯了这种问讯，他说话比刚才流畅多了。

"一直在干活？"

"我绝对没偷懒！"

山部一脸"你这么问真叫人遗憾"的表情。恐怕这就是传统手艺人的作风，唯独在这种方面异常固执。

"不不，我不是那个意思……那么，你有没有离开做事的地方呢？"

"没有。我一直在修理楼梯。"

事后我们通过家政妇和女佣的证词判明，山部开始工作后，木槌敲击声停下的时间没有一次在数分钟以上。换言之，他没有可用于作案的时间。

当然，若并非一次性完成，而是断断续续地斩首、把头送去二楼，也不是做不到。但现实中，我们觉得这不可能。我们怎么也看不出山部会是一个那么狡猾的人。

"十点前啊。你不记得准确时间了吗？"问话的还是木更津。难得今天他提了这么多问题。

"唔……想不起来了。不过，我想日纱婆婆应该记得。因为我开始干活的时候，她正和畝傍老爷在一起。"

根据日纱的证词，山部开始修理楼梯是在九点五十分左右。当然这也是后来才弄清的事实。

"在工作期间，你有没有走开去拿工具，或上厕所？"

"没有。畝傍老爷要我早点儿把事做完，所以我一刻也没停，只顾着干活了。"

之后，就这个问题，木更津又执着地问了两三次，但回答总是"没有"。最初觉得奇怪的警部，似乎也渐渐领会了他的意图，露出了释然的表情。

"那么，"他代木更津问道，"那么，你还记得在你忙活时走过楼梯的人吗，包括是上楼还是下楼？"

道理很简单。既然头和躯体被分别放在一楼和二楼，那么凶手就必须使用中央的楼梯把头送上二楼。在苍鸦城，去二楼只此一途。当时山部正在一楼和二楼之间的楼梯上干活，所以凶手是瞒过他的眼睛把头带上去的。

长工侧头沉思了一会儿，绞尽脑汁地举出了几个人名。

"上楼的只有静马少爷和雾绘小姐。"他看了我一眼，"这位侦探先生是下楼。然后是夕颜小姐，下去后又上来了。其他的……我就记不得了。"

山部似乎又反复回想了几遍，最终还是摇了摇头。

"那么，刚才你说到的那几个人有没有带着东西，比如包或袋子？"

"……没有，我记得他们什么都没带……啊，对了，静马少爷肩上扛着一个包。那边的侦探先生应该也知道。"

"是一个黑色的旅行包。"

"静马啊……那别的人手上什么也没拿是吗？"

"是的。"山部点头道。

"山部的证词可信吗？"

山部猫着腰离去后，警部问道。

"这位长工恐怕一直在热心地干活。"

"这一点当然得考虑在内吧。"警部显得有点沮丧。

"可是我下楼的时候，还没打招呼他就注意到我了。我认为可信度很高。"

我话音刚落，木更津就摇头回应道："还是会看漏一点儿东西的吧。"

"这么说是没什么收获了？"

"不不，恰恰是这一点很重要。因为它否定了山部的行为是计划中的一环。山部并非要素之一。"

"我不懂你的意思。到底是怎么回事？"辻村疑惑不解。

"前面我也说过，凶手原本准备让躯体先被发现，因为山部修完楼梯未必就会去畝傍的房间。但是，储藏室的躯体绝对会在十二点被发现。也就是说，出于偶然先发现了头，导致我们得到了山部这个重要证人。"

"可是，如果凶手预见到了这一点呢？"我问道。

"没人能保证山部会一直待在楼梯上，因为什么事离开个几分钟也是有可能的。对凶手来说，不确定因素实在是太多了，所以山部怎么也成不了一个绝对能利用的证人。另外，就算是凶手，上楼时也无法保证不被山部看到。"

"我认为你这个不能算解释。"警部疑惑重重地说。

"不，辻村警部，现在重要的不是这个。山部提到的那些上下楼的人有没有随身携带能装头的东西，这个才是关键。"

"可是……"

我不肯罢休。我也不是不能接受木更津的说辞。只是，我总觉得他的话偏离了我原来的意思。

"凶手偷偷地上了楼，所以没让山部发现。这也是有可能的吧？"

"理论上有，但毫无意义。"

"我想说的是，你一味依靠山部这条线索做各种限定，这真的好吗？"

我发现自己的语气不知不觉地开始粗暴起来。

"你是要扩大文氏图的圈吧。"

"少啰唆。凡事总有万一吧……"

"那是当然。"

木更津有点不高兴。随后，他以嘲讽的口吻说道："你以为我什么都没想吗？我倒要问你了，你有没有真正地思考过什么？"

"思考什么？"

"具体是哪个人比较可疑啊！"

"要说山部没提到的人里哪个比较可疑……"

这时我才意识到，山部指出的嫌疑圈几乎把所有人都包括在内了。

"怎么样？"

"菅彦吗？"听警部的口气，似乎他心里早就这么想了。

"这也太随意了吧。这样的话谁都不会高兴的。"

"女佣、家政妇……其他还有谁？"我看着木更津。

"你们忘了一个人。"

"一个人？"

"一个最可疑的家伙。"

"还有其他可疑的人？"

"当然啦。这个人可能成了你们的盲点。"木更津露出了意味深长的笑容。

"是谁啊，这个人！"

"怎么说呢。"

"你知道的对吧！"

"香月君,这个人你可是很熟悉的。"

"谁?"

木更津"呼"地吐出一口气,把挑绷子线"啪"地往空中一撒。

"就是我啦。"

"你?"

难以言喻的沉默罩住了我们。

不久,始终冷眼旁观的堀井总结陈词似的说道:"玩笑就到此为止吧,下一个是家政妇久保日纱。"

日纱仍是令人心烦地垂着额发。倘若人瘦一点,怕是很难和幽灵区别开,幸运的是她体态丰腴,颇符合家政妇的身份。

不过,今天她到底也是脸色煞白了。虽不比刚发现人头时那么狼狈,但一眼就能看出她的憔悴模样。

"是的。畋傍老爷来厨房说要修理楼梯,所以我就吩咐山部去了。当时畋傍老爷也跟我在一起。"

"后来呢?"

"老爷说想去池子那边,就沿着去中庭的通道走了。再往后的事就……"

日纱低垂着头,看上去比平时小了一圈。

"之后你做了些什么呢?"

想来是出于体贴,辻村的语气也多了几分亲切。

"我和宫古一起在厨房做午饭的准备工作。虽然有一位叫佐野的大厨在,但一个人是忙不过来的。"

"每天都是如此吗?"

"是的。不管是中午还是晚上,总是这样。"

警部沉思了片刻后问道:"厨房里能听到山部先生修楼梯的

声音吗？"

"能。"

"没有间断过吗？"

一瞬间日纱脸上浮起惊讶的表情，但她立刻回答道："我也说不清楚，但感觉是这样。如果声音停过，我会注意到吧。山部是一个很勤劳的人，不会消极怠工。"

女佣的证词也与家政妇的完全一致。两人开始准备工作是在十点十分左右，即日纱命山部修理楼梯后立刻来到了厨房。此外，直到十点四十分日纱与山部结伴去畝傍房间为止，她俩始终在一起干活。

日纱和女佣的不在场证明成立。

"结果是我成了凶手？"

日纱离开后，木更津一脸严肃地嘀咕道。

随后他一耸肩："看来我给自己惹了一身麻烦啊。"

"好像是的。"

"下一个是谁，辻村警部？"

"菅彦。"警部绷着脸，一副"我没法再和你相处下去"的样子。

长话短说，今镜家杀人事件的第二案——畝傍命案的信息收集战已彻底陷入僵局。前半段对用人的问讯取得了预想之外的战果。然而，在给今镜家遗属做笔录的后半段，可以说完全没有收获。

尽管案发是在白天，但无人拥有确凿的不在场证明，更别说什么伪造的不在场证明了。

一般而言，不在场证明、遗留物品等案情证据往往会成为有力的线索，现在却全然派不上用场，这可谓本案的一大特征。

不，应该这么说，我们根本无法靠这些外围的东西来锁定凶手。今镜家遗属的漠不关心也许是装出来的，但这对凶手而言无疑是天大的好事。

就说这个不在场证明吧，菅彦从早晨起就一直待在自己房里。虽然菅彦的房间与畎傍毗邻，但他做证说因为隔音设施好，他没听见凶手的脚步声。

雾绘和昨天一样，独自坐在中庭的长凳上读书。畎傍应该进过中庭，可她的回答却是"没注意"。

在遇见木更津之前，夕颜一直和我在一起，是唯一一个有不在场证明的人。而她的哥哥静马则只有他自己的那句"我在外庭散了一小时步"的说辞。关于肩上扛的包，他并不打算做任何具体说明。

"我觉得一切调查都变得毫无意义。"辻村唉声叹气，只差没举手投降了，"为什么要化妆呢？"

"很简单啊。因为衰老是悲哀的。"

如十九世纪末的末世之言一般的话语，在木更津的嘴中得以复苏。只是，它与弥漫于苍鸦城中的瘴气略有不同。

"你倒是很轻松啊。"

"是啊。"

"是啊？"辻村冷冷地瞪视木更津。

"不过，辻村警部，收获还是有的。虽然同时也冒出了一些疑问。"

"疑问？你的意思是还要在现有的基础上再加码？"

木更津举起右手示意辻村别发牢骚。

"这有什么办法，现在还只是开局啊。"他若无其事地说着教人胆寒的话，"不过这次有点儿不同，都是一些关于被害者一方的疑问。"

"被害者一方？"

"是的。人在中庭的雾绘说没注意到畝傍，但畝傍这边有没有注意到她呢？还有，凶手是否知道这件事？"

"原来如此。如果凶手发现了雾绘的存在，就不会冒险在中庭动手。"

警部佩服地点了点头。凶手胆大包天自不待言，但同时似乎又是一个极度谨慎的人，恐怕连一个微小的疏忽都不会轻易犯下。

"还有一点。另有一个山部可能会看漏的人。"

"另有一个？其他还有谁……你是说大厨吗？"

"非也。"木更津摇头。

"你吗？"

"这个刚才我已经提过。现在我可是认真的。"

我也思考了一下，但是想不出来。今镜家的人也好，用人也好，甚至连查案的人应该都被包含在文氏图里了。

"搞不懂啊。难道是辻村警部吗？"

"我？"警部愕然地回头看我。

"不对不对。你这么说对辻村警部可就有失恭敬了。"

"那你说是谁？"

木更津脸上挂着惯有的柴郡猫似的笑容。

"就是畝傍自己啊。"

3

这里我必须向读者做个解释。

此前我的文字给人一种感觉，似乎今镜家的人自出生以来就一直住在苍鸦城。读者诸君会想，由于他们在苍鸦城长大所以才养成了疏远冷淡的个性，并对这一因果关系予以相当的重视。另外，在木更津指正之前，各位恐怕都对菅彦及畎傍从未离开过苍鸦城半步这一点深信不疑。

其实不然。这只是大家想当然的误解。

就在刚才——我们结束畎傍命案的笔录回到三楼的房间时，木更津纠正了我的错误认识。

"你什么都不知道吗？"

木更津有点吃惊（半是愕然），随后给我做了讲解。

所以，读者诸君敬请放心。你们获取这些信息比木更津晚一步，但与我是同步的。信息公开是迟了点儿，但各位完全不用担心会在推理上出现偏差。

最重要的是，整个案子才刚刚跨入中盘阶段嘛。

言归正传，现在我就根据木更津侦探社的资料，把今镜家及苍鸦城的变迁史简明扼要地讲述一遍（不好意思——也亏我说得出口——讲述将采用由我本人整理的摘要形式）。

第二次世界大战后，原是今镜家本宅的苍鸦城，竟屈辱地沦为了别墅。由于交通不便等原因，多侍摩一家曾在桂[①]的另一所住宅生活过一段时间。

二十五年前，退位辞去社长之职的多侍摩偕夫人绢代移居苍鸦城。他俩是打算过二人隐居的生活吧。

多侍摩的儿子（当时有伊都、御诸、畎傍三人）已各司要职，

[①]桂：地名，今位于京都市西京区。

因而散居在东京、大阪及各地方城市。所以就雇日纱为家政妇，照顾两位老人的起居。

于是，有一段时间宅内只有多侍摩、绢代夫人和日纱三人。

苍鸦城增添新面孔是在昭和四十九年。碍于体面的有马氏把年仅五岁的双生子——万里绘和加奈绘寄养在祖父母身边。据说有马夫人不愿与女儿分开，但最后还是依从了有马。

然而，离别的巨大痛苦令夫人半年后便撒手人寰。日纱则担负起了抚养双生子的重任。

此后的十五年间，苍鸦城并无重大变化。或许是因为那段痛苦的回忆，有马从不接近万里绘姐妹，多侍摩的儿子们也忙于工作，没有来过一次。而多侍摩夫妇也是闭门不出，极少抛头露面。

从某种意义上来说，这可能是苍鸦城最为平和的一段时期。

苍鸦城的紧绷感被打破，得从两年前绢代夫人逝世算起。多侍摩深受打击，同时大概也感到了一个人独处的寂寞，他把十多年来始终无意相见的儿子们都唤入了苍鸦城。

随着人数的增加，苍鸦城聘用了新的大厨、女佣和长工。如今居住于城中的人，是在五个月前菅彦顶住畎傍的压力领养雾绘时凑齐的。

一个月前，多侍摩逝世。自绢代夫人去世以来，他的身心健康便每况愈下。临终前的多侍摩瘦骨嶙峋，宛如一尊即身佛。

接着就是两天前……

这以后的事读者们都已明了。

"多侍摩的死就像撤去了一道金箍啊。"木更津大口吃着整整推迟了三小时的午饭，"他是一个月前死的吧？"

就在短短一个月前,今镜集团的统帅多侍摩病故了。而伊都、有马和畝傍则相继被害,仿佛在追随他而去。一系列的凶案让人觉得多侍摩之死似乎是很久以前的事,但其实四十九天的法事都还没结束呢。

"正如足利幕府衰落之际就是战国时代开始之时一样,长期以来的均衡看来也是因多侍摩的死而被打破的。"

"就这么脆弱吗?"

"怎么说呢,从前他们一直在互相牵制,这应该是事实吧。"

假如多侍摩是靠某种权力(也许是遗产)强迫儿子们聚于膝下的话,那么其中生出某些不良影响也是不足为奇的。

"这个名叫'椎月'的女子好像没来苍鸦城嘛。这里写着她是多侍摩的女儿。"

木更津录下的今镜家族谱中,记载着一个尚不为人所知的女人的名字。她是多侍摩最小的女儿,名字旁没有写是生还是死,取而代之的是一个问号。

"下落不明啦。"

"下落不明?"

"嗯,听说她三十年前和人私奔了,然后就一直没有音讯。我正在请人调查,但还没查清楚。"

"私奔啊,她可是多侍摩唯一的女儿吧。"我心下难以释然。

"菅彦最后也没能得偿所愿,倒是他姑妈椎月选择了真爱。当然,我听说多侍摩当时暴跳如雷,单方面和椎月断绝了关系,把这一切看在眼里的菅彦会害怕也是没办法的事吧。"

"这就是自私自利!"

一想到雾绘,就觉得他根本不值得同情。

"你可以在你那就事论事的感情线上奔走,但也不要忘了正题。"

"是说凶手吗?"

"当然啦。"他若无其事地肯定道。

"我怎么搞得懂。以前说的那些又被你击了个粉碎。"

"说得就跟我是一个坏人似的。"

"这倒不是。关键在于,你的想法是什么?你不会又在想什么神的保佑吧?"

"你问我吗?"

木更津把色拉盘端到自己面前。他好像又想到了一个新"素材"。

"我正在思考新的嫌疑人。"

"新的嫌疑人?"

"是的。"木更津一点头,"就是椎月……或是她的后人。"

"……真是可怕。"

"也不是不可能的事。"木更津笑道。

"推理小说的话倒有可能……你的意思是凶手来自外部?"

"或许吧。以前我主张内部凶手说,前提是我假定凶手并非今镜家的人。而一个从前就了解今镜家内情的人,未必需要一开始就住在这座宅子内。"

可是,这就会破坏迄今为止建立起来的体系。伴随着这一可能性而来的是十足的危险性。

"这么说一切都要从头再来了?你是不是在设想椎月杀光今镜家的人,然后出来表明身份之类的桥段?"

"很古典的情节嘛。不过在畎傍命案中,一个陌生人想于光天化日之下在宅内游荡是不可能的。"

"这么说嫌疑人还要包括你和我啦？辻村警部和警方的其他人员自然也是吧。"

木更津就像等着我这句话似的点了点头。

"在一个善意的第三者看来，我和你完全有可能是椎月的孩子。"

"哈……"我苦笑一声，"这么一来可就乱得抓不住头绪了。"

"我只是举个例子罢了。"

木更津喝光了番茄汁。这是最近的试售品，一盒一升装，这次竟被他喝掉了整整一盒。

"好了，我们上菅彦那儿去一次吧。我有事要问他。各种各样的。"

一开门，沉郁的乐声便从屋里涌了出来。

感觉这高音与低音的交错，是将世间的悲哀移入观念世界并加以具体化之后的产物。中提琴那甘美而略带涩味的配乐，释放着压抑的光彩。

钢琴的轻快节奏在这里也不过是一朵"谎花"。低音部的散音宛如发向遥远天国的希求。

屋中，菅彦独自一人埋身于沙发中。他闭着眼，身子时而会和曲而动，仿佛已全身心地沉浸在纤细的乐流之中。

唱片静悄悄地旋转，唱针发出微弱的噪音。

尽管没有声乐，但这钢琴五重奏犹如一支安魂曲，沉郁而又清澈。啊，这莫非是纯音乐的安魂曲弥撒？

房间右侧的一角挂着一幅单色画。多半是版画。貌似耶稣的半裸男人被钉在十字架上。这似乎是一幅表现基督受难的宗教画，整体虽有一种衰败之感，却奇妙地与乐声融洽，如同在互相呼应一般。

"旋律很哀伤啊。"

木更津开了口，菅彦这才站起身，像是刚注意到有人进来。他慌忙打理了一番，仿佛羞于启齿的一幕被人撞见了似的。

"对不起，我随随便便就进来了。虽然我敲过门。"

"哪里哪里，木更津先生，请进来吧。"

菅彦略显疲态。毕竟父亲死后才过了半日。

"这支曲子是？"木更津在菅彦对面坐下后，立刻问道。

在古典音乐方面木更津的造诣应该比我深，想不到连他也不知道，多半是曲子很冷僻吧。

"这支曲子吗？"菅彦稍显惊讶地反问了一句，"这是梅德韦杰夫的钢琴五重奏曲的第三乐章。"

"梅德韦杰夫？是俄罗斯人吗？"

木更津好像也对这位作曲家的名字很陌生。看他也不知道的样子，想必是一个音乐字典里都没有的人物。

"是的。他的全名是米哈伊尔·伊凡诺维奇·梅德韦杰夫。二十世纪初期的俄罗斯作曲家。你不知道也不奇怪，他在历史上被抹杀了。"

菅彦的表情也被抹上了一层阴影。

"抹杀什么的可有点不寻常啊。"木更津做了个夸张的动作。

"嗯。这种事并不少见……梅德韦杰夫是皇家宫廷乐队的队长，又是皇太子的音乐教师。因为是这样的人物，所以……"

"是俄罗斯革命吗？"

此时，第一小提琴奏起了俄罗斯音乐中特有的夸张独白，像是敏感地对木更津的话做出了反应。

"是的。梅德韦杰夫迅速逃亡、躲过了一劫，但他的曲子都被布尔什维克党销毁了。听说他还有几部交响乐和歌剧作品。"

"我没听说过。"

"据说，最近受经济自由化改革的影响，俄罗斯掀起了再评价的风潮。不过他是远在革命之前的人物，所以也不知道这个消息究竟有几分可信度。"

"可是，普罗科菲耶夫和拉赫玛尼诺夫不都得到了再评价吗？"

再次回归祖国的普罗科菲耶夫就不用说了，苏维埃的钢琴家们甚至还常常提起定居美国的拉赫玛尼诺夫创作的协奏曲。

"梅德韦杰夫不是单纯的音乐家，据说他还深入地参与过政治活动。甚至一度有传闻说，他和拉斯普京联手策划了一些政治阴谋。虽然他从未在历史的舞台上正面出现过。"

"为什么你这里有他的作品？"木更津指着唱片问。

"这是所谓的私人唱片，而且只有今镜家有。"

"这是怎么回事？"

"你是否知道，革命时逃亡的谢尔盖·普罗科菲耶夫曾一度在日本居住？"

"知道。"

逃亡时的普罗科菲耶夫在日本几乎是无名之辈，所以没怎么引人注目。即便如此，他在帝国剧场的独奏会仍引发了当时一群爱好者的赞叹。

"梅德韦杰夫也同样逃到了日本。当时，普罗科菲耶夫滞留东京，而梅德韦杰夫据说就住在我们今镜家。这都是我出生以前的事了。"

"是在这里吗？"

木更津似乎真的很吃惊。看来这个故事并没有落入他的情报网。

"正如我刚才提到的那样,梅德韦杰夫同时也是一级政治犯,所以他惧怕红色恐怖,就隐居到北山来了,谁都没有告诉。这件事就连今镜家内也只有一部分人知道。"

"他就住在这幢宅子里吗?"

"是的。在三楼木更津先生你俩所住的房间对面。"

这是战前苍鸦城尚用作本宅时的事。

"那这支曲子是他滞留此地时创作的吗?"

"他把此曲献给了我的祖父。曲名叫'イマカガミ'。这张盘是三十年前委托唱片公司制作的。当时好像隐去了梅德韦杰夫的名字,号称是我祖父作的曲。"

抬眼一看,果然唱片套上印着"作曲/今镜多侍摩"。

"不过,这首曲子很灰暗啊。感觉对大提琴演奏员的技术要求非常高。"

"符合一个失去祖国的艺术家不是吗?"

菅彦叹息一声,再次垂下双眼。第一、第二小提琴的悲鸣重合交错在了一起。

一时间,我们停止了说话,聆听着这被谱成五重奏的安魂之歌。

身处远地异乡——日本的梅德韦杰夫是在遥思圣彼得堡,还是在缅怀步入悲剧之路的罗曼诺夫王朝?

"这支曲子最终成了他的遗作。"菅彦突然说道,"他没有像拉赫玛尼诺夫那样留下作品,理由之一就是逃亡后他只创作出这一部作品,来到苍鸦城的梅德韦杰夫半年后就去世了。"

"死于失意之时吗?"

"不……"菅彦悲伤地摇头道,"当时他已年过五十,所以身子确实有点弱……不过他是溺水而死的,人们在宅后的池塘里发现了他的尸体。"

"溺水而死……是被谋杀的吗?"

木更津的措辞尚属稳妥,但他显然十分震惊。

"不知道。也许只是单纯的淹死,不过警方认为是共产主义分子干的。当然,警方只是想要一个镇压思想家的口实吧。"

"真是神秘莫测啊。"木更津如浪漫主义者一般低语道。

"对了,梅德韦杰夫为什么会来今镜家?"

"谁知道呢。我的祖父和曾祖父在满洲待过,可能是一些当时认识的逃亡贵族穿针引线的吧。"

木更津还想继续刨根问底,但菅彦打断了他的话:"木更津先生,你不是来听我解说这张唱片的,对吧?"

他脸上带笑,但显然怀着戒心,态度与因雾绘之事委托木更津时截然不同。

"也差不了多少。我来只是为了和你聊聊天。"

"聊聊天吗?"菅彦当然不可能将木更津的话照单全收,"杀人案也成了聊天的话题?"

"是的。"木更津不慌不忙地放低姿态,"虽然畝傍先生刚去世不久,我觉得很对不起你。"

"没什么。我知道我也是嫌疑人之一。"菅彦脸上浮起孱弱的笑容。

"关于遗产,全部加在一起具体有多少?"

菅彦犹豫了片刻,答道:"呃,粗略计算应该有五百亿吧。问一下律师,我想就能知道准确的数字。"

"五百亿吗?真是难以想象啊。"

难道木更津认为动机是遗产?现如今为了区区十万日元都

会发生杀人案，五百亿的话，搞一场争夺好戏既有价值又有意义。

"说是五百亿，其实一大半都是土地和股票，而且还是北山的土地。不卖掉的话，怕是连遗产税也付不起。剩下的几乎全是今镜集团的股票，实际拥有的也不过在一成上下。而且还有遗产税。"

即便如此，也能马上动用数十亿日元。从一介庶民的角度来看，这个金额足以让人一辈子吃喝不愁。

"多侍摩氏的遗嘱是怎么说的？"

"祖父的遗嘱还没有开封。听说要在他死后再过五十天才能公布。"

"很奇妙啊。那么，五十天之后是？"

"本月的十三日，也就是十天后。我不太懂法律上的事，现在父亲和伯父都在遗嘱开封前遇害了，所以我可能已经丧失了继承权。"

关键恐怕在于留给伊都和畂傍的遗嘱是否有效。按顺位下来应该没问题，只是我有一种奇妙的感觉，多侍摩的遗愿悬在半空中，已失去了着落。

"不知道遗嘱内容吗？"

菅彦摇头道："不知道。祖父一句也没提过。就连遗嘱不到五十天不得开封的事也没告诉过我们，直到他去世为止。父亲他们也很吃惊的样子。"

"是吗？"

木更津似乎陷入了沉思。不过他很快就回过神，从沙发上站起身，踱到了窗边。

"祖父也许知道会变成现在这样。他的遗嘱是不是和这个有关？"

"到底怎么样，现在还不清楚。对了，菅彦先生，这张唱片能借给我吗？"

木更津突然转换话题，让菅彦吃惊不小。

"啊啊，好的。不客气。我还有五六张，可以送你一张。"

他慌忙把手伸进角落的柜子里一阵摸索。柜子看起来不如畎傍的那个高贵，但好像也是一件年代相当久远的东西。

木更津漠然眺望着窗外的风景，突然他像是注意到了什么，伸右手招呼我："香月君。"

他的脸上浮现出了惯有的笑容。

菅彦的房间面向内侧，所以透过窗户只能看到中庭——一片绿色、隐藏在繁茂树叶丛中的植物园，爬满常青藤、徒留支柱的亭子。

至于木更津发现了什么，我也很快就明白了。

阳光散射的绿叶丛中，唯有亭中的白色长凳鲜明地浮现在我的眼前。而坐于长凳上的，则是正在读书的雾绘。

"让你们见笑了……"

手里拿着唱片的菅彦似已察觉，他一边苦笑一边挠着自己的脑袋。

"你平时总在这里观望雾绘小姐是吗？"木更津温柔地问道。

"我能做的只有这些了。"

菅彦羞涩的笑容中不光有寂寞，似乎还包含着一丝幸福感。

我看着窗外的雾绘。

她是否有所意识呢？从她昨天的表现来看，想必并不知情。菅彦这白费心思的行为恐怕已持续了五个月之久。不，他是以一个父亲的身份在看护着她。并非出于责任，而是因为爱。

我对菅彦的认识有了少许改观。

我们望着窗外的雾绘，一时间谁都不再言语。想来菅彦一直就像现在这样，只是远远地望着自己的女儿。

"会得到拯救吗？"

"会。"

听了木更津的话，菅彦用手捂住了眼角。

不久，雾绘合起书本，回到了宅内。

"读完书了？"

"她肯定是去教堂了。"菅彦答道。

木更津拉上了窗帘，就像菅彦在雾绘离去后一直做的那样。

"这里有教堂？"

"是的，在宅邸的西端。"

"古城堡中有一座教堂倒也不稀奇，你们都是基督教徒吗？"

木更津用手摸着下巴，似乎对此很感兴趣。

"我不是，但我祖父他们改宗了。好像是从中国回来后改的，听说他们十分虔诚。"

"也受到了排挤吧？"

"是的，相当严重。因为是东正教，受到的压制好像更厉害。"

"东正教。很少见啊。"

说到日本的基督徒，通常都是天主教或新教徒。一般被称为旧教和新教。

希腊东正教的出现远早于宗教改革。十一世纪时，基督教因偶像崇拜之争分裂为希腊东正教和罗马公教。东罗马帝国覆灭后，俄罗斯东正教又以俄罗斯为中心不断向外传播。不过日本在历史上更多地受到了西欧文化的影响，所以国内虽然有东京圣尼古拉教堂等遗迹，但东正教堂总体数量极少。

"是受了满洲俄罗斯人的教化吧。"

梅德韦杰夫的镇魂曲也与此有关。

"原来如此。那么入殓呢？"

"放入石棺，被安置在入殓所。"

"是在这座宅子里吗？"

"这还不至于，又不是什么令人心情舒畅的东西。是在离此一百多米远的地方。"菅彦苦笑着说。

"畝傍也在那里……"

"不，"菅彦否认道，"父亲一向视东正教为西欧人的玩意儿，非常厌恶。他自己就不用说了，就连对我们靠近教堂也没好脸色。"

对照一下畝傍的性格，感觉能够理解。

"不过，祖父还在世的时候，教堂毕竟是拆不得的。"

"这么说，近期就要拆了？"

"是的，教堂那边。"

"原来是这样。"

木更津离开窗边，一手拿起沾着灰尘的梅德韦杰夫的唱片，说道："不好意思，你能不能带我去教堂看看？"

从交谈的趋势来看，此话实属必然。

从玄关大厅向右折，是一条短短的通道，很黑，看不见前方。据说教堂就在通道的深处。

"地狱之门"位于大厅向左折去的通道尽头，所以正好与教堂遥遥相对。从词义角度倒也能理解这样的对称性，然而不可思议的是，通向两界的道路竟然没有差异。前去教堂的路也是同样的昏暗、阴郁。若是通往冥府倒也罢了，作为一条约定将去往天界的道路，它未免太过粗陋。

菅彦先头领路，一行人漫步前行，其间我不由得想起了前天的那段行程。那一天，穿过了晦暗通道的前方是伊都的头颅。那么今天……

"我们就像是在去地狱啊。"

这话我本是对菅彦说的，不料回应的却是木更津。

"这是必经的仪式。天堂与地狱，无论是前往哪一边，都必须经历'死'这一现象。这条走廊算是它的具体形式吧。"

"那么，去哪一边是生前便定下来的吗？"

"这个就叫因果报应。"身为局外人的木更津说得还挺像那么一回事。

"在大厅选错道的话就会下地狱。这可真是命运的分界线啊。"

"赫拉克勒斯的丰功伟绩……"

由于逆光，我看不见木更津的表情。

"对了，菅彦先生。'地狱之门'姑且不论，教堂的外形也是一座尖塔的话，岂不是有些狭窄吗？"

手里提灯的菅彦回过头，答道："不，塔只是入口。塔后另有建筑。而且，虽说有一个礼拜堂，可也没什么了不起的。不过就是圣坛、十字架、风琴还有圣像罢了。你一看就知道了。"

门已在眼前。"地狱之门"的门是石造的，而教堂的门则是两扇向左右打开的木板。其中央悬着一把挂锁，但没有上锁。再看锁上的锈斑，似乎一直就这么卸开着，从来没使用过。

教堂这边连门也是如此廉价。

"以训诫为重点是应该的。神的爱与审判乃互为表里之物。"

"最后的审判"的构图在我的脑中闪现。果然，与动人心弦的地狱图相比，天界之图则让我有些不以为然。

"即便如此人类还是要依偎过来。"

菅彦冷不防嘀咕了一句后，推开了门。

正如他所言，和"地狱之门"一样，门后只有一间空无一物的小室。唯一不同的是，正对面也有一扇木制的对开门。

"那门里面就是教堂。"

我反复咀嚼着菅彦刚才的话。这话似曾相识，可是我怎么也想不起来谁说过了。

打开第二扇门的同时，一阵尖锐的声音从里面传来。

是管风琴的乐声。数根金属管刺穿了高达五六米的教堂顶棚。风琴独特的穿透音从彼处而来，充盈了整个空间。原来是约翰·塞巴斯蒂安·巴赫的《帕萨卡里亚舞曲》。

弹奏者是雾绘，从我这里只能看到她的背影。由于是巴赫的作品，优雅或激情的演奏一概与之无缘。不过，面对着琴键的雾绘所散发出的高洁之气却令人想起了盲人风琴名家瓦尔哈。

教堂确实很小，大约只有普通教堂的一半。内部装饰朴素，绘有马利亚的彩色玻璃也颇为正统，倒是饭厅那边的更华丽。室内的管风琴发出了巨大的声响，其临场感和压迫力更甚于坐在音乐厅的最前排。雾绘的演奏技巧固然高明，但我更多地是被这强大的气势所震慑了。

短通道的尽头摆了一座圣坛，立着一根放射圆光的十字架。头顶上方，耶稣正用慈爱的目光俯视着我们。

奇妙的是，十字架的三个方向都有楔子，脚底的那根是被斜着打进去的，与"地狱之门"上的雕刻完全一样。

"这的确是东正教啊。"木更津再次感慨似的低语道。
"嗯,在日本很少见。"
"可不是嘛,头顶上抱着耶和华的耶稣是很罕见的。"
管风琴位于圣坛的右侧。雾绘仍在弹奏回旋曲,一点儿也没有注意到我们。

"雾绘。"
菅彦呼唤她已是两分钟之后的事,正是雾绘轻柔地停下白皙的手指、余音完全消散的时候。
她背脊猛地一颤,回过身叫道:"爸爸!"
一半是因为吃惊吧,至于另一半是什么就不得而知了。也许是胆怯和戒备。一看见我们,她的眸中瞬时流露出惴惴不安的目光,但很快又恢复到面无表情的状态。随后她展颜一笑道:"原来是香月先生和木更津先生。"
她的反应令我微微失望。
"你好。我们似乎打扰到你了。是我请求你父亲带我们来的。"
木更津答得亲切。在装傻方面他的水平也是一流的。
"不,没关系。我已经结束了。"
雾绘从坛上下来,降临在我们跟前。
"你弹得很好啊。我又一次情不自禁地感动了。"
"被《帕萨卡里亚舞曲》感动了吗?"
"是伟大的巴赫,还有你。"木更津恭敬地行了一礼。
"谢谢夸奖。"
雾绘的视线并未望向木更津,而是朝着旁边的菅彦。
"你一直在这里弹琴吗?"
"是的。弹着曲子,就能忘掉一些事。"

"什么事？"

菅彦只是忧心忡忡地观望着两人的交谈。

"各种各样的事……"

如此回答似已耗尽了她全身的力气。木更津的威吓对无辜者来说亦是一种威胁。菅彦担忧的似乎正是这一点，而非雾绘本人。

"确实会有各种各样的事吧……如果发生了什么重大问题，请与我们商量。我也好，香月君也好，都行。"

雾绘与我的视线总算相交了。

她轻轻颔首，脸上浮现出才知道我在这里似的表情。

"好的，谢谢。"

"好了，我的事也已经办完了。"

木更津风度翩翩地施了一礼，转身离去。紧接着，他又像是想起了什么，走出两三步后，突然转过身来。

"能不能再问你一件事？"

"可以。"

雾绘讶然点头。她也许在想这一幕似乎在哪儿见过。

"六天前，也就是十一月二十八日，你外出过吗？"

"没有，这一个星期左右我哪儿都没去。怎么了？"

"没什么。"木更津笑着摆摆手，"不是什么大不了的事。我只是有点儿好奇。"

说完他离开了教堂。

"我先走一步。"

菅彦也觉出气氛尴尬，丢下这么一句后，把我一个人晾在了这里。他弓着背，步履蹒跚。莫非他身上背负的是罪业吗？

"再见，爸爸。"

菅彦消失在门外的一瞬间，雾绘的眼神转为了沮丧。变化得极为显著，也不知她本人是否有所意识。

"谢谢你昨天的外袍。"

雾绘的目光舍弃了门，再次面对着我。

"不客气。倒是你的担忧有没有被消除呢？"

裹着纯白连衣裙的女子抬起双眼，哀伤地摇头道："没有……反而更严重了……相比昨天。"

是因为畝傍遇害了。可是，这又是为什么呢？

"祖父不怎么喜欢我。"

"不喜欢雾绘小姐吗？"

雾绘轻轻点头。想来她并不愿意说出这句话。

"既然是这样的话……"

这么想虽然有些轻率，但畝傍的死应该不会令雾绘过于悲痛。从昨天的情况看，畝傍确实很不待见雾绘。

"不……正因为是这样我才……你可能不明白吧。"

"昨天我也说过，我不明白。"我断然回答道。

看来我被拒绝了。当然，被她拒绝的恐怕不止我一个。或许是成长环境的缘故，雾绘身上有着某种拒人于外的东西。

"但是，我能够理解。"

"不，这与你所指的那类事物不同。"

如此瘦弱的身躯，有着欲与恶龙争斗一般的癫狂之气。我不禁想起了昨天的对话。

"这运势……"

我看着雾绘的眼睛。想来她已明白我的意图，脸上现出达观的表情。

"也许是的。"她只是轻声答道。

"如此说来，今镜家的人命中注定都要死吗？"

"如果这是神的意志，又有什么办法呢。然后我也会……"

她闭上了嘴。看来这是她的心里话。

汝不可妄言其名……这正是雾绘现在的态度。

"你又要封闭自己的心灵吗？"

"……"

"我是为了拯救你才逗留此间的。"

"对不起。"

雾绘低着头，匆匆地离去了。不过，最后浮现的那叹息似的表情，却多少令我安下了心。

马利亚何时才能升天呢？

这是当前我们所面临的问题。

第六章　勒克纳诺瓦书

1

"到底是怎么回事？"我问道。

木更津还在专心玩他的挑绷子，从教堂回来后就一直没停过。

从午后开始，室外转为了阴天，北风猛烈地拍打着窗户。天气预报说明天会下雨。

"你是不是很在意我的最后一个问题？"

问话时木更津头也没抬，天晓得他是不是用了读心术。

"嗯。"

还没到在意的地步，这次我也只是姑且一问。木更津一向奉行秘密主义，我也不认为他会回答。

"就跟字面上的意思一样，确认不在场证明罢了。"

他从口袋里掏出一张纸片，在眼前晃了晃。这是三天前寄来的恐吓信。糨糊已经干透，一半左右的字都翻卷了起来。

"我只是想知道是谁寄的。"

"原来如此，我都忘了这茬儿了。"

这附近别说邮局了，就连邮筒也没有。凶手要投寄恐吓信就必须出一次远门。

我真是太糊涂了,竟然把恐吓信的事忘得一干二净。

"那你心里有眉目了吗?按你的品性,早就问过所有人了吧。"

"嗯。"木更津歪着脑袋,像是要从内存中读取数据,"除了用人,出过门的人就只有静马和菅彦了。向我发出委托函的伊都姑且不计。"

"凶手寄信得在伊都之后,不是吗?"

"你很敏锐啊!"木更津打了个响指,"而且,必须在伊都寄信后立刻发出。"

"来回一趟需要多少时间?"

"去最近的邮筒,步行要花三小时。开车的话,往返大概用不了一小时。而现在这群人当中,除了伊都、畋傍和有马,会开车的只有我刚才提到的那两个人。"

"这不就简单了吗?"

凶手就是静马和菅彦中的某一个。

"这件案子有那么简单的话,警部也好,我也好,就不会这么辛苦了。"

"哦,你很辛苦吗?"

木更津面露遗憾的表情,停下了摆弄细线的手。

"我可不是蚂蚁。"

木更津是在引用伊索寓言吧,不过在我听来,就跟一句"我可不是神"的自我否定一个样。

"以前我就说过,只通过这一个问题原本也能判明不少事实。比如,有可能马上知道伊都发过委托的人。但是,这次却像罩了一层雾纱,什么也看不真切。"

把这理解为木更津的哀叹恐怕是错误的。因为他压根儿就不是这样的人。硬要说的话，应该是一种焦躁。

"而且，我对恐吓信的期待并不在这些实体性的东西上，而是一种更具前提性的东西。"

"恐吓信有那么关键吗？"

木更津一摆手："不，倒不如说是瓶颈。还不如没有的好。"

"瓶颈什么的，莫非你已经建立了某种假说？"

"无可奉告。"

木更津不再回答，想必是无法再细说了。

"你对警部说了吗？"

"还没有。"

窗户"嘎嗒"响了一声。

"……为什么不说？"

"因为这是我的一张王牌。不过，我会直接找他明说的。"

"到那时多半已经不新鲜了。"我半是嘲讽地说。

"不劳你操心。警部貌似不怎么看重新鲜度。"

我的眼前瞬间浮现出警部的脸庞，那表情多半是又生气又无奈。尽管最后总会被木更津花言巧语地糊弄过去……

"怎么了？从前面开始你的表情就很奇妙。"

"呃……说句实话，我没想到你会直接回答我的问题。"

我故意装傻，好在木更津没怎么留意。

"没礼貌的家伙。"他嗤笑一声，"我一直都在说一些能让你理解的话！"

到头来是我被取笑了吗？当然，如果说现实就是如此，那就没什么好争的了。

"谢谢。我会好好谢你的。"

然而，挖苦式的回应也对他不起作用。

静马为何敌视我们？

傍晚我与他在大厅相遇时，终于找到了答案。眼尖的静马一见到我，就突然凑过身来。

"跑这里来瞎逛真的好吗，侦探先生？"

每次都这么不走运，我不由得诅咒起自己来。对他的刀子嘴我倒是有点习惯了，但听着毕竟刺耳。

"连畝傍叔父都被人杀害了，你还这么悠闲。"他狠狠地瞪着我。

不过，这时我注意到了一件事——静马的语调中失去了以往的那种霸气。

剩下的只有遮掩内心不安的虚张声势。他的表情和语言脱节，态度给人一种焦躁的感觉。

静马整个人十分憔悴，最为明显的就是他那深陷的眼窝。

我打算套他的话，于是就学木更津的样子微微一笑，答道："没问题的。"

我会这么做是因为我能够比较从容地面对他。而静马则对我出人意料的反应颇为惊讶，同时又显得很疑惑。他张嘴准备说些什么，但终究没能说出口。最后，他像是打消了主意一样，往后退了一步。

"算了算了！"他狠狠吐出这句话后，回了自己的房间。如今我从他身上已经感受不到一丝一毫的威胁。

静马在害怕什么，这是肯定的。其直接原因是今晨畝傍的死，这是明摆的事。静马也是一个宿命论者。

雾绘不做抗争、泰然受之，而静马则采取了正面抵制的方式。

他相信理应会到来的命运，但又企图亲手将这个名为命运的枷锁拆去。或许这只是一场徒劳无益的抵抗，静马自己也心知肚明吧，时而显露的自嘲似的笑容便是其外在的表现。

当然，他只是无法像雾绘那样逆来顺受罢了。

"这么说我们就是命运的使者、静马最讨厌的苍鸦死神吗？"

木更津又取出了挑绷子线。他的手忙活个不停，不过像是在听我说话。

"可能是。假如静马所认为的命运是指由外部因素导致的内部崩溃，那么把我和你排除出去的话，就能保住这份均衡。"

我对自己的这番说明缺乏信心。也许它既无逻辑，也不合理，无法与木更津的那些相提并论。但是，结果即为事实。

"你是克洛托①，我是阿特洛波斯啰？"

木更津举了两位命运女神的名字。

"拉切西斯的人选有眉目了吗？"

"很遗憾，这里没有拉切西斯。我是不相信什么命运的，要说有某物潜伏在这座宅邸中，那只能是死神。"

木更津不就是赫拉克勒斯吗，身旁还跟随着冥界的看门犬刻耳柏洛斯。

"说了半天我还是黑斯廷斯吗……"这句话不由自主地脱口而出。

"什么？"

"没什么。"

我慌忙掩饰过去。这与我的自卑情结无关。

"不过，静马的纠缠不光是因为这个，尤其是针对你的纠缠。"

---

①克洛托：与下文的阿特洛波斯、拉切西斯合为希腊神话中的"命运三女神"。

木更津窃笑似的看了我一眼。

"针对我的？"

"静马爱着夕颜。"木更津淡然说道。

"静马爱……夕颜，真是难以置信！"

"你不信也没关系，反正这是事实。你说的宿命论或许有那么一点道理，但实际上要正面得多。我这话是指着静马说的。你没必要拿消极的东西出来说事。"

看来木更津是在我身上找原因。就差没说一句：万恶之源就是你，我被迫害全是受了你的牵连。

"他们不是兄妹吗？"

"不是亲妹妹。"

"……可是，为什么要找我晦气？"

"问一下静马本人不就好了？当然，我想他是不会告诉你的。"

"应该是吧。"

虽说在精神上占了上风，但我可不想跟静马促膝谈心。而且畋傍的死也是我们这边的一笔负债。可是话又说回来，我也不觉得木更津会向我吐露个中奥秘。

木更津也不顾念我的复杂心情，只是呵呵地笑个不停。

"明白了，我会去问的。"我中止了交谈。

然而，最终我永远失去了这个机会。翌日清晨，当人们发现静马时，他已化作了一具尸体。

2

苍鸦城的各个房间都配有浴室，静马死时全身赤裸，多半是在洗澡时遇袭的。

浴室最近似乎被改造过，光泽犹存。每四块浅茶色瓷砖中就有一块印着百合花纹。浴池配的也是同一种颜色。

静马的尸体就横躺在这片满目皆是浅茶色的空间里。他的头当然也已经被割下。到了这第四次，我甚至连吃惊的力气也没有了。

宛若"浴池中的新郎"……我突然这样想道。

水龙头没有关，水流如那智瀑布一般，发出响亮的声音，注入浴池。水声想必掩盖了凶案发生后的一切动静。从浴池中溢出的水落到瓷砖上，几乎把血迹冲了个一干二净。

仍源源不断从水龙头里流出的是冷水，所以浴室内寒冷彻骨。蒸汽与热气早已消散殆尽。

"这可是头一次啊，在同一个地方找到了头和身子。"

木更津轻叹一声。我不懂他为什么要叹气。

这次凶手只是切开了静马的头和身子。如今两者都被遗弃在浴室内，没有了以往那种花里胡哨的匠心。渐已冷却下来的惨白躯体旁，随意地滚落着静马的头颅。

"很怠慢啊。"

如此一来，除了证明自我外，已找不到任何斩首的必然性。凶手不拿走砍下的头，却把它留在现场，还能找出其他意义来吗？

静马的遗容十分安详。据说死因是后脑受到了击打，可见他没有看到凶手的脸就升天了。

静马并未遇到他所惧怕的命运使者，换句话说，他甚至没能尝试最后的抵抗就死了。我不知道，这算不算是一种幸福。

"静马是昨晚遇害的？"

"是的。"从浴室里出来的警部回答道。

警部几乎每天都要花一个半小时从市内赶来，想必也很辛苦。

"死亡时间是十二点到一点之间。不知道是不是洗澡时被杀的。你就行个好吧，快把凶手抓出来。"

警部的愤怒已经凌驾于责任感之上。听说他昨天搜查过畋傍的房间，但一无所获。这直接引发了他的焦躁情绪。

另外，辻村的话同时也是对木更津的警告。

说不清木更津有没有好好地理解警部的意图，他只是沉重地点了点头。

"在这个不合理的背景下，你引以为豪的逻辑思维好像也没起什么作用嘛。"

本案的最大瓶颈是没有一条确凿的线索。一切看起来都像欺瞒，像虚物，甚至抓不到任何形象化的东西。警部的话是在质疑木更津的本质直观论。

"房间是锁着的吗？"

"啊，这个还没问。"

第一发现人是夕颜。

看到静马的尸体时，她尖叫一声晕了过去。如今，她还在自己房间的床上躺着，根本没法录口供。

夕颜竟然会……我先是惊讶，但转念一想，面对哥哥的死她是不可能保持冷静的吧。夕颜毕竟不是没有感情的人偶。

"相比单纯的无头尸或裸体人，无头裸尸会给人一种与众不同的妖冶感。"

"是这样吗？"

辻村没精打采地应了一声。似乎在警部看来，感慨之类的东西是毫无意义的。其实，即便是我，也理解不了木更津的感受，女人的话则另当别论。

"特别是静马的肢体还很匀称。"

"你不会是同性恋吧？"警部目光冰冷地看着木更津。

"哪儿的话？不能因为我表示出兴趣，就武断地对我进行诽谤吧。希腊的雕刻家也不全是柏拉图派啊。"

"前提是其中真有一个人雕刻了维纳斯。"

"你能断言我感兴趣的地方凶手就一定不感兴趣吗？"

警部死死盯着木更津，然后将视线撤回到自己的手上，嘟哝了一句："静马被杀总不会是因为三角肌吧。"

"我的方法论还是很合理的吧。事实上，我们至今仍处于暗中摸索的状态。"

"疯子的思路谁能想得到？对了，你真的还什么都不知道吗？"

"是啊。我总觉得存在某个巨大的盲点。"

"盲点啊。要这么讲的话，这座宅子本身就是一个盲点嘛。话说回来，现在都已经是第四个人了。"

辻村走出房间，木更津和我也都默默地跟在他身后。

已经是第四个人了……这句话把我们压得喘不过气来。

"这是要去夕颜的房间吗？"我问道。

"嗯。"警部点了点头。

木更津似乎也有此意。

我们来的时候，夕颜已经有所恢复，脸上的气色也好了很多，不过还没到能下床的地步。再怎么说没有血缘关系，静马毕竟当过她的哥哥。平日那副冷静的表情——对女性而言似乎不算是什么夸奖——如今已转为憔悴之色。

她看到我们时，先是吃了一惊，随即又恢复到面无表情的状态。我不知道面无表情是否意味着心存戒备，至少警部好像有这样的感觉。

"呃，夕颜小姐。这次……"

说了两三句老套的慰问词后，警部进入正题。

"你能告诉我们发现你哥哥时的情况吗？我知道你可能不愿意再回想这件事。"

"好的。"

这柔弱的声音，与昨天为止的她判若两人。

"我一打开哥哥房间的门，就听到了流水的声音。是从浴室那边传来的。我……我不由自主地向浴室跑去。我不知道自己为什么要这样做，就是有一种难以言喻的不安感……然后，我哥哥，在那里……"

夕颜的语声渐渐尖利起来。她低着头，拼命地想抑制住波澜起伏的情感。

听到尖叫声赶来的日纱，在浴室入口发现了夕颜。由于房门半开，声音才得以传到室外。当时，夕颜刚好处在昏迷的前一刻。

"明白了。"

辻村话语温柔。在他看来，夕颜与那些被称为"GIRL"的少女没有任何区别。

"对了，当时静马先生的房间没上锁吗？"

"是的。"夕颜平静地点头。

"你不觉得可疑吗？"

"是的，有一点儿。因为平时房门总是锁着的。"

"也就是说凶手没锁门就走了呢。"警部沉思了片刻，又道，

"你的房间就在隔壁,昨晚没注意到什么动静吗,比如奇怪的声音什么的?"

夕颜当即摇头。她确实很疲惫,但意识似乎并不混乱。

"没有。我连淋浴的声音都没听到。"

"原来是这样。"

苍鸦城的每个房间都配备隔音设施。所以,至今为止凶手才得以在作案时不被外部(或屋里人)注意到。

警部打算停止问讯的当口,木更津插话了。之前他一声不吭,仿佛陷入了冥想。玩得很溜的挑绷子线也一直收在口袋里没拿出来。

"夕颜小姐,你为什么要大清早进入静马的房间?"

这个问题似乎给对方带来了某种冲击。夕颜始终低着头不回答。看得出她有些迷惘。

"怎么了?"

辻村也觉出夕颜态度蹊跷,便追问了一句。当然,他的话中还是透出了几许恰如其分的体贴。

和木更津交往以来,我已多次遇到这样的场面。之后引出的一些事实,往往都成了案件的关键。这次应该也不例外。

从夕颜的嘴里,我们能搞清楚什么?会有怎样的光芒普照这一片混沌之地呢?不光是我,警部也在等待夕颜的下一句话。

"也许你们很难相信……"

夕颜心意已决似的开了口。玫瑰花纹的礼服正微微地起伏着。

"无论是什么样的小细节,都会成为线索。越是微小,其可信度也就越高。"

说辞虽然陈腐,但现在却十分有效。

"其实是这样的……昨晚我见到了叔父。"

"叔父指的是?"

"畝傍叔父。"

"畝傍?"

警部大叫一声,不错眼珠地看着夕颜的脸。然而,很显然她并不是在开玩笑,也没有神经错乱的迹象。

"幽灵吗?"

木更津泰然自若,就像在问这是苹果还是草莓似的。难不成他连这种情况都预料到了?

"不知道。"

"能不能详细说说他当时的模样?"警部显得越发诧异。

"我想应该是十二点过后的事。当时我打开门,看到畝傍叔父正向哥哥的房间走去。走廊里很黑,所以看得不是很清楚,但确实是叔父。一开始我还以为自己看错了……"

"是畝傍先生?"

夕颜再次点头确认:"是的。"

十二月的幽灵。

这到底是不是真的?

盂兰盆节早就过了,圣诞节还没有到,万圣节也在一个月前就过完了。

"真的是畝傍先生吗?"

警部问了一句。他自然是半信半疑。不,他几乎是完全不信。

"嗯。虽然我只看到了他的侧脸。"

被反复询问后,夕颜的自信好像有所动摇。那是当然,因为畝傍已经死了。冷静想想就知道那是不可能的事,不敢相信亲眼所见之物也是情有可原的。

"畎傍先生进了静马的房间是吗？"

"看上去是的。"

"唔……后来你做了什么？"

"我脑子一片空白……以为是在做梦。"夕颜双手掩面，"今天早上，我放心不下，去哥哥的房间一看……当时我马上就过去的话，哥哥他……"

"这不是你的错。"

警部这次又充当了慰问者的角色。对他来说，目中无人的凶手恐怕要好应付得多。

"夕颜小姐，你信吗？"木更津的眼神意味深长。

我想起来了！昨天夕颜也向我提过一样的问题。当然，所包含的意义并不相同。

"是的。"夕颜平静而迅速地回答道。

"给你这个！"

万里绘喜滋滋地递出一本书。

大小和高中课本差不多，由三根细绳装订成册。如此古色古香，一看就知道颇有些年头了。封纸破损不堪，已然面目全非，连辨识书名都费了一番工夫。里面的书页有无数的破口和折痕，脆得一碰就会化为灰烬似的。

"这是怎么回事？"

木更津小心翼翼地接过书，"哗啦哗啦"地翻阅起来。变为茶色的纸上印着拉丁文，宛如行军蚁的队列。至于写了些什么，我完全看不懂。

"是我捡到的。"万里绘答道。今天她身着丝绸衣服，穿成了法兰西人偶的样子。

"我想这个东西侦探先生可能会要的吧。"

天真烂漫的笑容、纯真无邪的举止令人联想起了教堂圆顶上的小天使。

静马的死、之前父亲和祖父的死,想必都与这两姐妹的世界无关。从某种意义上说,这或许也是一种幸福。

万里绘伸出双手,直视着木更津。她是要奖赏吗?加奈绘貌似对万里绘独占话语权相当不满,一脸不高兴地鼓着腮帮子闹别扭。

看来这书多半是万里绘发现的。

"是在哪儿捡到的?"木更津努力用温柔的语气问道。

"嗯……是在教堂的桌子里面。"

万里绘的语声犹如排笛奏出的乐声。所谓"桌子"是指中央的圣坛吧。

"教堂?"

"嗯。"

万里绘回答的同时,身后的加奈绘也点了点头。

这个发现似乎对木更津非常重要,只见他用双手把书合上,脸上浮现出一种严肃的表情。

不过,很快他的表情就恢复了柔和。

"谢谢你。给什么奖赏好呢?"

"嗯……把那个红线给我吧。"

是挑绷子线。万里绘大概一早就看中了,她毫不迟疑地指了指木更津胸前的口袋。

"唔……这东西挺珍贵的……"木更津装出烦恼的样子,片刻后又继续说道,"好吧,给你。"

他从口袋里掏出挑绷子线,递给伸出双手的万里绘。由于玩得太多，线上到处都是发黑的污迹。不过，姐妹俩好像不怎么介意。

直到最后，木更津还流露出了些许不舍的表情。

"谢谢你！"

万里绘就像得到了一块金币似的欢呼雀跃起来。她将线在手心里揉成一团后，塞进了衣服的前袋。

"我就把它收作我的宝贝了。"

一旁的加奈绘羡慕地看着她。

木更津似乎也注意到了："你们俩要好好分享着玩哦。可别吵架。"

"知道了……"

万里绘略显不满地点点头。一人独占还是两人共享，对她们来说区别很大。相映成趣的是，加奈绘脸上显出了几分喜色。

加奈绘突然凑近木更津，指着那本书说道："你知道吗，这个啊，很像祖父拿的那本书。"

"你的祖父？"

"嗯，他总是在去牢房的时候带着它。"

"牢房是？"

我忍不住问了一句。苍鸦城中难道还有地牢？

"就在从玄关向这边拐过来的地方。"

加奈绘的手伸得笔直。所谓"牢房"似乎就是"地狱之门"。

"从头到脚套着一件黑衣服，打扮得很奇怪呢。"

"笨死了，那个东西叫'斗篷'啦！"

从旁纠正的万里绘多半是觉得不能光让加奈绘一个人说。

"然后还拿着奇怪的树枝。"

"树……枝？"

"嗯。"

我看了木更津一眼。

"你们的祖父在牢房里做什么呢？"

"不知道……"两人异口同声地回答道。到底是双胞胎，步调完全一致。

"是嘛。谢谢你们。这个线你们要好好爱护哦。"

"嗯！谢谢你。"

点头行完礼，万里绘和加奈绘就跑过走廊，下楼去了。

"她们不会争起来吧？"

"肯定会争起来的。"木更津毫无愧疚感，"那对双胞胎就是这样成长起来的吧。她俩就是借此来不断深化同一性的。先不谈这个，你看，新的事实不正在一点一滴地涌现出来吗？"

"是说伊都的事吗？这位老爷子到底在干什么呢？"

几件顺心事的偶然叠加，让我们取得了意想不到的发现。

"身穿黑斗篷，手里还拿着奇异的树枝，感觉真的是在做某种秘密仪式呢。至于是'德鲁依'教还是'诺斯替'教我就说不清了。那个房间什么也没有，反倒证明了这一点。"

我想象了一下伊都手持提灯走在通道上的模样……今晚怕是要做噩梦了。

"不过，如果伊都是凶手也就罢了，可他是第一个遇害者啊。"

"因为需要一个替罪羊啦。别管其他的，就说这本书。这个很可能是凶手用过的东西。"

我不知道万里绘发现的这本装帧古朴的书有何意义。它在这样的场合下出现，本身就充满了神秘色彩。

"我可不懂什么拉丁文。这上面都写了些什么？"

"不光有拉丁文,好像是拉丁文和英文的对照本。"

话虽如此,但对我来说没有任何区别,还是一样的看不懂。靠我高中时马马虎虎学的那点英语,根本啃不动这本书。

"这是《勒克纳诺瓦书》啦。"

也不知道木更津说这个词用的是哪种语言——封面上的标题是用拉丁文写的。只是,就算他做了说明,我也不可能知道《勒克纳诺瓦书》是什么玩意儿。

"勒克纳诺瓦?"

"《新约·圣经》的诸多伪典之一。有人说它成书于公元一世纪,也有人说是公元三世纪。讲的是耶稣受难的故事。光看篇幅的话,远超《马太福音》中的相关内容。毕竟是写了整整一本嘛。如此记叙详尽的一本书,却只对耶稣的人性大书特书。"

"很罕见啊。就这样还能成为圣经?"

姑且不论旧约,但凡说到圣经,应该都是鼓吹神、基督、圣灵三位一体论的。这才是所谓耶稣-基督教。

"所以嘛,用一种比较奇怪的说法就是,这本书并非正式的伪典,一般被视为不存在之物。大家都说没有这种东西。这种异端案例很多,不仅限于这本《勒克纳诺瓦书》。"

在这个过程中恐怕发生过各种各样的斗争。当然,也一定会有人假借神的名义制造大屠杀。最终,只有胜利者才能作为正教保留下来。佛教国的日本也一样。

"反过来说,也正是因为这样,它才成了秘仪的圣典。"

"伊都带着这个去做秘仪?"

木更津没有直接回答我的问题,说:"这本书在三十年前左右还出过日文版。这个宅邸的图书馆里应该有。"

看来木更津对苍鸦城的藏书也了如指掌,也不知道他是何时调查的，不过以他的能力而言倒也不足为奇。

"《勒克纳诺瓦书》对耶稣持批判态度，其根基就是'耶稣孪生'说。"

"孪生？"

"也就是说，耶稣有两个，一个是真正的耶稣，另一个是他的孪生弟弟——马利亚怀的是双胞胎。书里写道，耶稣靠这个上演了一人同时在两地现身的把戏——即瞬间移动。全文一多半都在描写一个骗子形象的耶稣，正好就在插着书签的这个地方……估计是凶手插的。"

木更津取出的是一张印有玫瑰花纹的和纸书签。虽然不怎么常见，可也无法成为缩小嫌疑人范围的要素。

"从这里的第三十五章开始，讲述了耶稣受刑以及之后的复活，可谓全书的高潮。书上说，在'髑髅地'处死的是弟弟，而哥哥则准备在弟弟被钉死后，现身于众人之前，借此复活并确立耶稣基督教。换言之，犹大并非大众所认为的叛徒，而是耶稣最忠实的仆从。所以，后来他才会被杀掉。"

"是为了杀人灭口吗？可这么一来，完全就成了对耶稣的批判啊，不，应该说是中伤。"

我惊愕不已。这么写的话，受教皇迫害也就不奇怪了。

"是啊。还不如认为是一部由反基督教会创作的伪典呢，比如正统犹太教那样的。总之就是一种揶揄。不过奇妙的是，基督的神性和人性也因此得到了维护。"

"可是这本书……"

这是一本污蔑耶稣基督的古籍，对此我已有所了解。但我不明白木更津为何如此执着。

"菅彦的房间里不是挂着一幅画吗？一幅版画风格的宗

教画。"

"嗯,是一幅很粗陋的单色画。"

我想起来了。昨天进菅彦的房间时,确实见过一幅装在大镜框里的画。画中的十字架上钉着两个人。

"对,就是它。画中描绘的正是两个耶稣受刑的场景。被钉在十字架上的两个都是耶稣,一对孪生兄弟,而且还以人类的形象出现。君不见他们脸上的痛苦之色实乃凡尘之物吗?"

因痛苦而扭曲的表情令人印象深刻。我记得当时我从中感受到了某种万劫不复的绝望。

"我不清楚谁是作者,总之这幅画揭示了《勒克纳诺瓦书》的言外之意。那是骗子耶稣真正的受刑场面。另外,绘在'地狱之门'的门扉上的耶稣,在本源思想上也与之相同吧。也就是说,《勒克纳诺瓦书》可能是解决缺失环节的关键。"

"本案的关联要素其实是……对神的反叛?"

尽管朦朦胧胧,但我也渐渐看清了凶手的心意。

"看到这本书之前,我也根本没往这个方向去想。书签所在位置的场景描写——耶稣受刑,以及菅彦房中的画。这两者正是对伊都、有马命案的隐喻。"

"两起斩首案的主旨在于菅彦的画,也即这本《勒克纳诺瓦书》?"

"没错。而这将是最后的解释。"

木更津语气平和,仿佛在对命运做出审判。

3

"作为一个假说……"

片刻的沉默过后，木更津开口道。语音宛如来自一个解脱冥想、大彻大悟的修行者。

面对他的是辻村警部、堀井刑警和我。警部怀着期待之心，而堀井则疑神疑鬼地看着木更津。这或许是嫉妒，一如当年犹太教众对待耶稣的态度。

室外开始飘起雪花。

今年的第一场雪。

气象预报说是雨天。难道是神降下了旨意，令老天来配合这最后一幕戏吗？

是的，木更津所说的"最后的解释"，即案件的终结。牺牲了伊都、有马等四人后，他终于抵达了真相的彼岸。

"我并非没有包揽一切的解释。只是，现阶段有很多东西光靠逻辑无法说清，不如等这个大前提被证实为真后再做说明吧。"

一副卖关子的口气。当然，这也是木更津破案时常见的做派。嘴上说是"假说""大前提"，其实在他心里已成为绝对的真理。

辻村等人也心知肚明，概不插嘴，只顾催他往下说。

"目前为止的种种现象中，存在一个明确的要素。你们知道是什么吗？"

"被砍头？"警部回答了木更津的问题。

"这个也可以算。不过，这是凶手一方有意制造的现象，并非我们要寻求的本质。因为我们无法从中推导出任何东西。同理，其他对尸体的装点也不是'明确的事实'。"

"照你这么说，岂不是所有事象都指望不上了？"

堀井想说的是，如果一切都是凶手的障眼法，本案不就失去根基了吗？

"我没说所有的。凶手向我们公开的表层现象下，通常潜伏着里层事象。而凶手不想让我们察觉这些'里层事象'。反过来说，为了抵达真相，我们必须把它们找出来。"

"是指你经常干的那种把意外的关联点拼装起来的活儿？"辻村催他快入正题。

"意外的是结果，而不是过程……好吧，无所谓了。"

木更津伸手探摸口袋，这才意识到挑绷子线已经送给双胞胎了，只好将空闲的双手放在膝前。

"里层事象是什么……请你们思考一下。有那么一件事实，压根儿不曾表面化，但极具特征。"

警部微微向前探出身。

"至今为止我们已见过四具尸体。奇怪的是，尸首被发现时全都完整无缺。凶手虽然砍下头或脚，却没藏过其中的任何一件。当然，伊都的头确实是在一个很难发现的地方，但也被畎傍猜到了。可见凶手的目的绝不是藏匿尸体，甚至还表现出一种希望我们发现的积极态度。"

众人似乎都不明就里，我也不例外。我看着木更津，希望他能给出一个答案。

"斩首通常意味着被害者和加害者的替换。当然，也有很多例外，比如这次应该就是出于别的目的。说得更清楚一点，在本案中，斩首本身即是目的。如果凶手藏了头，我们会怎么想呢？我们自然会想，凶手为了实施某种替换把戏，需要把头藏起来，所以才斩首的。"

"嗯。"

辻村出声附和，但脸上仍是一副难以释然的表情。

"假如斩首的目的能直接或间接地指向凶手的身份，那么凶手一定会彻底把头藏匿起来，以模糊斩首的目的。或者也可能会不断提醒我们注意'斩首＝替换'这一公式，使我们的查案工作停滞不前。然而，凶手并没有这么做。"

"只是没考虑那么多，所以就没把头藏起来吧。"我插了一句。

"这个凶手可没那么愚蠢。此人的行动表现力远在我等想象之上。只是一两次的话，或许尚属偶然。但四具尸首都是在刻意的安排下，极富戏剧性地被人发现，这就不好说是偶然了。我们理应认为这便是凶手的直接意图。"

木更津极力主张，这姿态就像在为凶手——他的对手——辩护一般。

"到这里我都明白了。接下来呢？"

"好的，辻村警部。接下来我们必须思考的是，凶手为什么没有藏头。"

"这个能有什么理由？"

藏头的理由也就罢了，说到不藏头的理由，还真是难以理解。硬要回答的话，也只有"为了省力"这一种解释吧。

然而听木更津的口气，似乎这里头也含着深意。

"看来你们都答不上来嘛。"木更津望着疑惑不解的众人，笑道，"只要从结果来思考就能明白。如果伊都、畝傍的头没被发现，我们会怎么做？"

"会去找吧。"堀井当即回答道。

然而，脑筋灵活如他者也说不出更多的东西来了。

"正是。所以答案很简单，凶手不想让警方去搜索头。"

满场顿时响起了"喔喔"的惊叹声。

"你是说凶手不想让人去找头，所以就没去藏？真是荒唐可笑！"

辻村一脸愕然。只是，同样的场景以往也曾发生过无数回。

"缜密地说,凶手不是怕人去找头,而是怕人在找头时搜查某个场所。因为'某个场所'存有能给予凶手致命一击的线索。换言之,这个地方是凶手的'圣域'。"

木更津的逻辑看似跳跃,但并没有明显的破绽。

"'某个场所'是哪里呢?应该就是凶手预测我们第一个会去搜查的地方,为此凶手需要严加防范。辻村警部,你会去哪儿搜查?"

"宅子里面吧。"辻村半信半疑地答道。

也许是警部的思维模式太过讲究常识,以至于无法领悟木更津的意图。

"不管有没有头你们都会搜查宅邸。事实上,你在寻找凶器的时候就查过了大半个宅子。"

"说得也是啊。"

辻村思索了片刻,又提出湖、树林等两三个地方,但全被木更津当场否定。

"如果是这样,凶手就连凶器都不会藏。真正的答案可要简单多了。找砍刀时想不到,找尸体时却马上就能想到的地方,有且只有一处。"

"……"

"很久以前有句老话,叫'藏木于林'。"

"啊!"

叫出声来的是堀井刑警。他脑中似乎有灵光乍现。

"藏尸体的最好办法就是把它藏在尸体当中。是的,今镜家有一处入殓所,其中安放着未火化尸体的棺材。"

"可是……"

警部想说些什么,但被木更津制止了。

"也因此，凶手真要藏头，其实也不会藏在棺材里。但问题在于，搜查人员必会遵照布朗神父的理论，去调查入殓所的棺材——我认为至少凶手是这么想的。"

木更津歇了口气，拿起手边的热水杯润了润嘴。

"当然，上述考查都只是假说。不过，就让我们把这个假说再往前推进一点吧。如此一来，我们就可以得出一个重大结论——凶手极不愿意有人打开棺材。换言之，棺材中存在某件凶手不想让我们看见的东西，又或者是他不想让人知道棺材里其实什么也没有……"

这一番话彻底点明了木更津在思考什么，正试图求证什么。只是，这想法实在太过可怕。

"且说本案发生的一个月前这里究竟出过什么事呢？与棺材有关的……"

"多侍摩去世了。"

我如木更津所愿地低声答道。此语犹如吊唁死者的钟声，在屋内久久回荡着。

"不会吧？！"

堀井大叫一声。然而，一切都迟了。恶性肿瘤已开始侵蚀我们的脑髓。

"看来你们总算到达终点了。"

木更津微微一笑。唯有胜利者才配拥有的至高无上的笑。

"在今镜家，遗体不火化，而是被安放在地下。假如多侍摩其实没有死，假如他在棺中从假死状态中苏醒了过来……"

木更津语声一顿，为恶魔般的思考进程下达了最后的结论。

"他……今镜多侍摩就是本次连环杀人案的凶手。"

"荒唐！"

经历了数分钟的沉默，辻村终于开口了。此前的这段时间似乎都被他用来进行理性的统合了。

"哪有这么荒谬的事！"

木更津显然早有预料，对警部的抗拒泰然处之："多侍摩唯一的错误就是被夕颜看到了脸。"

"脸？"

"是的。昨晚夕颜看到的幽灵——她以为是畎傍，其实是多侍摩。从楼梯平台的肖像画来看，畎傍受多侍摩的遗传痕迹较深。只是在黑暗中匆匆看上一眼，难保不会认错人。更何况，畎傍前一天刚刚遇害，相比一个月前就已去世的多侍摩，夕颜更容易联想到畎傍，可谓理所当然。"

我只觉后背有一阵恶寒袭过。

也就是说，杀人狂多侍摩昨晚曾在宅内四处游荡，只为物色新的牺牲品。我不由得想起了乱步的作品《白发鬼》——那个从墓地复苏的鬼为复仇而犯下了累累血案。

"说不定伊都委托我们就是为了这件事。由于某种机缘，伊都想到了多侍摩还阳的可能性。为了解开这个疑虑……"

"这么说寄出恐吓信的也是多侍摩？"我一不小心说漏了嘴。

"恐吓信？"

听觉敏锐的警部看着我。

木更津面露万事休矣的表情，狠狠地瞪了我一眼。

"啊，是了，这件事我还没跟警部提起过。本打算今天说的，结果忘得一干二净。"

"无所谓了，这件事待会儿再说吧。"

辻村没多做纠缠。警部也知道木更津不会那么健忘，只是他好像觉得现在先听对方解说案情才是头等大事。

"案子的关键是这个。"

木更津递出的就是那本《勒克纳诺瓦书》。

"简直是老古董嘛。"

"所以这东西也最适合苍鸦城。"木更津微笑道,"这本书是万里绘在教堂发现的,很可能是凶手的物品。我认为,伊都与有马的双重斩首案……是从《勒克纳诺瓦书》第三十五章后的内容,以及装饰于菅彦房中的耶稣二重杀绘画中得到的灵感。"

靠口头讲述是不可能让人理解的。警部等人面露为难之色。

"关于《勒克纳诺瓦书》和那幅绘画,我稍后再做说明。现在解释的话,就会拖个没完。不过有一点,关于畈傍脸上的白粉,多半也能从这本书里找出端倪。当然我还没读完,所以并不清楚。现阶段我无法断定哪个才是真正的粉饰。"

"随便你。反正我想知道的又不是这个。"

"可不是嘛。我们这就向现实主义的解释进发吧。"

木更津将《勒克纳诺瓦书》搁在一边。

"先说'地狱之门'的密室,如果多侍摩是凶手,那解释起来就简单了。"

"此话怎讲?"

"如果是多侍摩,如果是居住此地长达二十多年的主人多侍摩,就算他有另一把'地狱之门'的钥匙也不足为奇。也即 another key。"

"第三把钥匙啊。"

警部闷哼一声,脸上却是一副难以苟同的表情。

"木更津先生不是否定了第三把钥匙的存在吗?"堀井深究道。

"我错了。"木更津轻易就承认了自己的过失,很没劲。

这哪是勇于认错,简直就是不负责任。

"当时我完全没把多侍摩还阳的可能性考虑在内。而第三把钥匙的不存在理论要成立,就必须有一个限定条件,即'凶手是现在居住于苍鸦城内的人'。"

"你的意思是,多侍摩堂堂正正地用钥匙锁了门?这叫什么事啊!"

"如你所说,是很不像话。但是对凶手来说,不,是对当时正在查案的我们来说,这应该不是一个具有现实性的解答。"

"说得也是。"辻村不甘心地点点头。

"那有马和伊都头颅对换的理由是什么?"我问道。

"其实非常简单。多侍摩本打算把伊都的尸体丢进'地狱之门'。而他也是这么做的……他自以为这样做了。是怎么一回事你们明白了吗?"

"搞错了?"

"正是。多侍摩错把有马的尸身搬进了'地狱之门'。所以,有马的左手会握着钥匙。其实伊都才是左撇子。"

"可是……"

"当然,多侍摩后来意识到了自己的失误。但他发现,这个错误状态构成了一个更为奇诡、更为有趣的设定。于是,某样东西——我们就叫它'稚气'吧,在多侍摩心中生根发芽了。"

"肆无忌惮地生根发芽了?"辻村的表情就像吃了苦黄连。

"大概是吧。给脑袋扣上帽子也好,把脚收进抽屉也好,都是出于这个原因。另外,多侍摩吩咐五十天后必须拆封的遗嘱里,写的其实是一切都已终了之后的事吧。"

"the day after 吗?这怎么可……"

堀井想说些什么，但警部拦住了他，随后警部认命似的说道："什么都别说了，开棺吧。"

4

"开棺吗……"

菅彦听罢说明，不由自主地将此话复述了一遍。他终究无法掩饰内心的不安。

这也难怪。木更津的假说实在太突兀了，凭常识想必根本无法理解。

不过，这件案子本身早已超越常识的范畴。菅彦也感觉到了这一点，所以在木更津奇妙说服力的影响下，他同意了这项请求。

此外，他自己也是嫌疑人之一——且嫌疑最大。既然如此，就算是为了明哲保身，他也没有拒绝的理由。

片刻过后，菅彦开口道："明白了。我叫人把入殓所的钥匙拿来。"

雪越下越大。此天之剧变意欲何指，我尚不明了。

莫非是将众人引入狂乱世界的邀请？在上天的恸哭声中，我们踏着新雪步入了沙砾路。无人作声，然而暗中却涌动着期待与不安。

如果木更津的推理正中核心……那么这次的今镜案或将成为近年来最罕见的犯罪案例。复苏的死人……科学中的非科学，不，是超科学。

我们将亲历这一历史的瞬间。

从苍鸦城的玄关到庭院边缘的入殓所，不足一公里。只是，现在的五公里也让人觉得有十公里那么长。

无人作声。唯有心跳声,混杂着脚步声,清晰地向耳边传来。

不久,树丛中现出了一座水泥制的箱形碑,碑顶竖着一根十字架。

"那里就是入殓所。"

只有入口处的门突出地面,置棺室似乎是在地下。

菅彦将拇指粗的钥匙插入锁孔,一声闷响后,铁门开了。一个月前为安置多侍摩刚进过这里,所以锁转动得十分顺畅。

洞开的门口一片漆黑。

门后即是通往地下的阶梯。为了方便搬入棺椁,阶梯造得十分宽广,两米左右的巨人通过也是绰绰有余。

从黑暗的地底吹来一股微暖却又令人脊背发凉的风。"嗖"的一声怪响,扑向了出口处的门。那是苍鸦的脚步声吗?

我们走下阶梯,一阵阵土腥气扑鼻而来。这是死人的气息,却又与腐臭不同。生理上的嫌恶感被诱发出来。

"是这里?"

走到阶梯尽头时,菅彦将提灯移至顶棚。这里似乎不通电,整个室内都沉浸在晦暗之中。

置棺室比想象的要宽敞。放棺材的地方也就罢了,光是空地就有一间屋子那么大。

"就是这个。"

多侍摩的棺材在最右边。侧旁是绢代夫人的棺材。

由于入殓后只过了一个月,多侍摩的石棺仍焕发着些许光泽,给人一种纸糊道具似的轻飘感。

水晶形的棺盖仅镶着简单的边饰,中央刻有大写的

"TAJIMA·I"①。

"我们加过防腐剂,所以应该没什么问题。"

菅彦似乎不愿参与开棺,向后退了一步。

"总之先打开来吧。"

掘墓的使徒们把手伸向了棺盖。

警部紧张地望着石棺。

这是一派骇人的景象。数名墓地损毁者抬起了棺材,正欲摇醒终已陷入沉睡的死者。

堀井刑警扶着棺盖的最前端。

吞咽唾沫的声音。

伴随着静谧的号令,拖曳造成的摩擦声"嘎吱嘎吱"地响起来。既像骨头之间的挤压声,又似命运之门被开启的声音。

棺盖一点点偏移开去,暴露出内部的黑暗。

沉睡在棺中的是不安还是惊愕呢?

抑或是……

盖子打开了一半吧。棺内被阴影遮挡着,从我这边看不分明。

但是,那层白布下隐隐凸现出一个人影,好像确实有一具尸体。

"看来多侍摩真的死了。你的推理也以庸人自扰而告终了吗?"

辻村喃喃自语,也不知他是沮丧还是安心。

"未必就是多侍摩啊。"

木更津话音未落,警部已照亮了棺内。

灯光射向死者。

---

① TAJIMA 是"多侍摩"的罗马音。I 是"今镜"的罗马音的打头字母。

一刹那，所有的一切都被推入了混沌。纯正的逻辑崩溃了。我、菅彦、警部无法理解眼前发生了什么，只是一味地喊叫。

就连那木更津也因为惊骇过度，发出了慌乱的声音。

近似于惨叫的惊呼声。

下一个瞬间，众人不约而同地沉默。唯有视线被棺材牢牢地吸引住了。

没有人，有任何话可说。

"这怎么可能？！"

木更津低沉、含混不清的语声在晦暗的入殓所荡漾开来。

这是理念崩溃的杂响，是木更津的本体在垂死前的呻吟。不可能指望有比这更惨痛的败北了……

好了，我还是只记录事实吧。

——棺内横卧着一身白色装束的尸体。不是别人，正是多侍摩。从这一刻起，木更津的推理便化为了泡影。

然而……然而，并非仅此而已。现实更充满着恶魔的气息。

多侍摩永远地陷入了沉睡，以极度完美的不完整状态……

是的。一个月前去世的多侍摩的冰冷尸体（散发着腐气）与先前的被害者们一样，被人斩为身首两段。

被杀人狂……

傍晚，木更津为入山苦修，离开了苍鸦城。

第二部

我听见了那预言的女孩儿的话,
她在王家的殿堂里所说,
墨涅拉俄斯并未到冥间的黑暗里,
埋藏在地下,
却是在海波上受着辛苦,
也还没有靠近他祖国地方的海港,
度着漂流生活的不幸的人,
失掉了伙伴,
从特洛亚出发以后,
靠了海上的桨楫走遍世界各处。[①]

欧里庇得斯《海伦》

[①] 节选自欧里庇得斯的《海伦》。中文译文引用自中国对外翻译出版公司的周作人译本《欧里庇得斯悲剧集(中)》。

第七章　麦卡托登场

1

一个男人站在荒凉的今镜家门前。

他身穿无尾晚礼服，打着时髦的蝴蝶领结，手执棒状拐杖，头戴高筒礼帽。此人虽然个子高，也没留下一撮小胡子，但总觉得气质与那著名的喜剧大师颇为相似。

其本人恐怕也有所意识，只见他抡了一圈拐杖，用中指一顶礼帽，从帽檐下露出锐利的双目。

他向来到玄关的我莞尔一笑，说道："让你久等了，我是麦卡托鲇。"

男人自称麦卡托鲇，一看就觉得十分可疑。他面露目中无人的笑容，居高临下地问道："你是木更津君吗？"

"不是。"

我可不想跟这种人扯上关系。从他将我错认成木更津来看，两人似乎并不相识。虽然木更津确实有不少奇怪的朋友。

看来这个叫麦卡托的男人不知道木更津昨日进山的事。只见他露出大失所望的表情，摘下了头上的大礼帽。直到刚才为止他都戴着帽子,实在太缺礼数。

"那真是失礼了。这么说你是今镜静马先生了?"

静马这个名字的出现,令我不得不再次吃了一惊。

此人是何方神圣?我不错眼珠地打量起这个名叫麦卡托的男人。

"不,不是。"

"真是令人悲伤啊。"

麦卡托毫不迟疑地接下话。他与我年纪相仿,感觉却相当精于世故。那副玩世不恭的装扮更是助长了这种印象。

"那么你知道今镜静马先生在哪儿吗?"

"这个……静马先生昨天去世了。"

"去世了……是被杀害的吗?"

男人的话中瞬间增添了几分热度。笑容犹在,但目光却逐渐锐利起来。

我悄无声息地点头。我终于明白了,这个名曰麦卡托的男人是谁,如今为何会站在玄关前。

他和木更津一样。恐怕……是静马请来的侦探。

"又是我来了人却已经死了。"他毫无责任感地轻叹道,随即递上名片,"一直没做自我介绍。我是麦卡托鲇。"

名片上印的也是"麦卡托鲇"。头衔是私家侦探。

"你是?"

"我叫香月。木更津的朋友。"

"华生吗?原来如此!"

说着,他目不转睛地看起我来。我本想回一句"我是黑斯廷斯",但这也一样无聊,所以就决定保持沉默。

"既然如此,就先让我休息一会儿吧。这么大的宅子总该有一两个空房间吧。等会儿我会来问候大家的。"

麦卡托华丽地一甩不知何时穿上身的黑斗篷，上楼去了。我心头一松后，似乎还听到了黄金骷髅侠①发出的"哈哈哈"的大笑声。这就是静马选中的优秀侦探吗……相当存疑，但我决定选择相信。

不过，麦卡托鲇这个名字还真是奇怪。一听到"麦卡托"就会联想到海图②，难道他是混血儿？果真如此的话，多半就是斯拉夫系的。那种独特的冷漠感在他身上确也有所显现。

辻村警部见到他不知会做何感想。

警部应当会在今天上午赶到苍鸦城，兼为报告多侍摩的解剖结果。他是个直脾气，没准儿一见面就会把麦卡托打翻在地。又或者是捂着脑袋忍受偏头痛？不管是哪种情况，他俩多半合不来。

我一边在脑中勾勒着种种可能，一边走回自己的房间。

"麦卡托鲇……这个名字我听说过。"

看来警部知道麦卡托，我把今早的事情一说，他就兴致勃勃地点了点头。

"他是一个私家侦探，在大阪很出名。去年岁末的北千里纵火杀人案好像就是他破的。此人能力出众，不过也有传言说他是个怪人。不知道能靠得上几分。"

怪人云云并不只是传言，而是事实。这一点我刚做过确认。当然，能否单用"怪人"一词来概括还是一个问题。

---

①黄金骷髅侠：日本昭和初期的同名洋片的主人公。其形象是一具披着漆黑斗篷的金色骷髅骨，喜欢发出特有的"哈哈哈"的大笑声。
②海图：从"麦卡托地图投影法"联想而来。

"听说他对案子的挑剔程度比木更津更甚。"

"这件案子可能有某些东西引起了他的兴趣吧。"

的确,一旦知道这个与众不同的案子,即便不是世所称颂的名侦探,也会从中感觉到巨大的魅力。

"对我来说,没有比这更麻烦的事了。"

忙于现实工作的警部照例像吃了黄连似的绷着脸。

"不过,我一直以为静马要找也会找河原町侦探。"

河原町是伊都除木更津外打算委托的另一个侦探。就以在京都的知名度而言,河原町绝对要高过麦卡托。

"没想到请的是大阪的。"

警部大概有点地方保护主义。反正都要请侦探的话,他似乎更中意京都人。

"也行吧,他来得可能正是时候。"

警部指的是木更津的离去吗?入山修行的木更津何时会下山呢?何时才会返回这幢宅子?

正因为史无前例,所以众人均感不安。然而,更让人惊恐的是凶手的智商竟还在木更津之上。木更津从敦刻尔克跌落后,不会就此一蹶不振吧……在他离去的那个晚上,我满脑子想的都是这些。

辻村似乎也有同样的想法。从一开始他就心知肚明,警方办不了这个案子。而深受倚重的木更津也被折磨得破败不堪,躲进山里不出来了。眼下,这个充满不确定因素的麦卡托或许还能维系最后一线希望。

难道我们只能在处于旋涡之中的苍鸦城苦等木更津吗?

"木更津君那边要是联系你了,你就代我转达。"

开场白过后,辻村报告了多侍摩的尸检结果。当然,听这份报告的本该是木更津而不是我。

多侍摩大约死于三十天前——亦即一个月前他确实去世了。不过，死因并非病故而是毒杀，这一点与公开报道的内容不同。

死因是砒霜中毒。从症状以慢性方式显现的情况来看，无疑是被连续下了数月的毒。据说肠子已经发黑，近乎寸断。

既是砒霜，也难怪主治医生（还是个得过且过的私聘医生）会判断失误。此外，虽说给病弱的多侍摩送三餐的是家政妇日纱，但任何一个家人都有可能往里面掺毒药。

奇妙的是，头被切下并非最近的事，而是在多侍摩死去的三天后。

言及此处，警部严肃地低声说道："虽然我不想承认，但凶手确实是在一个月前制订了周密的计划。设计蓝图是在开始给多侍摩下毒……不，把今镜家一族唤来苍鸦城的那一刻，这个计划也许就已经成形了。"

这么说，木更津开棺验尸也好，他会因自我逻辑的崩溃受到重创而遁入山中也好，都是一个月前就计划好的事吗？如木更津这等厉害的人都没能逃脱凶手的掌控吗？

多侍摩的头颅似乎在冷冻库内保存过，所以只有这个部分腐烂得特别迟缓。夕颜看到的幽灵恐怕是把多侍摩的头颅顶在自己头上的凶手。这就是所谓狐假虎威。

多侍摩的头多半是在棺中被斩下的，据说棺木内侧留有状似切痕的遗迹。多侍摩踏上了与乐圣海顿一样的命运。晦暗的入殓所里，手持锯刀准备割去棺中死者头颅的凶手。光是想象一下那蜷缩身体的姿态，便让人不寒而栗。当时，凶手为一个月后而挥下的第一刀，已在最为合适的环境下、最为绝密的状态下得以完成。

理所当然地，警方没能从棺内棺外检测出指纹。

此外，据多侍摩的律师下中西所言，多侍摩的遗嘱并非如推理小说中常见的那样，遗产分割明显偏向某个特定的人，而是采取一般的做法，按亲疏关系均等地加以分配而已。

其实已无须赘言，这"锦上添花"的最后一笔更是把木更津的理论击了个粉碎。

"我想见见这个麦卡托。"

说明已毕，辻村站起身来。他的话中似乎含着一半期待与一半不安。

2

我造访了夕颜的房间。

这是我第二次来她的房间，但在两次造访的间隔期，沉闷的氛围并无丝毫改观。刚过了一日所以也无法可想吧，但总觉得从昨日清晨起时间就停滞了。从窗外射入的生命之光，对这间屋子也不起任何功效。

夕颜裹着毛毯，游移不定的眸子望着墙壁。

"你好些了吗？"

无聊空洞的问话。明明我的眼睛已确认了相反的事实。

夕颜表情稳重地向我转过脸，以清晰的口吻答道："没有。"

她的语声虽无精神，但毕竟与只是摇头不同。从中能窥见她的意志，而这也并非单纯的逞强。

她的态度令我不由得一惊，同时又心领神会。果然，即便处于悲痛之中，这位名曰夕颜的女性仍叫人捉摸不透。

然而，夕颜的反应明显是准备拒绝一切。她为自己蒙上了一种与两天前不同的孤高面纱。

我已意识到夕颜对静马抱有比兄长更进一步的情感,但其本质我却一无所知。

"请不要灰心丧气。"

结果,我只能说出这种毫无创意的话。若是电影或小说,动听的话语会如泉水一般不断涌出吧,但那也不过是旁观者不负责任的同情罢了。

夕颜的身子似乎震了一下:"已经是过去的事了。"

今天是个小阳春一般的日子。昨日的暴风雪恍如一场骗局,庭院里的树木也只是恋恋不舍地戴上了"棉花帽"。果然,那只是雪带来的幻象吧……

夕颜恐怕还没听说多侍摩的事,还有木更津的事……讽刺的是,前天早上惺惺相惜的两人,如今却一同被命运击垮了。如此一来,连我也不得不成为一个悲观的宿命论者了。

"你是不是喜欢静马先生?"

"是的。"夕颜立刻回答道。

只是,她的视线并未对着我,而是朝向了挂着弗拉芒克画像的墙壁。

"是当作哥哥一样的喜欢吗?"

残酷的话语不知不觉地从我口中涌出。

"这个么……"

夕颜吞吞吐吐起来,显然是有些不知所措。

我看着她的侧脸,凝视着她,直到她再次开口。

不久,夕颜似乎无法再坚持。

"或许是吧。"

"是吗?"

听了她的话，我不知为何悲伤起来。

"……我们去湖那边吧。"

"好的……不过，请你再等一下，等到太阳落山为止。"

这是最后的回答。

"我会等的。然后……如果我等累了，我会来叫你。"

直到我走出房间，仍不明白自己的冲动言行目的何在。

我正要回三楼自己的房间，不走运的是，竟和麦卡托擦肩而过了。

"哟，是香月君啊。"

麦卡托就像刚注意到我似的，转过身来。早在错身前、离得还远的时候，他就该认出我了。

麦卡托的表情告诉我，一切尽在他的掌握之中。恐怕他已从警部那里得知了整个事件的来龙去脉。

"听说木更津君已经跑了。临阵脱逃可不太光彩啊。"

"……"

正如我所想的那样。

我无视麦卡托的话，刚要迈步，他就以挑衅的口吻说道："到头来，他也只能是日本的第二号侦探了。"

"第一号是谁？"我不由自主地问道。

麦卡托吹了一声口哨回应我的问题，接着又咂了两下嘴。他一边摇头，一边举食指将帽檐稍稍顶起，然后用拇指指了指自己。

"挺有自信的嘛。"

"也是，木更津君被人折腾得那么惨，当不了头号也是理所当然的吧。"

看来这个人根本就没在听我说话。

"对了，麦卡托先生，你是怎么回事？你的委托人好像已经不存在了。"

我竭尽全力地想挖苦他，哪知他似乎根本没意识到话中的微妙语义。

"对你们来说不也一样？不劳你操心，我已经和菅彦先生沟通好了。"

"菅彦先生吗……"我难以置信地追问道。那个菅彦竟然……

不过，弃委托人于不顾、背信弃义躲进山里的人毕竟是木更津。菅彦现在怕是不想放弃任何一根稻草吧。

"香月君，接下来你有何打算啊？"

一身盛装的"稻草"说道，还拿拐杖的前端指着我。

"你总不至于一直在这里等木更津君回来吧。"

被他说中了。但是，这并非我留在这里的唯一理由。我必须履行和菅彦的约定，还得跟夕颜一起去湖边。

我试图掩饰自己的表情，但似乎已经晚了。

麦卡托放肆地一笑而过，随后突然说道："你这个人很古板啊。我倒是和你有些共鸣。"

这也许只是单纯的揶揄。然而，我不禁从麦卡托身上感受到了某种切不可掉以轻心的东西。这与木更津表露出来的某种东西也颇为相似。

"很遗憾，我对你却没有任何感觉。"

我准备回屋，只见麦卡托也跟在我后面。

"你还有什么事……"

"用不着这么上火吧。我的房间好像就在你隔壁。"

菅彦也是心里缺根弦。不过，现如今，我才是多余的人吧。

"所以我们不如友好相处吧。常言说得好，'大树底下好乘凉'嘛。"

伴随着一阵大笑，麦卡托消失在邻屋的门内。不料，很快他又伸出头，说了一句含有警告意味的话。

"我只提醒你一点。你最好注意一下双胞胎。"

话音过后，便是关门的声音。

"双胞……胎？"

是指加奈绘和万里绘吗？她俩究竟有着什么样的意义呢？

诚然，孪生子的存在迄今为止都是一个盲点。但我无从判断是否该按字面意思来理解麦卡托的话。

日纱吵嚷着说加奈绘和万里绘不见了，是这一天傍晚四点过后的事。

当时我正在欣赏从菅彦那儿借来的CD——梅德韦杰夫的《イマカガミ》，日纱突然面如土色地闯了进来。

她求我找人，语声十分慌乱，显然已失去了平素那种冰冷沉稳之气。对双胞胎的代理母亲日纱来说，她俩的生死比过去所有人的都重要。日纱一次又一次地质问我，仿佛我才是凶手似的。她内心的混乱由此可见一斑。

"日纱婆婆，你跟香月君说也没用啊。而且他也说了，没看到她们两个。我们得先把人找到再说。"

如今已是族中最年长的菅彦，摆出威严的架子劝导日纱，还把手"腾"的一声放在她的肩头。直到昨天为止，菅彦的语调都不曾这样沉着过，这就是所谓时势造人吧。

雾绘站在他的身边，一脸不安。

"可是，我好恨啊……而且可能已经……"

语至末尾已断断续续连不成句。日纱的模样让人觉得她就像女儿被掳走的德墨忒尔。

"现在不是说这种话的时候！"菅彦严厉地责备日纱，"好了，香月先生能否也一起来帮忙寻找呢？"

"当然。不过，你的那位麦卡托君呢？"

未及多想，这句话就脱口而出了。不过菅彦好像也没觉得我在挖苦他。听到麦卡托的名字时，他反倒摆起了一张苦脸。

"他不在房间里。"

他当着我（们）的面不得不将委托麦卡托一事予以正当化，哪知事到临头反被麦卡托拖了后腿。这恐怕就是菅彦现在的心情写照。

"不在？三十分钟前我还看到他进了屋。"

"是说我吗？我就在这里啊。"

麦卡托来得真是时候。他多半是在门外偷听，寻找现身的最佳时机吧。

"啊啊，麦卡托先生！"

菅彦的反应与对待木更津时的态度十分相似。当然，他面对麦卡托时抱有的期待程度也要比面对我时大一些。这一点令我感到羞耻。

"你到底……"

"香月君的话我过后再听吧。"麦卡托将手掌伸到我面前，拦住了我的话头，"我非常清楚现在的情况，而且也已经对这个问题备好了答案。"

"你知道？"

麦卡托没有明确回答。他感受着众人的视线，环视一圈后只说了一句话："菅彦先生和香月君请随我来。"

"我呢？为什么不叫上我……"日纱不依不饶道。

日纱应该明白麦卡托话中的意思。然而，正是因此她才必须抗争到底。

麦卡托瞥了一眼可怜的家政妇，说道："想看的话，去看一眼也行。"

这致命的一击使日纱宛如患了贫血症，晃晃悠悠地向后坐倒下去。

我一度颇为感慨，觉得麦卡托与木更津有共通之处，但现在看来两者似乎仍有根本上的不同。木更津绝不会说出这种冷酷的话。这还不如直接拒绝来得体贴。

"你怎么能说这样的话！"

然而，麦卡托却满不在乎地用手指摩挲着帽檐。对他来说，日纱的情感与尘土无异吧。

我看着日纱。即便做好了心理准备，那也不是她所能承受的。

"呜……呜……"

伴随着从喉咙深处挤出的呜咽声，日纱颓然地低下头，任由额发遮住了她的脸。

都说越让人操心的孩子越可爱，而想必日纱对姐妹俩倾注了比亲生子更多的爱。

"我们这就出发吧。"

麦卡托无情地发号施令。也不知他是有意撩拨日纱的神经，还是单纯的神经大条，又或者是别有企图？

只见他一抖披风，迈步沿走廊行去。

"雾绘小姐，日纱婆婆就交给你了。"

我和菅彦紧紧跟随在麦卡托身后。

3

麦卡托经中庭来到了外庭。

他也不告知具体地点，只顾踏着落叶不断向前走去。

不久，四周已不再全是盆栽，开始有野生的乔木稀稀落落地夹杂进来。

现在离屋宅应该相当远了，昨天早晨散步时也不曾走到过这里。

不会被麦卡托抓去吃掉吧……我心里有点不安。

在前头带路的麦卡托突然停下脚步。之前的小径在此处豁然开朗，众人眼前出现了一个大湖。微波不澜、如镜子一般的水面倒映着周围山峦的影子。

风停了。

"在湖里？"我问道。

麦卡托一指湖的中央："那个。"

水面上漂浮着一艘小船。木制的船身被涂成了白色，船头上写着蓝色的"2号"。

"里面是……"

菅彦茫然地望向那边。

那小船中盛放着尸体？难道是要在这静谧的山中施行水葬？

小船犹如死亡一般纹丝不动。

"是的。"麦卡托点头道。

"你为什么会知道……"

"因为刚才我来看过。"麦卡托若无其事地答道。

这回答合理之极，同时也残忍无比。他竟任由尸体在船中，回了宅邸。

"为什么没去管它？"我严厉地瞪视他。

然而麦卡托的表情就像看到了一个傻瓜似的："在警察来之前，不是必须要保持好现场的吗？"

我无言以对。

相比之下，双胞胎的事更让我挂念。

"……总之，先看看船里的情况吧。菅彦先生，拜托你去联系警部。"

菅彦呆呆地凝望着小船，仿佛在看一场电影。

"菅彦先生。"

"啊，是。"

他似乎终于回过神来了。

"请去联系警部。"

菅彦从来时的路回去了。

既然如此，出门前先通知一下警方不好吗？一切都是麦卡托造成的。

菅彦离去后，我意识到自己忘了一个重大事实。

"船里的真是那对双胞胎吗？"

此时麦卡托已向码头走去。

"我这个人看起来是不是很靠不住啊。当然是啦。"

这个"当然"颇令人怀疑……

我们坐进了系在码头上的三号船。一号船好像有破洞，无法使用。

麦卡托径直去了船头，于是我自然而然地拿起了桨。可能是风的缘故，双胞胎所在的小船轻轻摇曳着打起转来，就连我们靠近时产生的波纹也微微有些晃动。

到湖中心看似很近，实则距离不短。粗略估计有五十米吧。心绪早已冲在前头，可关键的小船却怎么也走不快。

"你是坐小船去确认的？"

我一问之下，麦卡托摇头说"不是"。

"是我让船漂到那里去的。"

"你为什么要这么做？"我质问道。

"为了不让凶手改变主意啊。最初船是绑在码头上的。"

天才是常人无法理解的，狂人亦然。麦卡托是天才还是狂人尚无法判断，感情上我认为是后者。

划到二号船近旁后，我看见里面似乎躺着什么。渐渐地，宛如雾霭慢慢散去一般，看得越来越真切了。

一股想就此返回的冲动攫住了我。

"果然头还是被斩下来了吗？"

"看了不就知道了吗？"

麦卡托总是这么冷淡，仿佛事不关己。

"铿……"木船相碰发出了一声轻响。我们的船头撞上了二号小船。

二号船顺势左右摇晃起来。

咕噜。咕噜。

像西瓜滚来滚去的声音。

然而，现在是冬天，并非西瓜上市的季节。这么说……

我不愿再想下去了。

小船中滚落着身穿赤色春衫的胴体。白皙纤细的手臂从袖口伸出，仿佛没有了头的日本人偶……

点缀着舞蝶的牡丹花被颈项流出的鲜血染红了。

有两具……

完全相同的两具。

"……太惨了。"

我刚想触摸尸体,却被麦卡托拦住了。

"我们回去吧。"

我们回到岸上,把尸体留在了湖心。

无论何等地冷酷,我感到麦卡托的话毕竟是正确的。

"你说她们究竟做了什么?为什么会变成这样呢?"

"因为她们什么也没做啊。"

满不在乎地大放厥词的麦卡托令人厌恶。

同时,我还憎恨什么也做不了的自己。

几小时后,警部等人赶到了。

尸体,以及蜂拥至尸体旁的鉴识人员,不知已见过多少次的场景又在这湖畔重演了。如死一般静谧的湖边,突然呈现出险恶的活跃景象。

"时间是下午一点半至二点半之间。"检视过尸体的堀井刑警报告说。

尚未判明船中的尸体哪具是加奈绘,哪具是万里绘。也许是大家总把她俩视为一个整体,所以区分不出个体的差异。从盘发的习惯倒也并非不能做出判断,但这毕竟不是决定性的依据。

"从船里残留的血量来看,两人应该都是在这里被斩首的。"

警部转过身,问道:"日纱婆婆,你能分清万里绘小姐和加奈绘小姐吗?"

家政妇摇头。

死人的脸看起来总是与生前的大相径庭，更何况是辨认双胞胎呢？从外观判断几乎是不可能的。关于两人的差异，就连抚养者日纱也只能做出含糊不清的回答。

这一点深深地伤害了日纱。

而且，日纱已无法继续直视双胞胎的尸体。

"两人没有什么外表上的差异吗？"

"是的。"

说完，家政妇便掩面而泣。呜咽声在山间久久回荡。

菅彦也被带来了。只是，既然连日纱都无法判别，菅彦更是不可能分清。

"真是可怜啊。"辻村望着日纱颓然的背影，小声嘀咕道。

"不过，哪个是加奈绘之类的问题，没有什么意义吧。因为她俩都是在同一时间、同一地点，被同一个凶手用同样的手法杀害的。说起来，她俩的身份也是同一性的。"

麦卡托的话似乎触怒了警部。

警部瞪了他一眼："但这件事对日纱婆婆来说很重要。"

警部两年前失去了孩子，好像是因为肺炎。由于是一向疼爱的独生子，听说警部当时伤心欲绝。他对日纱的心情可以说是感同身受吧。

"谁会搞这种水葬……"

"警部，袖兜里发现了这个！"堀井叫道。

他递给辻村一张纸片。这东西像是便条或信纸，被放在其中一件春衫——估计刚穿上不久，如今已凄惨地被血弄脏了——的袖口里，当然我们不知道这件衣服属于双胞胎里的哪一个。

"是锦书吧。"堀井用了个古式的称呼。

纸上画着湖的简略示意图，在码头附近有一个箭头。纸的下方写着"2点"①。

内容相当简略，恐怕是考虑到要让姐妹俩也能理解吧。纸的右端写有"秘密"②二字。字迹拙劣，多半是用左手写的。

"看起来是凶手写的。"

"那对双胞胎是很容易约出来的吧，她们连怀疑都不懂。"

确实如麦卡托所言。换作别的人，应当会有所警惕，绝不至于被人一叫就走。

"也就是说，万里绘和加奈绘两点时被约到湖边来了。"

"时间对得上。"堀井附和道。

"太过分了，竟然利用双胞胎纯真的心灵做案。"

看来辻村感到了前所未有的愤怒。

"凶手一边沉浸在这雄伟的风景中，一边斩下了两人的头吧。"

麦卡托环顾四周。太阳已向西落下一半，水面荡起了金色的波浪，宛如去往冥府的篝火。

4

回房间的路上，我遇见了雾绘。

看雾绘的表情像是要问些什么。她似乎还未被告知详情，想必是菅彦出于顾虑，没对她讲。

我摇了摇头。

"……是这样啊。"

她平静地低语着，稍稍垂下头。

---

①原文为"2じ"，假名"じ"即日语"時"的发音。"2時"中文译为"2点"。
②原文为假名"ひみつ"，即日语"秘密"的发音。

"那姐妹俩就如天使一般，竟也……到底是谁……"

我也同觉悲伤。不知为何，我之前确实有一种安心感，以为那对双胞胎不会出事。

也许拉斐尔的天使其实是我们杀死的。

"对不起。我什么忙也没帮上。"

"不，这也是命中注定的吧。"

雾绘一瞬间显出不愿承认的模样，恐怕是因为她的感情跟不上理性的步伐。看来她还太年轻，尚无法领悟一切。

"把觉悟者留到最后，真是太残酷了。人可以活得比寿命短，所以才幸福，可是……"

这个保留着少女痕迹的女子，有没有发现她自己正在否定这句话呢？

"是啊。"我看着雾绘，然后说道，"你真的已经认命了？"

也许本不必如此追究。

"欸？"雾绘的身子猛地一震。

"你的弃念难道不是一种对恐惧的逃避吗？所谓寻求神明，不过是在等待某人的出现吧。"

"怎么会……"

雾绘端丽的面容化作了惊愕的表情。一目了然。

"即使向彼岸寻求救助，结果也只会撞上现实这座墙，不是吗？"

雾绘凝视着我的脸。

"你是神明吗？"

这是发自内心的悲呼。

"……"

现在的我，不具备足以回应的力量。我没有否认，但也无法表达肯定之意。

"是这样啊。"

雾绘无力地垂下头。

结果我还是无法拯救她吗？遗憾之情充斥了我的心房，较之约伯的试炼，我的苦恼明明渺若尘埃……也许我只是徒劳地打开了潘多拉的魔盒。

雾绘的眸子再度没入了黑暗。

"你要做什么？"

"去教堂……"雾绘依然低着头。

又要去弹奏巴赫的曲子吗？

"是吗？"

我后悔了。我明知无法回应她，为何又要提那个问题呢？其实我早就明白雾绘的救世主不是我……

雾绘露出了略显凄凉的神情，最终还是下楼去了。

我进屋时笔录已经结束。

堀井刑警和往常一样在整理资料。速记工作由他担当。

而辻村也如往常一样抱着脑袋。这是问讯没有任何收获时警部的惯常动作。

唯一不同的是，麦卡托把两腿跷在桌上，仰靠在本属于玩挑绷子的木更津的座位上。不了解内情的人看了，多半会以为麦卡托才是警部。

他一见到我，就举起了左脚。

"嗨，香月君。你来得好晚啊。"

警部用可怕的目光看着麦卡托。这是一双饱含愤怒的眼睛。这两位果然不太投缘。对立没有表面化，是因为警部以职业精神为先,一直在克制自己。对方再怎么差劲,毕竟也是侦探。

"好了,情况如何?"

放在平时我本不会多嘴,但我得向木更津报告,出于这份使命感,我开口问道。

然而,回答我的不是警部,而是麦卡托。

"自日纱把午饭端去以后,就没人见过她俩的去向。"

"这么说,中午过后就已经……"

"谁知道呢。"

麦卡托用食指转着大礼帽,换了换跷腿的姿势。

"可是,为什么要杀万里绘和加奈绘?"

我吐露了不知在心中旋回了多少次的疑问。麦卡托毕竟有侦探的风范,貌似理解了我的意思。

"你是不是想说,如果以遗产为目的,杀死双胞胎是毫无意义的?"

"是啊。也没必要特地动手吧。"

"她们很碍手碍脚吧。"

麦卡托无视警部的存在,只顾自己往下说。他已彻底成为这个房间的主导者,想必在笔录过程中也是这个德行。难怪辻村警部会比平时更不高兴。

"而且,木更津君不也说过吗?有别的动机。"

"是啊,香月君有没有从他那里听到什么?"

警部终于张嘴插了一句。听到木更津的名字似乎让他重新燃起了一线希望。

"很遗憾……"

"还不是以为搬出宗教和咒术那套东西就能解决一切问题了嘛。"麦卡托从旁边嘀咕了一句。

他的话确实说出了部分事实。但我坚信木更津的推论没那么肤浅。

"对了,你怎么会知道船里有尸体?还有,你为什么说要注意双胞胎?"

"哈哈,很简单啊。因为我麦卡托是天才嘛。"

麦卡托理所当然似的挺起胸膛,使得帽子向后歪了几分。

"怎么回事?你总不会是预言家吧。"

警部从喉咙深处憋出了一声低吼。

"下午来这里之前我去湖边散过步,碰巧在那里撞见了那对可爱的无头尸。"

我不禁目瞪口呆。不,不光是我一个。

"原来你早就知道啊!是什么时候?"辻村怒喝道。

"两点过后啦。我是觉得先来问候你们一声比较好嘛。反正早一点晚一点结果都是一样的。"

麦卡托说话时脸不红心不跳。这么说,他任由双胞胎的尸体在湖面上漂了两个小时之久?

眼见警部就快压不住火,我连忙转换了话题。要是当场起了什么风波,那就正中麦卡托的下怀了。

"那么,天才的你已经有眉目了吗?"

"是说凶手吗?"麦卡托的表情似乎在说他还想再多玩一会儿,"别管什么眉目了,反正范围都已经限定死了。剩下的就三个人,菅彦、雾绘和夕颜。"

没错。凶手就是这三人中的某一个。无论凶手如何小心避免留下线索,网也是越收越紧了。但问题是,这同时也付出了巨大的生命代价。

"进一步说,畝傍被害时上过二楼的只有雾绘。"

我哑口无言。

的确，按照排除法就只剩下雾绘了。

"这么说雾绘是凶手？"我自己都觉得这句话问得很蠢。

"你且听我说。"

麦卡托恢复了先前的轻佻口吻，也不管这是什么场合，只顾转动手中的拐杖，发出一阵阵"霍霍"的破空声。

"这种解答估计连不顶事的破案组也想得出来，任谁都能想到。你们那位木更津君不也曾曰过吗，'这样是抓不到凶手的'。"

"是吗，那就请你早日抓到真凶吧。"

我知道警部正在强压怒火。倘若我们几个不在场，恐怕警部早就一拳抡过去了。

"不必慌乱。我呢，是想打一场漂漂亮亮的战役。只要太阳还在天上，急什么？更何况，我来了以后才死了两个人对吧。木更津君从这里逃跑的时候都死了四个人了。轮到我这里，你们倒性急起来了。"

麦卡托笑着从椅子上站起来。堀井刑警则呆呆地观看眼前的这场对话。

显然，相比之下木更津多少还有几分亲切感。这恐怕是所有人的感受。

辻村默默地朝桌子砸了一拳。

"你也太能挑衅了吧。"

我从后面追上麦卡托。因为我想知道他的真实意图。

当然，多少也是因为屋里的氛围让身为木更津友人的我有点待不下去。

"很简单啊，因为我觉得很有趣。"

明快的回答。

"可能是我多管闲事，最后你会被揍的。"

连我自己也不明白，我为何要这么好心去忠告他。这份心思是否该称之为好意尚不明朗，但总之在麦卡托那里好像完全行不通。

"被那个警部吗？凡人总是这样，很快就会让情感流露在外。"

麦卡托目光轻蔑地看着那扇刚经过的门，哼了哼。

"警部生气是正常的。"

"这跟我有什么关系？还不如认清一下自己的能力极限吧。"

所谓"自己"不是说麦卡托，而是指警部等人。自称日本第一名侦探的麦卡托是不可能存在极限的。

"那些家伙啊，只要案子一破态度立马就变了。"

"这是你的经验之谈吗？"

"是啊。而且，木更津君不也一样吗？"

似乎从前面开始麦卡托就老是故意提木更津的名字，并想欣赏我的反应。

"木更津和辻村警部一直是互相尊重的。"

"沆瀣一气吗？挺不错的嘛。"

我有点冒火。

"你真的要来破这个案子？"

"那是当然。木更津君办不成，而我麦卡托能办成的事多了去了。对了，你有没有下定决心当我的华生啊？"

"没有。"我当即否认道。

麦卡托装出惊讶的模样，看着我的脸，然后用不带丝毫感情的声音低语道："这可真叫人吃惊。"

"你的想法才让我不能理解呢。就现在这个样子,你凭什么期望我会说声'好的'?"

"原来如此。"麦卡托哈哈一笑,点头道,"我越来越喜欢你了。作为奖赏我就给你一个提示吧。"

"提示?"

"嗯。你的视野要更开阔一点。这个就是提示。"

该不该把他的话当真呢?我很迷茫。刚才警部信了他的话,结果被摆了一道。

"信不信是你的自由。"

麦卡托极少用这种悉听尊便的措辞。这使我再次烦恼起来。

"你要去哪儿?"

回过神来时,我才发现麦卡托没回自己的房间,而是沿着二楼走廊反向而行。我从扶手探出身子,从背后叫住他。

"我有必要一一向你汇报吗?"

"是的。因为你这个人很危险。"

"原来是这样啊。"麦卡托一耸肩,"我要去雾绘的房间。"

"……你不会是想去侵犯人家吧!"

这句话下意识地就说出了口。我竟然会产生这种念头,看来我也已经被麦卡托的瘴气毒害了。

麦卡托头也不回,只是垂直地举了举他的拐杖。

"放心吧。我可是理性动物。"

我感觉这话倒也一语中的。

因为麦卡托早已把"感情"遗忘在了遥远的彼方。

"只要有爱就去战斗吧,直到将生命燃尽。"

麦卡托嘴里嘟嘟囔囔,从我的视野里消失了。

这家伙平时到底在想什么啊?

"日纱婆婆情况如何？"

菅彦大约是在晚上十点稍过时来我房间的。和以前一样，人进来了，却迟迟不表明来意。我猜想多半和木更津或雾绘有关。

"她终于平静下来了，现在已经在房里歇着了。"

"是嘛。失去万里绘小姐和加奈绘小姐，最伤心的人就是日纱婆婆了。"

到明天就能更平静一些吧。

"日纱疼爱她们就像疼爱自己的孩子一样。"

菅彦的声音低沉下来，似乎正在回想日纱与双胞胎日常生活的点点滴滴。

"失去孩子的母亲莫不如此吧。也说不清是幸运还是不幸，我的母亲在我童年时就去世了。"

"那就是另一种遗憾了吧。"

抛下至爱之人、撒手人寰的悲痛确实是存在的吧。当然，我还没有亲身经历过，所以不能断言。

"是啊。当时我还年幼，基本没有关于母亲的记忆。也许是这个缘故吧，如今回想起来的只有父亲严厉的面孔。"菅彦好像回过神来了，显得有点害臊，"……我又说了一堆孩子气的话。"

他给自己点了一支烟。

"你抽烟？"

"平时不抽，神经亢奋的时候抽一点。"

如前所述，菅彦乍看是一个拥有艺术家气质的人，而且还有一种女性般的纤细之感。对敏感如斯的他来说，现在的情况恐怕已远远超过他所能承受的极限。

"要不要听唱片？"我站起身来。

前不久木更津从有马房间拿来的《死神与少女》应该在这里。然而，唱片却不见了。昨天还有的，可现在那里只剩下梅德韦杰夫的那张唱片。我想会不会是掉到旁边了，找了一下，没有任何发现。

"怎么了？"菅彦问道。想必他感觉到了我的困惑。

"啊，是唱片找不到了。"

"没关系的。"

菅彦似乎有话要说，顾不上唱片的事。

我总不能播放镇魂曲吧，所以只好放弃，回到菅彦面前。

"你是要说木更津的事吗？他接受了你的委托，结果却弄成这样。抱歉的是，事实上我还没能跟他联系上。"

"啊，不是这个事。"

菅彦也有授人以柄的地方，那就是后来又委托了麦卡托。或许正是因此，他并不打算对木更津的事说三道四。

只见他摇头道："是关于雾绘的。"

"……雾绘小姐啊。"

那苦涩的一幕又复苏了。就在前不久，我刚拒绝做她的救世主。

菅彦执起我的手，说道："我恳请你保护雾绘。"

"我……"

我想说这担子太重我无法承受，我想说能拯救她的唯有经受得住苦难的真正的基督，我想说我只是俗人萨拉斯妥……

然而，菅彦真挚的目光使我犹豫起来。

"我恐怕已经时日不多了。"菅彦彻悟似的轻声说道。

与雾绘不同，他好像真的大彻大悟了。在他身上完全看不到对生的执着。

"那件事一直将我的罪孽拖曳了二十年之久,而现在我终于要找到安息之地了。我不想破坏它。"

他在哭泣。

"我只希望那个孩子得到拯救。"

菅彦向我低下头。

这是他能够给予女儿的最后一份补偿吧。

5

翌日清晨,人们发现了家政妇的尸体。

同时还找到了本以为已经遗失的 LP 唱片《死神与少女》。

然而遗憾的是,唱片不能再播放了。并不是因为唱片破碎得不成样子,也不是因为受热后发生了弯曲。

问题出在更为心理性的方面。

日纱被砍下的头颅就摆在唱片的上面。

几天前,木更津曾把畋傍化过妆的头颅比作"施洗约翰"。然而,日纱的头颅被放在名为 LP 的圆盆上,岂非更与约翰相合?

日纱的头与身体是在她的房间被发现的。用人们的房间在餐厅的背后。

房间的面积只有八帖左右,但设施齐全,唱片和头颅被摆在屋子中央的矮桌上。穿着便装的尸身被随意丢弃在入口附近。草席被染得赤红一片,难以想象从这瘦小的身躯里竟流出了那么多血。围裙上也溅到了一点血迹。

日纱脸孔发黑,丑陋不堪。都说人一死表情就会大大变样,诚如斯言。那张因痛苦而扭曲的脸简直无法让人与那个态度冷淡的家政妇联系起来。

辻村警部望着日纱的尸体。

"为什么……"他自言自语道，"凶手为什么一定要杀害日纱呢？"

迄今为止的受害者，无论是畝傍还是静马，都是今镜家族的成员。就连那对双胞胎也是，虽然出人意料，但还能够理解。

也因此，我们才围绕着家族关系建立了各种假说。

木更津亦是如此。

虽然日纱在苍鸦城住得比谁都长久，但终究只是一个用人，与今镜家的血统问题并无关系。

不过，昨天的万里绘和加奈绘也好，今天的日纱也好，凶手动手杀害的人物均处在我们的盲点。我总觉得其中颇有一些奥妙。

又或者，只是单纯的偶然吗？

"日纱知道一些什么。"

看来警部改变了思路。他的意思是，杀害日纱并非凶手的本来目的。

换言之，日纱恐怕知道了某些对凶手不利的事。

然而，我只觉得这是警部在逃避现实。虽然我不是木更津，但也认为其中应该有它的必然性。

这就是麦卡托给出的那个提示的答案吗？

麦卡托大概还在睡觉，宅里都乱成这样了，也不见他过来。菅彦应该去叫他了。

"人是在凌晨两点左右被杀的。"

堀井刑警的声音在我耳边空洞地回响着。

拍完现场照片后，警部一边仔细检视尸体，一边嘴里嘟嘟囔囔地说个不停。

"堀井君！"辻村突然叫起来，"香月君，你也过来看一下。"

警部语调突变，像是发现了什么。

过分压抑的声音意味着他自己都对这个发现大为震惊。

警部指给我们看的是一枚戒指，正戴在日纱右手的无名指上。恐怕她已经戴了数十年之久，戒指紧紧陷入手指，恐怕已经很难摘下来了。警部只好托起日纱的右手向我们展示。

这是一枚平淡无奇的戒指。顶端没有镶宝石，但看起来倒像是一枚订婚戒指。其侧面刻有文字，已被磨损得相当厉害。不过，勉强能辨认出来。

那是一串罗马字母，是用大写字体雕刻的。

我和堀井刑警同时读出了刻在戒指上的文字。

"SHIITSUKI。"①

警部安静地闭上了眼睛。

"日纱竟然是椎月……"我大声叫道。

如果木更津在，就能为这片混沌注入条理清晰的亮光吧。

谁能想到，三十年前私奔出走的多侍摩之女椎月竟一直以家政妇的身份在此居住呢？

然而，戒指诉说了不容置疑的真相。

"椎月体内也流着今镜家的血。"辻村一字一句地说道。不知不觉中连警部也被这座宅邸的气氛感染了。

"血的羁绊……"堀井刑警喃喃自语，似乎被眼前的这一幕震撼了。

不，不光是堀井。判明日纱是椎月的那一刻，所有人都被

---

① SHIITSUKI："椎月"的日语发音的罗马字拼法。

现场异样的氛围吞噬了。

这或许是一种感动，又或许是一种恐惧。

谁能料到，三十年的时空竟如莫比乌斯环一般联结在了一个点上。

只有一人除外……

"因此，她就不得不回到这个一度被她抛弃的家吗？"警部做出了否定式的肯定。

"我想连椎月本人也无法理解这份从心底涌出的感伤之情吧。"

现在我已一清二楚，大厅前楼梯上的肖像画和谁相似，那个人既不是雾绘也不是加奈绘或万里绘。

那微笑属于日纱。不，属于椎月。躲在低垂着的额发背后的表情，与肖像画中的微笑无一不合。

可是，椎月当真能露出那样的微笑吗？

她始终无法明示身份，作为一介家政妇、作为身怀今镜之血却非今镜家一员的人死去。她的一生，直到最后都不知"幸福"二字为何，就这么终结了。

恐怕多侍摩知道日纱就是椎月。不知出于何种理由，他强迫自己的女儿不得使用今镜这个姓氏，直到她化为尘土。而椎月也顺从了自己的命运。

这就是所谓赎罪吗？

"这么说，凶手知道日纱就是椎月？"

"应该是吧。三十年的岁月让椎月变得连她的兄弟也认不出来了。但是，只有凶手发现了这一点。"

"日纱（椎月）还真是不走运啊。"

"日纱身为家政妇，只能眼睁睁地看着悲剧上演。"辻村落寞地说道。

"她这一生从没过上一天好日子啊。其实椎月才五十出头，可日纱看起来都有七十岁了。肉体上、精神上的折磨大概从来没有间断过。"

也不知堀井刑警以前有过什么样的经历，只见他紧握双拳，精悍的姿容里透出了些许荫翳。

当我们被哀伤的沉默所支配时，麦卡托的身影出现在了门口。

"怎么啦？"

麦卡托一贯出语流畅，但唯有此时显得滑稽可笑。他进来时，悲剧已经过去了。

麦卡托的装束与昨日相同。那身齐整的穿戴让每个人都感到不快。

"咦？这次是日纱啊。终于到第三个人啦。"

麦卡托身后跟着萱彦。他还不知道姑母椎月的真相吧。

"这次是在唱片上，有意思，是《死神与少女》和《美国》啊。"

他的视线在唱片上停留了一瞬间。辻村似乎也注意到了。

"你是不是有头绪了？"

麦卡托慌忙摘下礼帽说："哪儿的话，我怎么可能抢在警部前头知道些什么呢？"

他答得殷勤。当然，无礼行为也会接踵而来。

于是，警部也语带讥讽地回敬了一句。虽然与昨日相比，他的怒火已经收敛了不少，但似乎仍不能完全控制脾气。

"确实有一个你不知道的事实。又或者你知道这件事，只是到现在才说？"

"什么事？"

警部把脸一撇，拒绝回答。

无奈之下，我只好在麦卡托耳边轻声说道："日纱就是椎月。"

"椎月？！"

我点了点头。

他的反应超乎我的想象。不，是完全出乎我的意料。

麦卡托张口结舌，右手的拐杖也掉在了地上。他呆呆地伫立良久，松鸦喙似的嘴里说不出一句话，脸色苍白到了极点。

"怎么了？"

麦卡托的反应出人意料，以至于警部等人都惊讶地看着他。因为众人原以为他一定会嗤之以鼻。

警部出声询问，麦卡托仍然毫不掩饰自己的表情，仿佛已经忘了该如何掩饰。

不久——

"怎么会……"

这是感情外露时的麦卡托说的第一句、也是最后一句话。

6

"多谢大家聚集在此。"

麦卡托环视着列坐的各位听众，态度恭敬有礼，与前几日判若两人。出席者有菅彦、雾绘、夕颜、辻村警部、堀井刑警和我，共六人。全体相关人员算是到齐了。

"他想干什么？"警部在我耳边低语。

"多半是揭露凶手吧。"我答道。

"原来如此。"警部点了点头,但仍是一副半信半疑的样子,"麦卡托知道凶手是谁了?"

"好像是的。"我也没什么自信。

况且,我既不是麦卡托的监护人,也不是他的朋友。

自做完笔录后,他就一直躲在自己的房间里。我以为今天早上的那次打击还余韵未消,然而看他现在的模样好像又不是。

麦卡托似乎为导出解答倾注了全部力量。

"看来他总算要干点本职工作了。"

警部对麦卡托全无期待,堀井刑警也显得不太情愿。

判明日纱即椎月后过了半日,午后在一楼会客厅召开了一场由麦卡托主持的集会。菅彦及其他两位家人全都神色紧张地注视着他。

麦卡托一脸得意之色,正准备开始他的演讲。

这半日之间他究竟知道了些什么,究竟思考了些什么?难道木更津耗费四天时间也未能抵达的真相,麦卡托只花了一天半就抓住了吗?

然而,麦卡托概不理会我的这些微不足道的担忧,打开了话匣子。

"且说这次的案子,通往解决的道路漫长而又艰险。不幸的是,我的前任被凶手骗得团团转,遭遇惨败,草草打了声招呼就跑了。"

麦卡托看着我,咧嘴一笑。

今早的打击没在他身上留下丝毫的后遗症。

"让我们进入正题吧。首先是伊都和有马的案子。

"为什么会发生这第一桩命案呢?凶手剁了脚,砍了头,甚至还仔细地进行了装点,当然我并没有亲眼看到现场。啊,还有一条，现场处于密室状态。

"理由为何？如果存在目的，那到底是什么呢？"

"是什么呢？"我问道。

"别那么着急嘛。凶手是跑不掉的。"麦卡托悠闲地答道。

"再说密室杀人，这里重要的不是'HOW'而是'WHY'。换句话说，关键不在于密室是怎么做成的，而在于为什么要做成密室。

"小说里通常只关注方法论，而轻视必然性。但真要追究起来的话，其实更重要的是'为什么'。纵观密室形成的动机，卡尔虽也有言及，但我按自己的方式进行了归纳整理。"

"你总不至于现在还打算来一场密室讲义吧？"

麦卡托听到我的话，一瞬间脸上露出了不快的表情。

"时间还有的是嘛。再说了，我的归纳很简洁，不会花太长时间。最关键的是，为了揭露凶手，无论如何都需要这个讲义。"

最后一句相当可疑，不过既然麦卡托都这么说了，我也只得作罢。他姑且算是场上的主角。

"你们听好了。制造密室的理由可分为六大类。我们且试着把这次的案情一个个地往里套。

"第一类是为了伪装成自杀。这是古典时期的作品中频繁出现的动机，也是最合理的一种解释。但是，在伊都-有马命案中，伊都的头和有马的身体同处一个密室。凶手本人既已设定了这一局面，也就完全否定了自杀说。

"第二类是为了把嫌疑指向特定人物。换言之，唯一持有钥匙的人，或像《犹大之窗》那样案发时与受害者同居一室的人，理所当然会被视为凶手。这个也与案情不符。因为日纱已被杀害，而且完全看不出凶手有将杀人嫌疑指向家政妇的意图。

"第三类是为了妨碍罪行的立证。凶手的嫌疑再如何确凿，倘若解不开密室之谜，就无法提出起诉。但是，正如《孔雀羽谋杀案》里的H.M.所说的那样，这是一种极其消极的战术。

"而且，衡量一下密室之谜被解开时的风险，就可知这种尝试是非常危险的。因为密室限定了密室的制造者。能造出密室的高智商凶手要保护自己，会只做一个随时可能被破解的密室就放心、就结束吗？我可不这么认为。

"为此目的制造的密室通常会结合前两类理由，所以同样可以排除。最关键的是，光是杀害后来的畎傍及静马，就足以使杀人罪名成立。所以，再制造密室也是毫无意义的。

"第四类是纯属偶然，凶手并无制造密室的意图，而是现场碰巧变成了密室，或碰巧就是一个密室。回到这次的案子，如果是门闩或插销也就罢了，碰巧是需要插钥匙的锁孔，碰巧这钥匙又被死者握在了左手中，这种事无论在常识上还是理论上都绝无可能。所以，这一类也排除。

"第五类是密室毫无意义、毫无必然性，只为满足凶手的虚荣心而制造。也就是说，纯属游戏。这是那位木更津君采用的解决方案，是现阶段盖然性最高（因为缺乏必然性）的解释。而能用来否定这一想法的根据当然也是不存在的。

"第六类是出于职业精神。换句话说，凶手是迪克森·卡尔或小栗虫太郎一类的人物，亦即凶手受职业禀性的祸害，不由自主地制造了密室。然而，在本案中目前还没有发现这样的人。硬要说选个人出来的话，也就是我——麦卡托了吧。

"另外还有几个密室形成的理由，比如动物犯罪等。但全是一些在特殊场合下发生的情况，所以划分类别时不列为纲要。"

一番长篇大论后，麦卡托虚脱似的喘了口气。

然而，（正如预想的那样）他并没有得出结论，只是以浪费时间而告终了。

"那你的解答是什么？"警部不耐烦似的质问道。

"我吗？回答很简单，结束六天创世的第七种神圣解答。确切地说，应该称之为与此地相符的一种'状况构筑'吧。"

"状况构筑……这不和木更津一样吗？"

"不一样啊。木更津君的解释属于第五类，是'气氛构筑'。我说的是'状况构筑'。然后，本案的密室具有明确的必然性，啊，就说成是为了'状况构筑'吧。不光是密室，连砍头剁脚也都能通过这个解释轻易地得到说明。

"但是，这与你们所考虑的那些完全不同。斩首和密室并非为目的而做，而是为结果而做。是的，为了一个结果。"

我不太理解麦卡托的话，甚至觉得他是在故意兜圈子，而他似乎也乐在其中。

"到底是怎么回事？"

问话的是菅彦。看来在我们中间，就数他对麦卡托的话最感兴趣。

"想想结果是什么，马上就能明白。斩首的结果，导致了何事的发生？"

"……"

"是的。"麦卡托仰头望天，"酿成了一起不可思议的杀人案，于是木更津君便开始着手调查。作为猎奇杀人案的专家，木更津自然会受托调查本案，并为人所期待……你们还不明白吗？"

"这么说，凶手砍下头和脚，是为了把木更津邀进苍鸦城？"

"愚蠢。"麦卡托当即否定了我的说法，接着发出"呵"的一声嗤笑，"香月君，你都听了些什么啊。反啦。砍下头脚不是为了请木更津来这里，而是要让人感到，木更津调查今镜家的案子，以及在今镜家逗留极为正常。伊都-有马命案正合木更津的口味，想来谁都会认为木更津君逗留今镜家是很一件很自然的事。"

"我无法理解你的想法。也就是说……"

麦卡托所说的"反"是指主体与客体的颠倒吧。可是，这又意味着什么呢？警部和我一样，也总结不出个所以然来。

"还不明白吗，警部？很简单啊！排除既定观念即可。也就是说，木更津君为了让自己深入今镜家，实施了这些多余的'装饰'。

"为什么呢？"

"因为木更津君才是本案的真凶！"

麦卡托以强有力的语气做出了断言。

"怎么可能？！"

室内一片哗然。我与堀井刑警面面相觑。就连之前貌似漠不关心、脸始终冲着下方的夕颜也一瞬间抬起了头。

众人的反应皆在麦卡托的预料之中，他心满意足地点着头。

"为凶手而做的环境设定，这就是第七种解答。"

辻村警部缓缓地说道："我想听你解释他这么做的理由。"

"好啊。那我就把昨天我思考再三的推理告诉你们吧。"

"啪啪啪"鼓掌的只有麦卡托自己。

"先说第一件命案，这桩双重谋杀案明显是熟知内部情况的人干的。也就是说，凶手不止木更津君一人。他有帮凶。当然，我还不知道谁是主犯。"麦卡托瞧了我一眼，"对了，香月君。据说信是在案发前一天送到木更津那边的对吗，还有恐吓信？"

"是又怎么样？"

"但是,你并没有亲眼看到他拆开恐吓信。"

我点点头。

"既然如此,也可以这么想吧,恐吓信是他自己伪造的。证据就是,他只给香月君一个人看过信。恐吓信的信封也没拿过来,这当然是为了不让伪造信因邮戳等问题被揭穿。

"他在伊都的委托信寄到的同时,制作了恐吓信,并拿给香月君看。然后,他又联络了宅邸内的共犯,吩咐就在当天晚上动手。"

"也就是说,不存在什么恐吓信?那为什么又要特地去制作一封呢?"

对警部的问题麦卡托似乎早有准备,他立刻答道:"正如我刚才说过的那样,有了恐吓信,赶赴今镜家一事就能得到旁人的理解。木更津君是这么想的吧,光凭一封连内容都没写的委托信,爱挑三拣四的他就行动起来的话,会让人觉得可疑。"

原来如此,道理上倒也讲得通。不过总觉得他是在诡辩。

"总之,他做给你们看的不是推理,他只是在描述自己的犯罪计划罢了。剁下脚、换上甲冑的铁靴也好,砍下头、搁在衣帽架上也好,都和我前面解释的一样,是为了创造一个木更津君的存在并无任何不可思议之处的空间。由此,他便能一直掌控整个案子的主导权。"

麦卡托滔滔不绝地说起来。

"再来看那个密室,其实简单得不能再简单了。正因为太简单,所以谁都没有意识到吧。不,大家应该想到过。然而,木更津君总是说'这个凶手很聪明,会用一些不同寻常的厉害手段',于是你们便误入歧途,以为密室不会那么简单,凶手应该倾注了更多的智慧。

"但是，就和数学问题一样，答案很单纯。凶手——木更津君的同谋，用伊都的钥匙从'地狱之门'外侧锁上了门。然后，发现尸体时，木更津君迅速地把钥匙塞进了有马的手中。警部先生，最早发现房间钥匙的是谁？"

"……是木更津君。"

我想起了当时的情形。

确实是木更津在"地狱之门"最先接触了有马的尸体，随后在众人关注伊都的人头时，他发现了有马左手里的钥匙。

"惯用右手的有马为何左手握着钥匙？这一点也能做出解释。不妨想一下尸体的情况，有马的右手被压在身子下面。所以，木更津君无法让右手握钥匙。当然，情急之下他也无暇顾及是左手还是右手，于是就迅速将钥匙塞进了伸出体外的左手。"

我无话可说。麦卡托的演说拥有奇妙的说服力。真假姑且不论，至少合乎逻辑。

警部似乎也被同样的想法所困，时不时地朝我瞥上一眼。

"由此，密室问题轻而易举地得到了解决。"

麦卡托二度拍手。不可思议的是，我没有了上次那种被愚弄的感觉。

"既然大家都已信服，我们就继续下一步。关于畎傍命案，这次实际动手杀人的是木更津君。作案期间，共犯在努力地制造不在场证明。另外，木更津君执拗而又不着痕迹地把'单人作案'的印象植入你们脑中，保证了共犯的绝对安全性。那好，手法是什么呢？

"木更津君说头和身体的发现顺序颠倒了，他是在说谎。从顺序上讲，先让头被发现是正确的。他那番煞费苦心的说明，只是为了让人以为不在场证明是偶然的产物。

"由此，木更津君一直在下面，而共犯始终待在二楼，根本无须使用一楼至二楼之间的楼梯。也就是说，杀害畝傍并砍下头的是木更津君，把化好妆的头摆在畝傍房间里的是共犯。"

"头是怎么拿上二楼的？"

"这个也很简单。这次的案子有一个共通点，那就是本质都极其单纯，只是被木更津君故意往难处解释了。如果木更津君没能介入本案，就连警部先生也能立刻查明凶手吧。

"啊，有点跑题了。"麦卡托整了整礼帽，"木更津君从一楼的庭院把人头抛进了二楼共犯的房间。当然，中庭有夕颜小姐在，所以他是从宅邸外侧扔的。正好香月君也说过，在庭院散步的时候碰到了木更津君。"

这么说，那时……怎么可能！

"为什么要给人头化妆呢？"

"恐怕是因为头是被装在塑料袋之类的东西里扔上去的。这时，从切口流出的血难免会沾在脸上。而且还会不自然地溅到头顶。因为扔出去时人头无论如何都会旋转。洗一下的话多半能去掉血迹，但一旦被详查，暴露的可能性很大。

"另外，要是警方发觉畝傍的脸被洗过，便可能会引发不必要的联想。在脸上涂满血作为掩饰是最好的办法，但光靠人头里流出的血是不够的。所以凶手不得以出此下策，洗好脸抹上白粉，企图蒙混过关——这是出于混淆的目的。"

"原来如此。"

辻村点点头。不会吧……难道警部相信麦卡托的这套说辞？从他的表情看不出任何端倪。

"这么说，那个同谋住在面向外侧的房间里？"

"这倒未必，因为有一两间空屋子，也有可能是在那里交接人头的。"

麦卡托舒了一口气，随后将手边的果汁一饮而尽。

自从麦卡托发表了木更津凶手说，众人都感到周围气氛异常，不，应该说是感到了一种重压。没准儿一部分人正在回忆木更津这个罪大恶极者的音容笑貌。如此一想就觉得有点可怕。然而，最可怕的是，连我自己也渐渐被麦卡托的论述打动了，虽然只有那么一点点……

"那这个共犯到底是谁啊？"

"元凶"麦卡托似乎完全得到了满足，语气也随便起来："还不明白吗？这可是很简单的排除法啊。就是畎傍遇害时一直待在二楼的人。"

"雾绘小姐用过楼梯。夕颜小姐和香月君在庭院散步。"

"是我吗？"

菅彦困惑地看着麦卡托，脸上露出难以置信的表情。

恐怕他也渐渐相信了麦卡托的话，不料却在此处突然被绊了一跤，吃惊也是难免的。当然，前提是他清白无辜。

"没错，你就是共犯。"

麦卡托伸出拐杖。事出突然，使得菅彦身子一缩。

"你极为自然地把木更津君迎入这座宅子。案发后，最早委托他的人也是你呢。于是，你俩骗过善良的证人——香月君，建立了貌似正常的关系。"

"哪有这种事！"菅彦激烈地否认道。

然而，麦卡托并不理会，只是继续说道："好了，回头再来说静马的案子，杀害他的人是木更津君。

"是的。不管嘴上怎么说，其实每个人都在怀疑自己的家人。静马也不例外。所以，如果凶手是今镜家的人，静马是不会轻易让对方进屋的。但是，如果是木更津君的话，就能方便地杀掉静马。因为谁也没想到他是凶手。

"接下来发生的双胞胎命案和日纱命案，我没有什么可说的。杀害她们的是你吧，菅彦先生？

"木更津君把后续的事托付给你，以入山苦思为名离开了这里。这是为了避免介入过深吧。毕竟，滞留时间太长的话，很容易遭人怀疑。而你呢，由于在畝傍命案中有完美的不在场证明，所以不会受到怀疑。之后，你便转而用稳妥的方式，考虑如何不出纰漏地推行计划。"

"那么，日纱被害时的那张唱片是什么意思？"

麦卡托脸色瞬间一沉，但很快又恢复到平常的状态。

"唱片本身没有什么意义或必然性。凶手将木更津君从有马房间拿来的唱片用作杀人的小道具，只是想借此让木更津君的那些话有所指，提高其可信度罢了。

"不过，他们漏算了一点，这也是常有的事，那就是静马邀请了我。我不知道静马是怀疑木更津君呢，还是单纯的无法信赖，总之他大概觉察到了什么。"

麦卡托索要第二杯果汁，可是谁都不想走开。于是他只好放弃，缩回了伸出去的手。

"动机是什么？"

警部就像在确认既成事实一般，不断向麦卡托提问。

"菅彦先生的动机很简单。你——"麦卡托面向脸色苍白的菅彦，"想把今镜家的实权收入自己手中，所以杀掉了挡路的伊都、有马，以及不认可你能力的畝傍。

"静马相当于你的堂兄弟，让他活着权益就会减半。椎月是你的姑母,所以更危险。而双胞胎不仅对你是一种束缚,从掩饰动机这一点出发,也是非杀不可的。如果我一直没看出真相,可能夕颜小姐也会被你杀掉吧。"

"怎么可能……"

菅彦的语声近乎呜咽。恐怕他会拼命否认,直到最后一刻。真相如何姑且不论,但看他的模样唯有悲哀二字可表。

"再说木更津君。下面的话可能有点偏离主题。今镜家留有名为'イマカガミ'的唱片,其作者梅德韦杰夫离奇死亡,距今已有七十多年。

"而这个梅德韦杰夫与本案有莫大的关系。昨天我给了香月君一个提示,不过他好像连边儿也没摸着。梅德韦杰夫遇害的原因,直到过了将近四分之三个世纪的今天都余韵未消。这个所谓原因……"

"你有头绪?"

仿佛麦卡托的演讲对象只有警部一人。再看警部,虽然目光凌厉表情严肃,却也是一副听入神的模样。

"就是罗曼诺夫家的隐秘财产!"麦卡托颇具效果地停顿片刻后,继续说道,"如今已是众所周知,当时的沙皇尼古拉二世为提防革命,在英格兰及德意志等国开设了账户。这些都是秘密进行的,作为他逃亡时的资金。与俄罗斯相交甚厚的日本恐怕也保管了其中的几分之一。不过,由于当时日本的银行制度还未确立,所以必须托付给个人。假如受托者就是梅德韦杰夫,以及多侍摩的父亲今镜多野都的话……"

"你是说多野都和多侍摩侵吞了这笔资金?"

"有这个可能。梅德韦杰夫逗留苍鸦城的一九一九年,沙皇一家被暗杀之事已在国内外广为报道。当时,世界头号富豪罗曼诺夫家的巨额遗产不知所踪,知情的只有梅德韦杰夫一人。杀掉他,把这笔遗产弄到手是很容易的事。

"而这个时间段与今镜重工的高速发展期完全吻合,也颇耐人寻味。"

"可是,这跟木更津君又有什么关系呢?"

想来警部是觉得麦卡托在岔开话题,急催着他往下讲。

"最终是为自己写下安魂曲的梅德韦杰夫,究竟有没有后裔呢?

"根据我的调查,他在日本有一个相当于小妾的女人。而梅德韦杰夫的尸体被发现时,这个女人已怀有身孕。从那以后她便音信皆无,腹中的孩子如今也该有七十岁了。换句话说,梅德韦杰夫到底有没有孙子、曾孙呢?"

"你想说木更津君就是?"

"有可能。如果他坚信曾祖父是被今镜家的人所害,如果他化作魔鬼,在曾祖墓前发誓复仇,要把今镜家铲灭的话。"

"他真的是梅德韦杰夫的曾孙?"辻村警部紧握双拳,探身问道。

麦卡托一耸肩:"这个就要请你们来调查了。我只是举个例子罢了。当然,这是最可靠的一种情况。"

麦卡托把整个身子靠向椅背,仿佛在宣布一切都已经结束。那份虚脱感甚至把我也感染了。

"以上就是我要说的全部。"

伴随着这句话,麦卡托长达三十分钟的演说,与充满悲剧性、传奇性的结尾一道落下了帷幕。

谁也没再说一句话。

意外之极的结论令众人目瞪口呆。这不是一个命令你相信就能相信的结论。

然而,也无人能提出有效的反驳。

在这寂静之中,响起了一阵鼓掌声。

啪啪啪啪……

是赞美的掌声吗?

众人一齐回头。

不知何时房门已大开,门外站着一个黑色的人影。因为逆光看不清脸,但拍手的正是这个人。

不久,此人停止鼓掌,慢慢地现出了真身。

"真是有趣的推理啊。"

木更津面露微笑。

第八章　イマカガミ

1

"哎呀呀，是木更津君啊。"

麦卡托面露意外的表情。不，他是真的吃了一惊。看来这一幕并非他演出的一部分。

"你好。"

木更津悠然自得地进了房间。至少这态度不像是一个被指控为凶手的人，又或者只是死猪不怕开水烫？

麦卡托故作镇静，将木更津请至身旁。然而，从拐杖前端的微微颤动也能清楚地看出他内心的动摇。

没有人打算发言。众人死盯着木更津的一举一动，都在观望事态的发展。

"我聆听了你的高论，很有说服力啊。"

木更津沉稳地说着，脸上现出了一贯的超脱笑容。

"谢谢。"

"只是——"

"只是？"麦卡托反问道。声音绵软无力。

"我的身世是非常清楚的。虽谈不上出身名门，可也不是什么梅德韦杰夫的曾孙。而且,据说梅德韦杰夫确有一个曾孙,但那是一位女性。"

"可是……"麦卡托想厉声反驳,但论调中已丝毫不见先前的气势,"光是这些还不能成为否定的依据。说不定你有别的动机,比如,你可以拿到菅彦所获遗产中的若干成作为报酬。"

木更津嗤笑一声。这就是所谓胜者的从容吧。从现在的情况看,谁都明白两人的立场已完全颠倒。

"不管怎么说,我人就在这里,这本身不就能证明我的清白无辜吗?"

嘲笑式的态度。木更津难得说话如此讽刺。

"……你来这里正是出于这个目的。"

麦卡托尖锐地反驳道。然而这不过是单纯的嘴硬,已经没有人再对麦卡托表示赞同了。

木更津一耸肩:"好了,到此为止吧。今天的集会就这么散了吧。"

以他的话为号令,听众们纷纷站起身来。

首先是夕颜,菅彦、雾绘也紧跟其后。菅彦露出安心的表情,向木更津行了一礼。

"这就算结束了是吧?"

警部就像看了一场无聊的单口相声,狠狠刺了麦卡托一句,颇有些幸灾乐祸的意思。

麦卡托则呆然伫立,眼睁睁地看着自身价值体系的崩溃。

没有人去留意他。

"究竟是什么人、什么恶魔、什么神让一切都变成了我的错呢……"

如假包换的败北宣言。斜阳下隐约浮现出一个侦探宅折戟沉沙的身影。

"对了，麦卡托君，下次要轮到你当心了。"

木更津离开之际，转身丢出了一句不明所以的话。

"说实话，我吓了一跳。一回来就发现，不知何时我竟然被当成凶手了。"

我们庆祝了两人的重逢。虽然只有两天，但对我来说很漫长。

木更津坐进黄色的沙发，终于如释重负地叹了口气。这一个个不经意的动作让我安下了心。

如今，在我眼前的不是两天前因打击过大离开宅邸的木更津，而是很久以前的那个健康、好耍贫嘴的木更津。

"先不说这个，你究竟去哪儿了？我可是很担心啊。"

"多谢多谢。我在山里啊，到鞍马山修行去了，还受到了瀑布的洗礼呢。"

木更津胡子拉碴，身子似乎也比以前结实了。衣服虽然还是之前的那套西装，但他和离开宅邸时的形象完全不同。光看脸的话，倒和一个强壮的山里男人差不多。

"不负责任啊。在这期间又有三个人被杀了。"

我讲述了这两天发生的事——万里绘和加奈绘的遇害，以及日纱就是椎月的事。

听到椎月的名字时，木更津似乎也吃了一惊。不过，他只是点头说了一句"是这样啊"。

"我正在反省我不负责任的行为。但是，我只能这么做啊。如果就那样随波逐流的话，我就什么也看不出来了。"

"这么说，你得到天启了？"

木更津是否如查拉图斯特拉①获取启示一般，也得到了某种命中注定的东西呢？

木更津平静地点头道："嗯。修行是有成果的，虽然尚存几处瓶颈……但是，通过这个案子我痛感自己是如何的软弱无力。有人说我像神一样，但其实我连使徒都不是。"

那压抑着情感的语声，微微散发出寂寥之感。说他脱胎换骨未免过于穿凿，但确实有了某种变化。

"我看好你。"

"谢谢。"木更津微笑道。

"不过，我差点儿就被麦卡托骗了。辻村警部好像也信了一半。"

"你别看他那样，其实他是个很有才能的人。就说今天吧，我不觉得他说那些话是出于真心的。"

木更津的话像是在为麦卡托开脱。当然，我记得麦卡托的确时不时地展示过他睿智的一面。

"但是，我总觉得看不顺眼。而且他还老是找警部的碴儿。两个人不太合得来的样子。"

"我倒觉得你和这个麦卡托很像啊。"

木更津不负责任地说笑了一通，然后向盥洗室走去。

"少来。说得我头痛。"

一想到好友木更津也这么认为，我的头当真痛起来了。

"对了，你最后对麦卡托说的那句话是什么意思？"

"啊，那个呀。因为他太聪明了，所以会有危险。总之，有了我刚才的警告，我想暂时不会发生任何事情。"

---

①查拉图斯特拉：即琐罗亚斯德，琐罗亚斯德教（又称拜火教和祆教）的创始人。相传他三十岁时得到天启，成为预言者，创立了琐罗亚斯德教。

木更津剃起了胡子。从刮胡膏的缝隙中渐渐现出了原先的绅士形象。当木更津把头发整齐梳好的时候，就完全回到了他以前的样子。

"接下来我要去几个地方，你也一起来吗？"

"好啊。"我一口答应。

事隔多日的出行令我喜出望外。

我们首先去的是国立K大学医院。医院好像正在增建楼房，北侧挂满了"安全第一"的横幅。这么一来，病人多半也无法好好休养吧。

由于这个星期一直待在苍鸦城，当我看到洁净而又现代化的建筑时，不知为何竟有一种新鲜感。

木更津似乎做过预约，前台小姐打完内线电话后，立刻把详细地点告诉了我们。

"这是要去哪儿？"

静悄悄的走廊里回荡着我的声音。木更津竖起食指，"嘘"了一声。

"你知道中道教授吗？"

"嗯，只听说过名字。"我回答道。

虽说院系不同，但我毕竟是K大学毕业的。

"日本神经医学界的第一人对不对？这点事我还是知道的。"

记得半年前他发表过一篇论文，名为《针对去甲肾上腺素性反应的交感神经抑制》，当时引起了热议。

"是世界第一人啦。"

木更津追加了一句，似在表达对教授的敬意。

"可是，你找这位教授有什么事？"

"你迟早会明白的。"

我不再追问。入山修行之后,他好像变得更神秘了。

我俩沉默不语,唯有鞋底发出"咔嗒咔嗒"的脚步声。来到四楼中道教授的房间前,只见白色的门上悬着"在室"的挂牌。

木更津敲了敲门,里面回应了一声"请进"。

"这个目前还需要保密,所以你先在这里等我。"

木更津毫不客气地说完后,把门关上了。

门内传来了互相问候的声音。没办法,我只好坐在走廊的长凳上等待。我貌似体面,其实也就是个没人理的孩子。当然,木更津每次都这样,过一段时间他会告诉我的吧。

我取出带来的文库本——埃勒里·奎因的《荷兰鞋之谜》,这本书很适合在医院阅读。

我可能在寂静的楼道里等了三十分钟左右吧,木更津终于出来了。

他虽然绷着脸,但又透出了一丝轻松。

"告辞了。"木更津向门内的教授叙完礼,关上了门。

"怎么样?"我合上书问道。

"很好。"

木更津竖起大拇指,但没做任何具体的说明。我直觉他会保密到破案时为止。

"……你在看书吗?让你等了这么久,不好意思啊。"木更津一瞬间露出了吃惊的表情。

随后他又扑哧一笑,咕哝道:"啊,倒不如说是一次别有深意的偶合吧。"

然而,关于这句话他也没有多做解释。

"总觉得你是在故弄玄虚啊。好吧,接下来我们去哪儿?"

"回去啊。"

木更津早已迈开步子,我慌忙追了上去。

"回去……那我干吗要跟着你出来啊。"

"这不是一次很好的散心机会嘛。在那种地方待上好几天的话,人都要疯了。偶尔也得换换空气嘛。"

"好吧,话是这么说……"

我还是一脸依依不舍的表情。

"真拿你没办法啊。要不我们去祇园吧。"木更津就像一个哄孩子的母亲。

"就等着你这句话呢!"

已是傍晚时分,街上亮起了一盏盏霓虹灯。

我们回到苍鸦城是在九点过后。这还是第一次眺望夜晚的苍鸦城。或许是灯光的作用,建筑整体发青发白,这庞然大物让人感到了一种阴森之气。我似乎也能理解了,死神为何会栖息于此地。

我先回到自己的屋子,随后又造访了夕颜的房间。

"请进。"

我敲门后,从里面传出了纤弱的应答声。

"去湖边的准备做好了吗?"我只把门打开一半,问道。

屋里很昏暗,大概是她调低了灯的亮度吧。

"没有。"声音从床上传来。

"你打算服丧到几时,奥菲莉亚,还是说你必须在门外舞蹈?"

羽绒被微微一颤。

"……到了明天,一切都会崩塌。"

这是夕颜的回答。这回答似乎竭尽了她的全力。

"月色可是很美的。"

"……"

我合上门转身离去。

今晚月色癫狂，宛如一把青刀。

"啊，菅彦先生。"

来到楼梯前时，我和菅彦擦肩而过。只见他脚底晃晃悠悠，像是有点醉了。总不至于喝的是赏月酒吧。我以为菅彦从不饮酒，所以略有些意外。

对了，在神经亢奋的时候他还会抽烟。饮酒也是同样的原理吧。

"香月先生。"

菅彦多少有些熟不拘礼地走到我身边。看来此人属于借酒壮胆型。

"雾绘就拜托你了。本来应该由我来保护她的，可是……"

菅彦乞求似的倾诉道。他语音还算清晰，情感之箍似乎也松弛下来。

"……是。"

想起昨天的事，我心中不由一痛。只是，这些话又怎能对菅彦说呢。

"我尽力而为。"

虚无缥缈的声音从我嘴里漏出，然而菅彦并未意识到其中的微妙语义。

只保住她的性命大概不难，但这应该不是菅彦希望我做到的事。

"最后,还不是得由你来保护她吗?"

"从否定马利亚的那一刻起,我就已经完结了。"

为了永生,人必须先去死。这是马勒①的遗言。然而,第一记木槌就已将菅彦击为尸骸,对他来说,久生只是虚幻之物。

"……木更津先生进展如何?"

他似乎在通过我观看木更津的影子。

"啊,他说他已经快到最后一步了。我想明天他就能破案了。"

"是嘛。"

菅彦发出一声叹息。不知从何时起,他的身子靠在了墙上,好像连站着也很累似的。

"这么一来,那孩子也能得救了。她一定会得到祝福吧。"

"如果是这样就好了……"

我语焉不详起来。倘若菅彦一直这样下去,是不会有什么进展的吧。

"我不希望再有任何人死去。"

同感。

菅彦霍地从墙边直起身。

"你喜欢夕颜小姐对吗?"他的嘴边绽放出笑容。

突如其来的话语一瞬间令我措手不及。

"……是啊。"我颔首道。

也许是的。

不,应该是吧。

总觉得菅彦的解读多半正中要害。

---

① 马勒:古斯塔夫·马勒(1860—1911),杰出的奥地利作曲家及指挥家。他在自己创作的第六交响曲第四乐章中,特意安排了三次纯自然的槌击,三次打破处于高潮的音乐。根据马勒对妻子的叙述,这表现了"英雄受敌人三次打击,在第三次像大树一样倒了下去"。故有后文的"第一记木槌"的比喻。

只见他的脸上多了几分阴沉。

"你怎么了?"

他是否已经意识到,正是因此我才无法成为雾绘的神呢?

"夕颜小姐也很可怜啊。"

"可怜?"

是说静马的事吗?

"那件事我们也是知道的,所以,尽管我们对她没有排外之心……"

"是指养女这件事吗?"

"夕颜小姐其实就像一件活祭。"

多半是酒精的关系,菅彦变得饶舌起来,对我的问题也是毫不犹豫地做出了回答。放在平时他是绝对不会开口的吧。

"这是怎么回事?愿闻其详。"

"御诸伯父明明有了静马这个儿子,还要收夕颜做养女,是有其深层原因的。"

"不是单纯的养女吗?我觉得想要女孩的人是很多的。"

"不。"菅彦摇头道,"不光是为了这个。香月先生,你看了今镜家的人员构成后有何感想?"

"构成吗……我不太明白。"我老实地应道。

"你没注意到吗?这里没有'女性'啊。"

我不太能领会菅彦的话中之意。

"我的母亲也是如此,从外面嫁入今镜家的人都已早早谢世。另外,血亲当中,不管是双胞胎,还是椎月姑母、雾绘,都绝无幸福可言。"

"……这只是偶然吧。"

然而,菅彦的话给了我沉重的压力。

有马、伊都和畝傍的妻子都已经去世。而菅彦自己也在悲痛中失去了本该称之为妻子的女人。

今镜家缺乏家庭的氛围，也许正是出于这个缘故。

"我也希望是这样，毕竟马利亚的事是我的责任。可是，父亲和叔伯们好像相信这一点。因为他们都与各自的夫人死别了。"

话虽如此，但菅彦既已搬出这套说辞，毫无疑问他也是受宿缘束缚的人之一。

"但是，绢代夫人怎么说？她不是终享天年了吗？"

菅彦的祖母绢代夫人一直活到了两年前。虽然我不认为她能永远保持肖像画中的美貌容颜，但毕竟活到了将近九十岁，完全是寿终正寝。

"最相信、最恐惧这一点的人恰是我的这位祖母。"菅彦略有迟疑地答道。

"绢代夫人吗？"

"祖母得知过门的媳妇接连死去后，生怕下一个就是自己。而祖母亲自打破了这个迷信，只能说是一种讽刺了。"

"收夕颜小姐做养女是为了让她替代自己吗？"

我说出了这个连自己都不敢相信的想法。作为神话时代的一则悲剧也就罢了，如今可是连二十世纪也只剩下十年的现代了。

"可能是。因为力劝御诸伯父的就是祖母。"

这么说来，夕颜其实是替死鬼？她并非作为家庭的一员，而是作为绢代夫人的替身被招入了家门？

就像对待一个人偶。

"太过分了！"充满感性的话情不自禁地脱口而出。

"不过，"菅彦摆出一本正经的模样，"我宁愿相信她是作为迷信破除的象征被迎入家门的。"

"这个解释未免太自以为是了。"我厉声攻击道。

"我当然知道。可我只能这么想啊。"

菅彦自我辩解似的强调道，但只是平添了一分空洞。

我调匀呼吸，接着问道："那么夕颜小姐知道这件事吗？"

"不清楚。但是……"

他的话就此中断了。

我撇下被家庭的重负压垮、垂首不语的菅彦，走上了楼梯。我已经不想再说什么了。

"但是……如果……"

菅彦始终低着头，直到在我的视野中消失。

2

古人有云，早晨的第一遍鸡鸣能赶妖驱魔。被妖怪袭击的旅人因鸡叫声得救的民间传说遍布各地。

然而，即便太阳升起、人已醒来，我的心中仍是一片暗淡。

并不只是因为菅彦昨晚的那番话让我介怀。迄今为止发生的事、一切关联之物都令我心情沉重。

不过，眼前已出现一缕曙光，虽然微弱朦胧，但那是一种类似预感——近乎确信的东西。

抬头看钟，已经过了十点。我整顿装束，来到了夕颜的房间。同时心里怀着一项决断……

夕颜已经换好衣服，穿着与我们第二次见面时一样的黑色礼服。她看到我时，似乎有点吃惊。

"香月先生，早上好。"

语声依旧无精打采。不过，在朝阳的映照下，可以看出她病怏怏的表情带着几分柔和。

我疾步走到床前，抓住夕颜的肩头。

"我再也不说去湖边了。我们上街逛逛吧。"

这不容分说的态度或许强硬，但手段正当与否对现在的我来说并不重要。不管怎样，目的为先。作为悲剧结尾袭来之前的最佳方案……

夕颜似乎被我的气势所压倒，没怎么反抗就顺从了。

我俩离开被终末的紧迫感所笼罩的苍鸦城，驾着Piazza车下山去了。

"你还真是硬来啊。"

当周围稀稀落落有人家出现时，夕颜终于开口了。从她的话里感觉不到否定的意味。

"不这样的话，你就无法从壳中脱身了。"

"好老套的想法。"

"请称之为古典的想法。"

夕颜面露卑屈的笑容，与平日的轻笑不同。然而，我没有回应她，只是默默地打开了车上的立体声收音机。

首先去的是岚山——曾经被誉为京都最美的地方。

我俩下车后，沿岚峡的南岸步行。想是穿得单薄了些，只觉冬风冷彻入骨。倘若伸出手去，怕是会化作尘土消散殆尽吧。

人流稀疏。京都引以为豪的红叶早已凋落，唯有枯木凄然峭立。像是存在于水墨画中一般的单色世界正沿着河岸延伸开去。如此时节，就连风光明媚的岚山似乎也成了人生由秋入冬的象征。

我看着夕颜，但无法读懂她的反应。帽檐在她的眉目间落下了一片阴影。

她只是凝望着桂川上掀起的一道道耀眼的涟漪，时而被鱼儿的跃声引得回头观看。

这也许是某种征兆。

"你是第一次来岚山吗？"

"是的。"夕颜的音色还是那么地沉寂，"为什么带我来这里？"

我们已经持续行走了二十多分钟了。无论走到哪里，眼前都是一样的风景。

夕颜似乎还没有领会我的意图。

"你迟早会明白的。现在我们回车上去吧，越来越冷了。"

一阵风吹过了荒野。

两个小时后，我们走进了四条①的咖啡馆。店面有两层，很宽敞，但与闲静的山中不同，里面只有两三个空位。或许是周六的缘故，顾客大多是成双成对的年轻人。

我点了两份摩卡咖啡。夕颜坐在我的对面。

"你还是很阴郁啊。心情无法好转吗？"

"仅靠眼睛感知的东西，不过是瞬间的虚幻罢了。"夕颜坚守着自己的壁垒。

"沁入不了你的心灵吗？"

"因为是感情的问题。"

冷淡的回答。莫非静马的死仍牢牢地占据着她的心灵？

思索片刻后，我问道："你想留在那座宅子里吗？"

---

①四条：京都市的地名。

"我又没有其他可去的地方。"

"可能被杀也不要紧吗?"

这时,侍者端来了热气腾腾的咖啡,打断了紧张的气氛。

又一声叹息传来。

刚才的问题也许是令人痛苦的,然而,必须回到那座宅邸应该是程度更甚的拷问。

我啜了一口眼前的咖啡,目不转睛地注视着对面的女子。她外表看来十分坚毅,这大概要拜她身上的黑礼服所赐。

不久,夕颜一边搅拌着咖啡,一边低声说道:"既然这是今镜家的宿命……"

"你可没有今镜家的血统。"

"但是……"

我自己都觉得这句话十分残酷。

夕颜脸朝下方。长长的黑发散落在桌面上。

"我多半还是无法忘怀,所以……"

"还真是巧言令色啊。不过,那件事是真的吗?"

她始终停留在一圈圈奶油上的视线,再次移向了我。

"你说什么?"

"我曾以为你爱着静马先生。你们虽然是兄妹,但并没有血缘关系啊。恐怕你自己也相信是这样吧。"

"你说什么?"夕颜再次问道。声音比刚才要响亮一些。

"夕颜小姐,你真的很悲伤吗?"

匙子的运动停止了。杯中发出了声响。

"我……"

"你真的爱静马先生吗?"我连珠炮似的发问。

这是一场赌博。谎言与真实相隔一纸。能否成功尚不知晓。

"你的悲伤并非指向静马先生,而是指向面对静马先生之死的你自己,不是吗?这三天来你所做的不是对死者的吊唁,而是自我陶醉。静马先生的死只是一个符号。"

夕颜似乎感到了愤怒,但很快就克制住了自己。

"你的话很过分啊。但是,我爱我的哥哥,比世上的任何人都爱。"

然而,表述得如此直接反而暴露了她情绪上的混乱。

我当即驳斥道:"这是幻象!"

"你,想叫我崩溃吗?"

夕颜严厉地瞪视着我。这是她第一次表露出愤怒的情绪。

"这应该是你所希望的。这句话本身不正是你一直在等待的吗?你把静马先生比作塞尔能。可是,塞尔能原本就是一个伪圣者啊。他领悟到的死是幻想中才能抵达的真实。"

"不能因此……"

"即使你自己没有认清这一点,但你的行动也显示了你所有的心理,表明你的爱只是一场虚构的梦。"

"我为何一定要那样胡言乱语呢?"

"因为你想通过这个梦逃避迫近的现实,不是吗?"

"……"

夕颜沉默了。恐怕她已认清了真正的自己,但又不愿意承认吧。

因为承认了就如同亲手杀死了自己的哥哥。

"静马先生反抗命运,雾绘小姐准备接受命运。而你是在逃避命运,逃避以命运为名的现实。"

"我……"

夕颜的话含混不清。她脸上的荫翳消失了,露出了深藏于其下的憔悴。

"你的一切行动的依据无非就是你自己。静马先生对你来说反倒像是一个木偶。"

"不。"夕颜在抗拒。

"是的。那是困扰着你的奇点方程式的唯一解。"

"所谓解答只能是自我破坏。"

"不，是修复。"

"不。"夕颜再次抗拒。她在竭尽全力地逃避。

"如果否定你将万劫不复。"

"我……"

"你应该也意识到了吧。"

"我……"

"你的心里已经没有静马先生了！这不正是你刚才承认的事情吗？既然如此……"

"你想让我怎么办？"

夕颜陷入了暂时性的歇斯底里。她的逻辑已然崩溃。

嘭！

我站起身的同时，用双手叩击桌面。

店内的顾客纷纷向这边观望。尽管我俩被迫暴露在不期而至的目光中，但我的举动似乎有效地抑制了夕颜的情绪。

见她已平静下来，我扶正眼镜，理了理衬衫的领口，随后说出了我的最终结论。

"我们结婚吧。"

"哈？"

也许是被我的气势所慑，也许是事出突然，夕颜茫然地看着我。

"这是什么意思？还是说……"

"我是认真的。"

说完，我盯住了夕颜的眼睛。

"为什么要这么做？"

她略有些结巴。

我坐回椅中，进行了一番说明。这或许是一次决定性的、能左右今后命运的说明。

"这是唯一合乎逻辑的解决方法。我能够理解你，也只有我能够理解你。而且……我拥有你一直在追求的东西。"

"……这就是你的回答吗？"

"是的。"

沉默向我们袭来。然而，我的视线绝没有离开过夕颜。她也是。

我们就这样互相看着对方，大约有一分钟吧。

当咖啡馆的背景音乐悠扬地在耳边响起时，夕颜将飘散的长发撩向耳后。

"……如果是这样的话。"

她平静地点了点头。

3

当我凯旋、回到房间时，就见木更津正躺在床上听唱片。是"イマカガミ"。那悲凄的旋律化为赋格，反复不断地涌现出来。

夕颜正在打点行李，准备离开这里。为了摆脱今镜家不祥的囚笼，她必须这么做，同时也是为了打破静马的虚像。

"辻村警部马上就要到了。"

木更津语气冷淡，连眼睛都还闭着。

"这是要结束了吗？"我吃惊地问道。

等警部来了，一切是否都会得到解决呢？

"嗯。"木更津点点头。

这语声又好似神的审判，只是从中听不出一丝满足感。

"真的要结束了。"他反复确认似的说道。

"太好了。"

"对你来说是双重喜讯吧。"

木更津洞悉一切似的笑道。对他来说，读出我的内心活动恐怕比小学算术还要简单。

"希望是这样啦。"我坦率地承认了。

木更津忽地坐起身，举起了手边的资料袋。那是一个茶色的事务用信封。

"刚才清原君拿来了这个。"

清原是木更津侦探社的社员，与我和木更津同年——其实侦探社的社员大多是三十岁左右的年轻人。

"这是什么东西？"

"是我昨天托他们办的，有关麦卡托君的调查报告。"

"麦卡托？他和这个案子有牵连？"

麦卡托被列入嫌疑人名单了？这也是一个盲点，但同时我又觉得比较薄弱。

"从某种意义上说。"

木更津不再赘言。直到最后的最后，他还想藏一手吗？

木更津即将完成的破解中究竟包含着怎样的波澜呢？面对不甚明朗的未来，我感到了隐隐的不安。

"麦卡托是凶手？"

"不是。这样的话不就跟麦卡托君的逻辑一样了吗?"

木更津使劲摇头,那意思像是在说"别把我和麦卡托混为一谈"。

"你迟早会知道的。现在我们去麦卡托君的房间吧。"

与不久前的那一天不同,外面没有下雪。不过,从窗口倾泻而入的金色光辉让人想到了天使降临的一幕。

镇魂曲也已来到第三乐章,如弥撒曲一般光彩熠熠。与生命的凯歌相去甚远,却又充斥着无机质的安乐。

"我最喜欢这一乐章。"

木更津大概听过无数遍了。

他缓缓地站起身,拨起了唱片机的唱针。

凑巧的是,我们在走廊上碰到了辻村警部。堀井刑警也跟在后面。

木更津告知现在要去麦卡托的房间——其实就在隔壁,辻村也随同前往。

看来警部也预感到木更津即将破案。他的表情就像一个离峰顶咫尺之遥的登山家,压抑着的每一个动作都透着紧张之感。

之前的辛劳如走马灯一般……不至于这么夸张,但多少应该有那么一些感慨。

木更津敲了敲麦卡托房间的门。

然而,没有回音。

门没有锁……那便如何?

似有轻微的齿轮龃龉之声从某处传来。木更津恐怕也已经意识到,自己的逻辑开始偏离了正轨。

咔嚓咔嚓……齿轮联动,化作了庞大的传动装置。

木更津迅速打开门。

铺陈于门后的世界——

无头死尸,以及桌上的人头。

那是麦卡托的头颅。

悲惨的结局已然启动,就连木更津也不可能防患于未然,正如谁也无法改变自己的命运一样。

"他为什么会被杀!他应该知道自己有危险啊!"

木更津一脸愕然地喃喃自语道。胜利的预感急转直下,变成了悲剧的序章。不,应该说是喜剧吗?

"犯罪艺术中的阿波罗神"——这是我曾经对木更津做出的评语。

手执名曰"睿智"的黄金弓,射出逻辑之箭。箭之所指总是准确无误,令任何犯罪者都无处逃遁。

是的,在此之前……

白昼拥有太阳的同时,夜晚拥有疯狂的月亮。苍鸦城始终笼罩在黑暗之中,木更津的失招便在于此。

包裹着死亡的黑暗……

木更津原本期待卷土重来,却得到了有失稳妥的结果。可以说,这也要拜那黑暗所赐。

麦卡托的头上戴着印有商标的大礼帽,从低垂的帽檐下能看到那张因惊愕而扭曲的脸。圆睁的双目仿佛在告诉我们,它们已经张开到了极限。

加之躺倒在桌边的那具"无尾晚礼服",我甚至有一种错觉,麦卡托如今还在说着玩笑话。

他的肌肤还保有血色,看来遇害还不到一个小时。

"这话是什么意思？"警部问道。

相比麦卡托的死，他似乎对木更津的态度变化更感到吃惊。

"是问这个'为什么'的意思吗？他应该清楚自己的命运。谁知……为什么会变成这样……"

木更津语速飞快，浑然忘我似的不断絮叨着。

"'命运'吗？"

"他……这位麦卡托君是椎月的儿子。"

"麦卡托？"辻村叫起来。

看来警部颇为意外。他将视线从麦卡托的头转向木更津："到底是怎么回事？"

"龙树赖家……这是他的本名。'龙树'是父亲那边的姓。"

"这是那个……"

我再次打量麦卡托的脸。莫非他也是深受今镜家血统束缚的人之一吗？

我想起了麦卡托得知日纱是椎月时的激烈反应。之前他从未显露过那么有失气度的表情，哪怕只是短短的一刻。如今我能够理解了。没有人不会为母亲的死哭泣。

"我调查了椎月的血亲，同时也调查了麦卡托君的来历。结果就在这些报告里。"

木更津把信封递给辻村，手势中透出焦躁之感。不过，他好像恢复了镇静。

"然后，这两份报告的结论是一样的。"

警部"哗哗"翻过几页报告书，大致浏览了一遍。

"龙树茂久——也就是椎月私奔的对象，四年前去世了。椎月生下孩子后也是下落不明。当然，她其实也在苍鸦城。而这位椎月和龙树茂久的孩子就是麦卡托君。"

"今镜……"

"没错。我等之外的一切都归结于这个'今镜'。真的很可怕,不是吗?"

木更津当真颤抖了起来。

"麦卡托……"

警部抬起头,将资料放回信封。

"他恐怕知道自己的身世。正因为如此,我才认为他不会轻易被人杀掉。然而,我设想得过于乐观了。明明我已经知晓了一切。"

木更津追悔莫及。对他来说,这次的失态也许比多侍摩开棺时更为严重。

"到头来,在这桩案子里,我好像直到最后都没能占据先手。就连将死对方的一手也不得不听从对弈者的解说。"

木更津垂头丧气。这是他败给自身极限时的姿态。

"那凶手是谁?"

"在悲剧已成为现实的如今,教堂应该给我们出示了答案。"

木更津沉静地答道。随后,他默默地迈开了步子。

第九章　悲惨的结局

1

我们紧紧跟着木更津。

因麦卡托的死而鸣响的丧钟，终于将迎来由木更津导演的最后一幕。然而，他步履缓慢，仿佛不愿向教堂走去似的。

我并非不能理解。因为木更津具象化的败北恐怕正在那里等着他。

我催促木更津，不料他却停下了脚步。

"已经晚了。一切准备都已就绪。接下来的就只是等待观众了。"

"是凶手吗……"

我看着木更津。警部和堀井刑警也在追问。

"是啊。"

木更津点头，随后迈入楼梯，发出了"嘎吱"的声响。

"在这件案子里……"

他语气平和，就像刑侦剧中的旁白音，又似在预先解说最后一幕的须知事项。他进行的也许正是凶手所期望的最后一场戏。

"这件案子里有许多小道具,而且还是我们乍看没有必要、没有任何意义的道具。但是,对凶手来说,其中必定含有某种意义——或者说是意图也行吧。

"到底是什么呢?是'缺失的一环'。其实答案就在眼前。然而我直到前天才意识到这一点。在那之前我如堕五里雾中,不,应该说我明白其中存在着深意,但几乎完全抓不住具体的内容。凶手意图太过大胆以至于我反而看不出来。

"不过,唯有凶手怀着莫大的优越感在挑战我们这一点,我能感觉得出来。也就是说,我认为那些不必要的装点其实是冲着我们来的。"

木更津中断了话语。

他在大厅向右折,走入去往教堂的晦暗通道。周围回荡起了阴森而又颇具音效的脚步声。

"各桩命案里都有特征明显的装饰,这显然是凶手的布置,而且极具暗示性。"

木更津一口气说了下去。这时已没有人再插嘴。

"首先是伊都——斩首是所有命案的共通点,所以排除在外——被砍下脚,装上了甲胄的铁靴。是的,砍脚不是目的,凶手砍脚是为了能让双脚穿上铁靴。因为不砍掉的话,就无法套上相对较小的铁靴。

"接着是有马,在密室中被杀害,尸体上撒着一些橘核。此外,畝傍的脸像歌舞伎艺者一样被白粉涂得雪白。和马拉[①]一样在浴室被杀的静马,死时自然是全裸的。而远在一个月前遇害的多

[①] 马拉:让·保尔·马拉(1743—1793),法国大革命时期著名的活动家和政治家。一七九三年遇刺身亡。当时他染上了严重的湿病,为减轻病痛以及不影响工作,他每天都在泡有药液的浴缸里坚持工作,所以被刺杀时人在浴缸里。

侍摩是在棺材里被发现的。被一起杀害的加奈绘和万里绘是双胞胎。日纱即椎月的头颅被摆在 LP 唱片上，唱片的曲名是《死神与少女》以及德沃夏克的《美国》。是的，重点并非 A 面的《死神与少女》，而是收录于面朝上方的 B 面的《美国》。最后，麦卡托君是戴着他那顶心爱的大礼帽死的。"

木更津歇了口气，又说："这些意味着什么？只列出要素的话，当能发现其露骨的指向。靴子、密室与橘核，白粉、裸体、棺材、孪生子、美国、帽子……"

"不可能！"

警部唾骂似的叫道。

"……怎么可能！"

警部又吼过一声后，便不再言语，像是在心中反复咀嚼木更津的话。

我也清晰地看到了凶手的疯狂。

"完美的比拟杀人。《荷兰鞋之谜》《中国橘子之谜》《法国粉末之谜》《西班牙披肩之谜》《希腊棺材之谜》《暹罗连体人之谜》《美国枪之谜》《罗马帽子之谜》……凶手把奎因的国名系列作为杀人主题，逆向利用了名侦探埃勒里·奎因挑战并已征服的十次冒险。"

木更津站在礼拜堂的门前。

是我的错觉吧，总觉得与上次见到时相比，用具有腐朽气息的"黄昏"来形容这座礼拜堂更为合适。

"……凶手为何执着于国名系列？为何执着于斩首呢？其实一切都只是为了这一瞬间的表演。"

"这是一条高远宏伟的伏线。"

木更津庄重地将门打开。

唯有令人晕眩的光芒从门里漏出。我们处在逆光之中。

我和警部同时向礼拜堂中望去。

灯火璀璨，光亮全都集中于一点。

位于两幅马利亚像之中心的十字架。高达两米的金色磔台，宛如从背后的阴影深处脱体而出一般，浮现在我们的眼前。

然后……

然后，被绑在俄罗斯十字架上的并非神之子耶稣，而是菅彦。头顶上的耶和华端详着整个世界，仿佛在宣告一切的终结。

下凡的神明想借助菅彦的身体诉说些什么呢？

集堂内光明于一身的菅彦，正毫无阻挡地在三米的高处俯瞰着我们。

不，这么说也许不对。因为用于观看和说话的头部并不在它本该出现的地方。

菅彦的手脚沿着十字架，呈T字形展开。

"这是……"

木更津曾指出，凶手迄今为止的一切行为都只为这一目的而来，我不得不承认他是对的。虽然已在一定程度有所预测，但我们受到的强烈冲击，足以抵得上这七天来的"卡塔西斯"。

往昔，有可能存在被演绎得如此完美的艺术吗？

菅彦的头颅被供奉在圣坛之上，犹如为神与人类的未来甘愿牺牲的殉教者、统率这一片混沌的律神……

"《埃及十字架之谜》完成了。"

木更津平静地低语道。

2

太初有言,言与神同在,言就是神。①

然而,语言并不存在。有的只是神与寂静。
不久,有人以语言打破了寂静。
是木更津。

"这是雾绘的美学。她已经到达了顶点。"木更津喃喃自语,仿佛近身看到了一件至高无上的艺术品。

"为什么要这么做?"辻村问道。他的眼睛仍然停留在菅彦的胴体上。

"你问我为什么?你问我有什么理由?说实话,我不想回答。因为这标示了我的败北。"

看来被菅彦的现状击垮的不光是我和警部等人。从另一层意义而言,木更津也受到了冲击。

"不过,如果胜方雾绘希望谜团被解开,那我也不得不担起福音传教士的义务吧。"

没人发言。众人只是在等待木更津接下来的话。

"从何说起呢……好吧,就先从我的无能说起吧。"

木更津在长凳上坐下。他语调淡然,甚至连一丝略带自嘲的笑容也没有。

"说起来,我本应该更早地知道雾绘是凶手。线索十分充足。

---

① 《圣经·新约》之约翰福音第1章的起始句。英文是 "In the beginning was the Word, and the Word was with God, and the Word was God." 中文译为 "太初有道,道与神同在,道就是神。"日文译为 "初めに言葉ありき、言は神と共にあり、言は神なりき。"也即日文直接将 "word" 译为 "语言"。为了与下文配合,以中文译文为底,将 "道" 改为 "言"。

但是，由于某个事实，我没能看出真相。"

"线索？"我问道。

"请回想一下伊都被杀的情景。伊都脚踝以下的部分被割掉了，切下来的两只脚在哪儿？"

"被藏在伊都书桌的抽屉里。可能是为了提高搜寻难度，凶手还在上面堆了资料和信封，而在最上面的是一封要寄给河原町侦探的信。

"一看就知道这是一封委托书。伊都准备委托这位侦探办的……是关于雾绘的事呢，还是完全不同的另一件事，我就不清楚了。因为信中什么都没写。总之，这应该是一件需要紧急处理的事。他打算同时委托另一个比我更知名的侦探。如今，我不想再对这件事说三道四了。现在的结果恰恰显示了我确实能力不足。"

"河原町来也一样。"警部说道。

他的态度虽然冷淡，但从中能窥见一丝父性的温柔。

"问题在于信封。给河原町侦探的信没开过封，就连用蒸汽或其他手段拆封后又粘回去的痕迹也没有。凶手没有动信，只是把信封放在掩盖脚的各种资料上。另外，由于信封里的信是伊都被害的那天晚上写的，所以凶手无法在此之前偷看。是这样没错吧？"

"嗯。"警部点头道。

"然而，凶手却没打算拆信。明明表面用大号的字写着河原町侦探的名字。如果是我的名字，可能知道的人还不多，但侦探'河原町'这个名字，在京都一带妇孺皆知。此外，这个名字又很特殊，一旦写上'河原町'三个字，怕是所有人都会在第一时间想到河原町侦探吧。凶手若是看到信封，当能明白伊都正委托侦探办某件事。然而，凶手却完全不感兴趣。如果伊都的委托内容关乎凶手自己，事情不就败露了吗？凶手为什么不看信呢？"

谁都没有回应。木更津没有明示答案，只是径直往下说。

"还有加奈绘和万里绘被害时留下的信。纸上用图标出了湖的位置，关于时间只写了'2点'①。可以认为这是一封锦书，是为了偷偷地把双胞胎约出来。但奇怪的是，纸上除了时间，就只有'秘密'这两个字，而且还是平假名。

"一般情况下，总会写一句'请两点来湖边，要绝对保密'之类的话。就算那对双胞胎再怎么不像样，也不至于读不懂文字。香月君遇到姐妹俩时，万里绘不是还拿着青少年版的福尔摩斯吗？从结果来看，这封信虽起到了作用，但明显信息量不足。

"这里面的共通点是什么？你们明白了吗？"

"凶手不识字？"辻村答道。不过，看他的样子似乎还不太信服。

"是的，我也是这么想的。莫非凶手是一个文盲？莫非凶手不是对信不感兴趣，而是因为看不懂收信人的名字？

"给双胞胎的锦书也是。只写了'2点'和'秘密'，也是因为凶手不知道更多的字词吧。

"到伊都命案发生后不久为止，双胞胎一直是我心目中的凶手形象。不是文盲，但识不全字。

"但是，这个假说马上就能被否定。因为凶手曾给我寄过恐吓信。而且，就结果来说，凶手既已模仿了奎因的国名十作，就不可能是个不能读书的人。"

---

① "2点"的原文是"2じ"，"秘密"的原文是"ひみつ"。前文有详细的注释。

"那到底是怎么回事？"警部催促木更津往下推进。

现阶段，木更津的解说本身受幻象所困，已不能称其为解说。

"最后，我终究没能得出结论。但是，以下的事实给我带来了光明。一个是后来变得很重要的德沃夏克的唱片。那张唱片是国外制作的，起初我没有意识到其中的重大意义——明明国内制作的唱片也有销售，而且还更容易买到。

"另一个则是为双重杀人案赋予动机的《勒克纳诺瓦书》。加奈绘和万里绘在教堂发现的是拉丁语／英语对照版。我想，凶手可能是在这里的图书馆发现了这本书后，想到了耶稣的谋反。问题是，拉丁语／英语版旁还放着日语版，可凶手读的却是拉丁语／英语版。

"推到这一步，凶手显然已不可能是文盲。然而，这些事实引出了一个新的解释。"

木更津在此处一顿，接着说："这个新解释太简单了。凶手不是不识字，而是不识日语。

"莫非凶手只能读英文？

"国外制作的唱片、拉丁语／英语版的《圣经》，以及只有用简单的平假名写下'秘密'和'2点'的信。

"所有的一切都昭示了这种推理的正当性。

"而苍鸦城中只有一个人符合这个条件。母亲是外国人、直到短短五个月前还在母亲的故乡美国生活的女子……"

"雾绘吗？"警部问道。

"这么说来，雾绘老在户外读的那些确实都是外文书。只是，我没想到她看不懂日语。"我透露道。

"那是因为她在极力隐瞒。我也是在昨天才想到雾绘可能读不了日语。如果案子刚发生时我就知道这个事实，也许还能更早地锁定她。"

"但是，那封恐吓信怎么解释？"我问道。

恐吓信是用日语写的，不，是用日语贴成的。

"这一点成了瓶颈，恐吓信的存在始终在妨碍我的思考。"

"不是凶手寄的？"

"对。当我确信凶手不会书写日语时，心里就想，关于恐吓信我是否犯了一个根本性的错误呢？莫非这不是凶手而是别的人寄的？但是，这个解释偶然性太大，也太想当然。

"不过，恐吓信和伊都的委托信被同时送到这一点让我很在意。实在是太凑巧了。只能认为凶手瞅准伊都寄信的当口，立刻给我寄来了恐吓信。

"然而，再冷静地想一下，就会发现这几乎是不可能的。伊都写完信，应该马上就投寄了——因为这毕竟是一封短信。而且，一得知伊都把信投入邮筒，凶手就寄出了恐吓信，这在时间上也是不可能的。去最近的邮筒跑个来回，即使开车也需要将近一个小时。"

"那你的意思是恐吓信不是凶手寄的？"警部问道。

"不光是凶手，其他任何人都无法寄出恐吓信，能做到的只有一个人。"

"一个人？"

"是的。也就是说，恐吓信是一起被送达的，也是一起被投入邮箱的。"

"这个怎么说？"

"是伊都寄出了恐吓信！这个想法和刚才的逻辑不矛盾。凶手没有寄恐吓信，而凶手和伊都之外也没有第三者参与此事。"

"可是，伊都为什么要做这种事？啊，对啊！"

"看来香月君已经明白了。"

木更津看着我，微微一笑。

"麦卡托君在他的推理中这么说过，我自己写下恐吓信是为了获得一个合适的前往今镜家的理由。因为我是那种恐吓信一来，反而会兴趣大增、前去挑战的类型。

"这一点我也不否认。因为事实上，我也确是如此这般才来的苍鸦城。

"假如伊都也设想到了麦卡托的这个思路，又当如何呢？

"与其在委托信里长篇累牍地写下委托内容和烦恼之事，还不如加一封恐吓信寄出去效果更好、更扎实。如果他是这么想的话……"

"原来伊都是为了把你叫来，自己制造并寄出了恐吓信啊。"警部似乎信服了。

"是的。伊都巧妙地利用了我的脾性。警部把手搁在伊都的书桌上时，掌心沾到了糨糊，那是伊都在剪贴恐吓信时漏出来的。这算是一个小小的旁证。

"总之，一切阻碍都由此被排除，我终于能得出结论了，即凶手是雾绘。"

只是，木更津的样子正如他自己所说的，乃败者之态，以往破案时那种陶醉于胜利之中的姿态已荡然无存。

"我光是为了走到这微不足道的一步，就不得不闭入山中。"木更津凝视着眼前的菅彦，"而她却在住了仅仅五个月的异国他乡，而且还是独自一人，就做成了这么多事。她才称得上是真正的天才……"

素来厌恶旁人称赞凶手的辻村，此时也不再发表异议。

"当然，也许她是超越一切的神。"

木更津叹了口气,随后开始讲述案子本身。

"比拟奎因的国名十作……这个构思可怕而又异想天开。如果没有相应的环境、相应的人物角色,是做不成的。然而,这座宅子一应俱全。所有的棋子,所有的舞台设施……"

木更津坐上长凳,仿佛站着是一种巨大的负担。

"先从伊都-有马被杀案说起吧。伊都向我们发出了委托。就像我刚才说过的那样,这件事雾绘插不上手。对雾绘来说,我们的介入虽然在她的预料之外,但这也许只堪比一次有益的刺激。于是,她略微修改了剧本。于是,我不由自主地出演了过路人的角色,以增强戏剧的效果。

"然而……神——就让我称之为神吧——没有满足,而是用进一步的恶作剧将我们引入了混沌的迷宫。那就是'地狱之门'的密室。"

"密室吗……"警部并没有否定木更津的说法。

"让我来按顺序说明吧。受雾绘花言巧语的指使,有马当天悄悄回到了自己的家。

"时间是半夜三点多,一无所知的有马在雾绘的引导下正要回自己房间。这时,雾绘从背后用钝器击打了有马。虽然只有一击,但劲道十足,所以有马像是死了。至少雾绘是这么以为的。事实上,正如之后判明的那样,他只是昏了过去,还没到断气的地步。这一点很重要,请你们牢记在心。

"雾绘把晕倒的有马搬进伊都的房间。屋内另有雾绘(以为)杀死的伊都的尸体,其实伊都也只是昏了过去。

"雾绘打算遵照《勒克纳诺瓦书》,按菅彦屋里的那幅画对两人进行处决。也许她把自己当成了神的再世。这一行为具有神圣性，同时又充满着恶魔的气息。这一点从残忍的处决方式中就能窥得一二。

"雾绘让两人并列坐倒在地毯上，一刀同时斩下了两人的头颅。现在我甚至知道两人坐在地毯上的顺序。如果雾绘从右边挥下了大砍刀，那么面对他们来看的话，当是伊都在右，有马在左。"

"这个很重要吗？"

"是的。"

木更津点点头，他的脸上已经没有笑容了。

"到这里为止，一切都在按计划进行着。就算手法再怎么非比寻常，如果仅是把人杀了，情况也只会变得与其动机相匹配吧。

"然而，就在这一瞬间，神的手介入了。也许该说这是老天爷一时的心血来潮……"

我知道木更津的情绪正在渐渐高涨。他一边解说，一边自己却兴奋了起来。我们都在等待下一句话。

"雾绘从水平方向斩下了两人的头。锐利的刀刃当是在一瞬间完成了任务。电光火石之后，留下的本该是两颗头颅和两具躯体。如果顺利的话……

"你们知道'降达摩'游戏的要领吗？用木槌水平击打，让最下面或中间的木轮顺利地横飞出去。但是，如果失败了，因重力和摩擦力的关系，上面的木轮也会跟着一起飞出去。积木当然也会彻底倒塌，使游戏失败。

"雾绘也犯下了同样的错误。还不明白吗？雾绘挥下了砍刀，不，是水平砍出去的。然后……可怕的是，刀通过伊都的颈项时，伊都被切下的头颅留在了刀面上。

"事情发生在短短的零点零一秒之内，所以雾绘不可能发现这个异变。载着伊都头颅的刀直逼就在近旁的有马的颈项，砍下了有马的头。

"就是这个时候，有马的头颅被由刀面带来的伊都的头横向撞开。同时，在物理学的作用力与反作用力法则下，伊都的头也受到了一个相反的力，被反向推出刀面。距刀刃仅数毫米之遥的下方，就是有马躯体上的切面，而伊都的头垂直下落，不偏不倚正好安在了切面上。"

"……"

"刚才我说了这么长一段话，其实一切都只发生在快刀一闪的短短一瞬间。连百分之一秒都不到吧。但是，因为这过于短暂的一瞬间，奇迹发生了。

"头颅被斩下的时间实在是太短了，所以伊都的脑细胞没有死亡。准确地说，是脑细胞和感觉神经，以及如网眼一般构成传导中枢的神经纤维还活着。而这神经纤维的细网竟与有马躯体中的神经纤维结合在了一起。"

"不可能！"

警部怔了片刻才大叫起来。看来一时间他还无法理解。

的确是奇迹。如果这是事实的话……神想必是存在的。

"不，这荒谬的、荒诞不经的事确实发生了。

"如果我在山中坐禅时没有得到天启，也绝对想不到吧。但是，神——也许是佛祖——给了我这个天启。"

"可是，人岂能死而复生？！"

"昨天，我拜访了神经医学第一人——K大学的中道教授，问他是否有这样的可能。教授极力否定，但最后仍承认有几十亿分之一的发生概率。于是我相信，在今镜家的奇异氛围下，这个号称概率为几十亿分之一的奇迹真的发生了……"

"奇迹吗……"

"神经纤维是执行化学式传导的突触，而非物理上相连的直接联结体。所以，说得粗暴一点的话，神经原就算被切断，只要核心不受破坏就能再生。另外，由于是冬天，砍刀的刃要比体温冷得多吧。伊都的头被砍断时，脑细胞因低温冷却一时处于麻痹状态。此后与有马的神经纤维结合时，神经纤维间的温度差导致了热电势的产生。这个热电势成为神经活动的电动势，激发了处于假死状态的缩退神经。换言之，伊都的神经和有马的神经的确是连在了一起。

"再来说肌肉。现代医学表明肌肉可以修复，刚切断不久、还未氧化的肌肉一旦连接起来，虽然无法做大幅运动，但凭借相互的黏性暂时还不会分离。"

"把死过一次的人连接起来吗？"

"不，严格地说，伊都还没有死。我不清楚人的死亡基准是如何设定的，但在短短的零点零一秒之内，就连脑死都不可能发生。是的，被切割的头和身子都还活着。至于能否称其为第一次死亡，这个问题应该由神来考虑吧。

"不过，这一异变制造了拥有有马身体的伊都——弗兰肯斯坦博士的怪物。这一刻，血管和气管什么的并不重要。这个人造人只需生存那么一小会儿就行了。"

"一小会儿？"警部问道。

"是的，因为伊都只需要短短几分钟。现在我就来说明这其中的意义。"

木更津长出了一口气，脸上略微显出犹豫的表情。

"总之，伊都得到有马这个新身体，并因为这一番冲击再次睁开了眼睛。当然，最吃惊的人是雾绘吧。她以为自己已杀死的人——而且还换了一副身子——突然睁开眼，站了起来。"

这是恐怖片。我无论如何都不敢相信。

"且说，因神之手而得以苏醒的伊都看到了什么？是的，映入他眼帘的是手握砍刀呆立半晌的雾绘。于是伊都想起来了。他在临死时的记忆——因头颅被斩断的刺激从昏死状态中醒来时，眼中看到的瞬间景象……以及现在眼看就要被杀掉的自己。

"由于极度的恐惧，伊都冲出房间，一心想逃入'地狱之门'。他一把抓起放在身旁的钥匙。是的，我们以为是有马逃进了'地狱之门'，所以才觉得不自然。如果想成是伊都为了逃跑进了'地狱之门'，就极为合理了。不管怎么说，有马的身体是被伊都的意识所支配着的。

"当然，伊都多半想出声呼救。但是，就跟咽喉被割断的人一样，他只能'嘶嘶'地憋出那种难听的破空声。当时，伊都的神志清醒到何种程度已无从知晓，总之他凭借本能，只顾往'地狱之门'逃去。然后，逃入'地狱之门'的伊都自然是在内侧落了锁。

"他的肉体属于有马，但头部——精神属于伊都。伊都是左撇子，所以像往常一样用左手锁了门。所以，右撇子的有马的左手，才会因为尚不习惯的急剧拧转运动发生了痉挛。

"但是，到了这一步，伊都已然油尽灯枯。尽管神经纤维互相结合了，但肌肉和血管被切断的人不可能活得长久。伊都一锁完门，人就顺势向前倒了下去，左手握着钥匙。

"这就是有马左手握着钥匙的原因。

"倒地时的震动使头脱离了有马的身体，化为单纯的头颅和尸身。随着生命的停止，鲜血也流淌出来，造成了'地狱之门'才是凶杀现场的假象。

"以上就是密室的解答。'地狱之门'是一个完全密室。至于上锁者，我也无意隐讳，正是神之圣手。"

警部仍是一脸的难以置信。我也一样。不，是我不愿相信。实在是太可怕了。然而，木更津却说这是神的行为。

"但这是事实。"木更津语气郑重地反复强调道。

"……好了，且说片刻后缓过神来的雾绘做了些什么呢？

"事情发展到这里，普通凶手会害怕得放弃所有计划，但雾绘实在是一个天才，不，是疯子。她反过来利用了这个令人难以置信的状况。

"现在请你们回想一下有马的房间。那间屋里放着能展示有马特征的东西：名为里德伯的赛马，还有 LP 唱片。

"事实上，我被那张唱片的标题迷惑了。唱片原本要揭示的主题是《美国》，可我的注意力却被引向了充满暗示性、蛊惑性的《死神与少女》。当然，这个也能充分表现凶手的意图吧。

"我想你们应该明白了。有马的房间才是用来暗示《美国枪之谜》的。原本雾绘打算用马和唱片这两个素材来显示这一点。

"不承想出于偶然，有马（伊都）亲手制造了密室。

"发现'地狱之门'已化为密室的雾绘随机应变，放弃《美国枪之谜》的构想，将其替换成了唯一一个以密室杀人为主题的作品《中国橘子之谜》。《中国橘子之谜》本不是为有马而设，而是计划用在其他场合的。

"雾绘返回饭厅，拿来了酸橙。她是觉得光有密室还不够吧。但是，酸橙太大塞不进去。无奈之下，她只好在尸体上撒了几粒橘核。"

"……是通过大理石门上的小孔吗？"

"是的。"木更津点头道。

门扉上的雕刻中,留下了贯穿门板、如豆粒般大小的孔,雾绘从那里把酸橙的核投了进去。

"这就是密室杀人的全貌。此后,她砍下伊都的脚装上铁靴,把有马的头挂在衣帽架上。有马的头之前一直滚落在伊都房里,所以自然能从地毯中检出有马的血迹。

"不过,遗留到最后的《美国枪之谜》的素材没能抹除干净。由于出了岔子,唱片没有得到处理。这是一个孕育着整体计划破绽的因子,所以对雾绘来说,无论如何都是想挽回的。

"她计划在伊都的房间完成所有工作,于是事先把唱片偷偷放进了有马的播放机。这么做反而弄巧成拙了。她万万没想到最后会不得不放弃《美国枪之谜》的构想吧。

"雾绘想取回唱片时,有马的房间却上了锁。另外,正如我们后来所了解到的那样,房间的钥匙在有马上衣的内口袋里。而有马本人的身体又在密室之中。于是奇妙的是,因为'地狱之门'成了密室,所以雾绘无法进入有马的房间。

"雾绘只得放弃,让唱片留在有马的房间里。不知该说幸运还是不幸,我被《死神与少女》晃了眼,完全没意识到《美国》的意义。"

"我就连唱片都没留意过。"

警部嘀咕了一句。他是想安慰木更津吗?

"……接下来是畎傍命案。你们应该明白了吧,由于头和身体的发现顺序颠倒了,所以只留下了雾绘这一个嫌疑人。仔细一想的话,其实雾绘在一些细节方面也有失误。

"但是,由于伊都-有马命案给人造成的印象太过鲜明强烈,使我们过分高估了凶手,以为凶手不可能轻易露出破绽。这也是我的过失。"

"可是，雾绘当时不是两手空空，什么也没拿吗？"

记得山部的证词中有过这样的描述。

"是放在裙子里了。放之前先包进袋子。据说十多年前，美国出现了不少这样的扒窃犯罪团伙。她们甚至还偷中型电视机，不过原理都一样。在旁观者看来，就像什么也没拿似的。

"雾绘本是出于谨慎使了这一招，这却给她带来了幸运。结果，如履薄冰的冒险使她越发远离了嫌疑人圈。

"再往后就没有什么值得一提的了。凶手为最初的杀人注入了不少心血，不，其实那个密室也纯属偶然，之后她就选择了稳妥的方法。她生怕过于精雕细琢反而会让自己陷入危险。

"杀害静马时，她举着多侍摩的头在走廊里徘徊。她穿上大一号的衣服，把多侍摩的头放在自己的头顶上。在最近发现的埃斯库罗斯的悲剧中，也有类似情节。我不知道雾绘是否参考过。然后，她让夕颜看到这个景象，从而诱使我去开多侍摩的棺。

"万里绘和加奈绘，以及静马被害时，凶手除了砍头外几乎未做任何手脚。

"此外，查明日纱就是椎月对她来说无异于天降大运。否则，无论如何都会少一个人，于她的面子很不好看。"

"不是还有夕颜吗？"

"不，"木更津否定道，"夕颜原本就在她的杀人计划之内。不过，夕颜也真是幸运。因为就在最后关头，今镜家的血亲麦卡托君出现了。

"雾绘来日本才五个月，我不认为她清楚麦卡托君的真实身份。另外，委托别人调查也很危险，多半是不可能的吧。恐怕是麦卡托君来到这里后，主动去接触了她。"

我想起那天晚上麦卡托说要去雾绘的房间。没准儿雾绘是在那时了解到情况的。

"麦卡托君应该比我们更早发现了真相。于是，他打算与雾绘联手。他表明身份，说自己是椎月的儿子，准备和雾绘一起攫取今镜家的财产。

"然而，雾绘的目的和他不一样。麦卡托君没有意识到自己的误算，以为雾绘肯定也是以财产为目标。

"而雾绘这边则修改方案，匆忙把没有血缘关系的夕颜从名单上撤下，杀死麦卡托君代之。这个时候，选择主题就很简单了。因为他恰好戴着礼帽，除了《罗马帽子之谜》没有别的可能。

"顺便说一句，夕颜一直戴着花边帽，所以原本也会套用《罗马帽子之谜》的主题杀掉她吧。"

这么说来，若是没有麦卡托，被摆在桌上的就是夕颜戴着花边帽的头颅了？

"菅彦是为《埃及十字架之谜》而留的，所以椎月的《美国枪之谜》也同时被定了下来。由此，正如你们所看到的，雾绘的计划灵活多变，所以才能从所有事象中获得最佳结果。"

"麦卡托君昨天的推理恐怕都是胡扯。由于已和雾绘联手，他必须整出一个合适的解答。他不是说过吗？因为我是凶手，所以要离开这座宅子，以避免介入过深。

"然而，这说的其实是麦卡托君自己。介入过深的人是麦卡托君。即使母亲被杀了，他还要与雾绘合作。结果反因此误了性命。"

我想到了芥川的《杜子春》。杜子春见双亲在地狱中所受的苦楚，不堪忍受叫出声来。不料，最终杜子春却因这一行为获救了。然而，麦卡托坐视母亲被害——即使他事先并不知情——于是让自己承受了罪责。

应该说这更像《蜘蛛丝》①里的故事吧。

"那雾绘为什么要做这种事呢？"警部死了心似的喃喃低语道。

"动机嘛……就是一种扭曲的恋父情结。"

木更津伸出右手，指向放射出璀璨光芒的菅彦的亡骸。

"那看起来像什么？"

木更津如诡辩家一般发出提问。然而，这样的他也不过是一个失败者。

他自己给出了答案。

"那是'神'啊。降临这个尘世的、独一无二的救世主……

"这就是雾绘真正追求的东西。她爱自己的父亲菅彦。她并不恨抛弃母女俩的菅彦，而是在遥远的异国他乡不断地思念着他。这是受到对菅彦一往情深的母亲的影响吧。以至于她竟认为他是拯救自己的救世主。"

"菅彦吗？"

"是的。但是，现实并非如此。前来迎接雾绘的菅彦，只是一个纤弱无力的小市民。认识到这一点的雾绘，内心的失望大概是不可估量的。二十年来积攒的期望实在太多，致使这悲剧性的事实等同于价值体系、被救赎愿望的崩溃。

"一般情况下，雾绘此时当会放弃对菅彦的幻想——不，应该说是信仰吧。可是，她追求的不是别的，而是'神'。而且，她也继承了今镜家的血统。

"雾绘无论如何都希望菅彦是'神'，现实中的他既已不堪

---

① 《蜘蛛丝》：和《杜子春》一样，也是芥川龙之介的短篇小说。

279

期待，就只好亲手制造这个'神'。制造一个新的基督……"

"……"

"这时，雾绘将自己的角色从恭顺的信徒彼得转为圣母马利亚。为了把菅彦立为'神'，就必须扫除其他今镜家族的人，让他成为唯一的神，同时把今镜家的权力也交于他一人之手。'血'与'力'两者兼备，雾绘理想之中的'神'——伟大的父亲菅彦才能诞生。

"她疯了。但是，她抱持着狂热信从者特有的崇高理念，朝自己的顶点狂飙突进。她构筑了自己的美学，攻克了各种壁垒。

"于是，现在，菅彦成了'神'。

"当然不是活着的菅彦。活着的菅彦是一个微不足道的人。雾绘理念中的'菅彦'必须只能是一种事实被形象化后的集合态、超越一切个性体、象征化了的神。

"因此，菅彦必须获取死亡。这是为了得到永生的灿烂。"

"永生……"

"是的。为了在雾绘心中永生不息，菅彦必须经受死的洗礼，接受净化。"

"这个叫作净化吗？"

我望着菅彦。或许是受到了木更津言语的刺激，十字架上的菅彦头罩圆轮金光的错觉向我袭来。

"是的。现在他已不是我们所认识的菅彦，而是'神'。这一行为结束时，雾绘的信仰也就达成了。从这层意义来说，受到'卡塔西斯'的也许不是菅彦，而是雾绘。"

"你是说，雾绘为净化自身而犯下了杀人罪？"

"这么说最为妥当吧。对雾绘来说，这是圣战，是受难。"

木更津吐出了最后一句话。没有人准备开口。

礼拜堂被沉重的气氛所笼罩。

我望着右角上的管风琴。眼前浮现出雾绘弹奏《帕萨卡里亚舞曲》时的情景。那一幕究竟有何意义？那神圣的光辉、那巴赫的虔敬祈祷，又算是什么呢？

顷刻间我实在是无法相信。

不久，警部问道："那么，雾绘现在在哪儿？"

"'地狱之门'。"

看破红尘似的口吻，宛如失去了儿子的代达罗斯。

"雾绘恐怕已不在人世。她为了成为马利亚，与菅彦一起升天了。奎因国名十作的最后一作，第十部是什么？"木更津问道。

"《日本樫鸟之谜》……"

"书中的结局是什么？"

"自杀……是这样吧？"

木更津平静地点了点头。

"这是她自己选择的道路。她是诞下了'神'的人，所以不必遵从神的律法。她用自己的死完成了奎因的这篇波澜壮阔的叙事诗。

"而斩下自己的头只有一个方法。这个方法存在于'地狱之门'。"

"断头台吗？！"

警部叫道，语声却绵软无力。

我们走进了"地狱之门"。

黑暗中飘浮着血的芬芳。

堀井刑警举起灯，于是最后的黑暗也被驱散了。

断头台被拖至屋子中央。断头台的美女横卧其上，右手握着夺走了十人性命的砍刀。

上帝数尔国祚、使之永终也，尔衡于权、而见亏缺也，尔国分裂、畀于玛代波斯人也……

刻于断头台正下方的预言也再次成为现实。

被斩下的头颅放射着冷光，宛如月之女神阿尔忒弥斯。

然而，雾绘的表情充满了安宁祥和。

胜过这七日间的所有亡者，她仿佛得到了梦寐以求的救赎。

"这一瞬间，她想必得到了有生以来的最后一次无与伦比的幸福。雾绘也成了'神'。"

木更津安静地画了个十字。

Kyrie，eleison。

（主啊，请赐予怜悯吧。）

第十章　尾声

"我去看看夕颜。"

向木更津等人告别后,我沿着漆黑的通道返回大厅。

途中有数名刑警与我错身而过。看他们的表情,似乎所有人都确信案子已经终结。

杀人案恐怕不会再发生了。木更津履行了被托付的义务,警部等人也将离苍鸦城而去,当然这件事会给他们留下心理阴影。

然而……我的心情却很沉重。

冬日的天空被染得通红,正值斜阳沉落之际。不久天就要黑了,当清晨再次光临时,这座苍鸦城将会若无其事地迎接日出吧。

在自然规律面前,人类就是这么无力。

空虚之感贯穿了我的心房。

我还有一件必须去做的事。

我步入中央大厅,随后登上楼梯。深红的地毯略有些发黑。日纱被害后的这两天,地毯都不曾好好打扫过。今镜家引以为豪的人鱼像也蒙上了薄薄的尘埃。

所有搜查人员都去了教堂和"地狱之门"吧,大厅里空无一人,犹如降下帷幕的舞台一般静谧无声。

唯有一对甲胄宛如门卫伫立在那边。

一楼的楼梯平台挂着多侍摩和绢代夫人的肖像画。我与夕颜第一次交谈就是在这两幅画前。

值得深切怀念的地方。

而当时我就已经注意到,这幅画在水平方向微妙地歪斜着。

我站到多侍摩的肖像画前,轻轻摁了一下画框的边缘。

于是,两米见方的画框毫无滞涩地转动起来。宽约五十厘米的墙缝后现出了一条窄道。

这是一道暗门。

我确认大厅里无人后,潜入了通道。里面很黑,但侧旁就挂着油灯。我用打火机点燃了油灯。

黑暗与光明的世界霎时翻转。

通道约一米宽,是一条向下延伸的楼梯,不知有多少阶。

我照了照脚下,地面尘埃上浮现出几对脚印,皆为同一种鞋印。这表明直到最近,还有人用过通道。

我注意不发出足音,悄然向下走去。

不久,楼梯到了尽头,一扇铁门出现在我的眼前。虽然锈迹斑斑,但看上去还很牢固。门没有上锁。

我一拉把手,门上传来"嘎"的一声钝音。

门后是一条平坦的通道,每隔数米就悬着一只亮堂堂的裸灯泡。

现在我的位置恐怕是在中庭的下方。这里充斥着土腥气,简直能把人呛死。

突然,我想起了和警部等人进入入殓所时的情景。飘浮于此间的气息与置棺室内刺鼻的死尸味一般无二。

通道两侧各有一排镶有铁格子的房间。

是监狱。

莫非这里曾被用来监禁囚徒？是政治犯，还是高官？

现在一个人也没有。

走了约五百米，通道向右折去。又出现一扇门。

这次是石门。我举起油灯，照亮了门的周围。

及腰处有一个凹坑。

我刚把手放上去，"石看守"便轻易地让开了，就像在等候我的到来。

门的另一边……情况果然如我所料。

这是一间石室，正是我们惊扰了多侍摩长眠的置棺室。此处的地面上想必就建着那座入殓所的石碑吧。

我把油灯置于身旁，在多侍摩的棺材上坐了下来。随后，我点燃了来这座宅邸后的第一支烟——Marlboro 牌。

受气流的调节，烟雾呈螺旋状冉冉升起。

抽了一口烟静下心神后，我环视起四周。

置棺室内鸦雀无声，"地狱之门"的嘈杂声也传不到这边，仿佛寂静从数千年前起就一直支配着这一方空间。

乍一看，这里似乎空无一人。但我确信，真凶正屏气凝神，窥视着我。恐怕就在右侧角落的那口棺材的背后。

我一边吞云吐雾，一边等待对方向我搭话。然而，阴影依旧，对方不打算说什么，只是保持着沉默。

我踩灭烟头，漫无目标地开口说道："不用再躲躲藏藏了吧。你干得很出色，而且谁也没发觉你是凶手。"

被熏污的油灯照出了一团黑影，从它的主人那儿我甚至感觉不到气息的紊乱。对方正在顽强地抵御我的语言攻势。

"而我呢，知道所有的一切。是的，一切。"

然而，对方没有反应。难道对方以为我是在套话？

我打开了话匣子。

"奎因的国名十作，真是一个好点子，是木更津喜欢的类型。可以说是一记又狠又快的射门吧。

"但是，你疏忽了一点。那就是雾绘看不懂日语。

"她阅读的国名系列应该是原版吧。若是战前也就罢了，战后美国的奎因国名系列只有九作。作为雾绘自杀之主题的《日本樫鸟之谜》，在日本的确是国名系列之一，但原标题现已改为《生死之门》①。这可能是受了太平洋战争的影响。

"所以雾绘不可能把《日本樫鸟之谜》作为国名系列之一加以利用，会作此构想的只可能是日本人。

"你的一切举动都是为了让人们以为雾绘是凶手吧。

"你也会在不起眼的地方犯错啊。明明出色地进行到了最后……你心里没有不满吗？嗯，久保日纱女士？

"——不，这个是假名吧。你有一个更适合你的名字。一个响当当的名字，'今镜绢代'……"

我的声音渐渐消逝，仿佛被黑暗的彼方吸走了。

没错，就是这样。为什么谁都没有意识到这个事实呢？明明真相一直就摆在我们的面前。所有人似乎都中了某种暗示，

---

① 《日本樫鳥之謎》：英文书名为《The Door Between》，一九三七年出版。有传言说，此文在出版的前一年发表于《COSMOPOLITAN》杂志上时，标题是《Japanese Fan Mystery》。总之，日本国内把书名译为《日本樫鸟之谜》，与英文书名出入很大。

躲避着最为明显的答案。

"不过,你真的非常厉害,竟然把木更津玩弄于股掌之间,还能让他始终没有察觉。

"你的天才得以最大发挥是在杀害多侍摩时。你诱使木更津打开多侍摩的棺材,让他看到被斩首的尸体。于是,你通过否定多侍摩的复活——苏醒,使我们全盘否定了死者复生之说。谁也不会再去想,两年前逝世的人现在可能还活着。让双胞胎拿到《圣经》,来诱导我们的也是你。

"两年……一切都始于两年之前。你死于两年前(表面上);畎傍等今镜家的族人被叫回苍鸦城也好,日纱之外的用人被雇佣也好,都是在两年前——这些事的发生都以你的死为契机,所以也可谓顺理成章。但事实上,其中的因果关系颠倒了。而多侍摩的健康开始蒙上阴影也是在两年前,是假扮日纱的你让他一点一点地喝下了砒霜。

"那么,在你棺中的人又是谁呢?

"无须赘言。真正的日纱在两年前就被放入了棺中。

"日纱是真实存在的,她是一个普通的家政妇。而在这两年里,是你扮演了日纱。在你令人生厌的额发后,隐藏着楼梯平台上那幅肖像画中的脸孔。还有,日纱也绝不可能是可怜的椎月。椎月活着的时候,从未变成过日纱。

"在这座宅邸里和我们交谈过的日纱、双胞胎的良母日纱,就是你,绢代夫人。我看到你的肖像画,觉得很像日纱,这也是理所当然的。因为日纱就是绢代本人。是的,椎月与画中人并不相似,而现在的你还留有昔日的容貌。木更津也好,警部也好,即使在判明真相后,仍误解了这一点。而我从一开始就明白了。

"你把你的亲生女儿椎月幽禁在地下长达二十多年，就关在这扇门外的牢房里。然后，你用最具戏剧性的方式完成了与椎月的替换。

"你们原本就是母女，想必容貌酷似。况且，你又把额发垂到眼睛下面，极力不让人看到你的真面目。此外，你还化着浓妆，努力使自己看起来比实际年龄要小。事实上，你已经有九十岁了。

"后来，你砍下了椎月的头。头一旦被斩下，面容看上去就会有很大的不同，这一点也在你的算计之内。

"此外，同时披露'日纱的真实身份是下落不明的椎月'这个惊天事实的话，大家的注意力就都会被引向这一点，没有人会怀疑椎月是否真的是日纱。

"离开儿子们，移居苍鸦城的二十五年间，你的外表也有所变化。想必他们深信你已经去世，做梦也没想到家政妇日纱就是你吧。这也要归功于今镜家各位的排外性格。

"但是，这件事你是如何对多侍摩解释的呢？骗他说是为了让孩子们承欢膝下吗？还是说，两年前多侍摩已经痴呆到分不清你和日纱了？又或者，他知道所有的事实？"

我看了一眼棺材，点上了第二支烟。

然而，黑影仍然未作任何反应。

"你还真是想不开啊。好吧，那我就继续往下说了。"

木更津的口吻仿佛移植到了我的身上。毕竟交往经年，这也是没办法的事。姑且就做一回木更津，好好地说一说吧。

"相比外在的表象，本案的内幕要单纯得多。也可以说什么内幕都没有，好似一块纸糊的岩石。

"不过，你凭借自己的演技和表现力，让空洞的纸糊道具看起来如真的一般。

"你把单纯的事实复杂化,让人以为其中嵌有巨大的谜团。当然,其迷惑对象是木更津。因为如果是他的话,不,只有他才能得出雾绘是凶手的结论。木更津是最适合你这出戏的角色。

"冒伊都之名给木更津写委托信的人是你。执掌宅内各项事务的你,想必不难做好一切安排,伪造一封伊都的书信。伊都没有委托过木更津。当然,河原町侦探也是。"

不知木更津听到这些后会是什么表情。他会不会再度入山修行呢?我的脑中突然闪过了这个存心不良的念头。

"在伊都、有马命案中,你巧妙地操纵了木更津这颗棋子。你巧妙播下解答的碎片,而这些碎片只有木更津才能拾起来。国外制作的 LP 唱片也好,酸橙的核也好,所有的一切都是路标,是为了让木更津能按你的设想行进。解答越依赖偶然性,由你设定的幻象可信度就越高。更何况,如果发生概率为几十亿分之一,那么木更津发现(被诱导发现)时坚信这就是真相,也是极为自然的事。谁能料到,有人会准备一个类似弗兰肯斯坦怪物的奇思异想作为伪线索呢?唯有把木更津的卓越才能编入计划主干的你,才可能做到。是的,那个超越常规的密室——姑且不论有无可能——在本案中并不存在。

"那么,密室的正确答案是什么呢?

"很简单。你使用了备用钥匙。'地狱之门'的钥匙有两把。一把在伊都手中,另一把则作为备用钥匙被保管在日纱的房间里。我们之所以认为后者的备用钥匙未被使用,是因为'日纱'根据灰尘的情况,做证说'这把备用钥匙绝对没被使用过'。于是,我们不得不去找寻第三把钥匙。但是,如果你是凶手,你(日纱)的证词就不必为真。堀井刑警说过,'如果家政妇做了伪证,就立刻逮捕她,事情会变得很简单'……没错,只有这句话是事实。

这件案子非常单纯。你利用备用钥匙光明正大地锁上了'地狱之门'。

"……密室云云，一开始就不存在。那只是木更津等人的胡思乱想，他们认为斩首状况下的密室杀人（而且还是凝聚了思维精华的密室）也是有可能的。想法越是奇特，他们就越意识不到自己竟把单纯的事物也复杂化了。当然，这个错误正是你的目的之所在吧。

"总之，在所有事件中，你始终不越过证人的界限。除了以今镜家旁观者的姿态做一些基本的供述外，你没有主动采取过任何行动。你文如其义地坚守着用人的立场。但是，你（有意无意地）为自己的证词添加了本不该有的分量，进一步把搜查引向了充满欺诈的方向。这是你最为精明的地方。因为你知道一不留神引人注目的话，是很危险的。

"在这些案子中，唯一用到诡计的是畋傍命案。只有那时你给自己制造了不在场证明。为此你需要山部。

"弄坏扶手的自然不是双胞胎，而是你。建议畋傍修理扶手的也是你。你为了夯实自己的不在场证明，第一次利用了旁人。

"你制造的是双重不在场证明。而且还是绝不会引起木更津等人注意的那种……其一，山部做证说你没有上下过楼梯。其二，在那段时间里你一直在厨房准备午餐。由此，尽管山部一度离开过工作地点——楼梯，但是根据同在准备午餐的女佣的证词，只有你一人获得了不在场证明。

"你说畋傍去了中庭，那是谎话。畋傍在去庭院的前一刻就被杀害了。然后，你把尸体搬进储藏室，砍下头，有个十分钟时间就足够了吧。

"然而，从你离开山部到返回厨房，之间相隔还不到五分钟。

这就给我们留下了一种印象，你连杀害畎傍的时间也没有……其实，仔细想想很简单。当时，日纱和畎傍是一起离开的，而告诉我们这个时间点的人不是山部而是日纱！换言之，这也是谎话。你告知警部等人的是十分钟后的时刻。于是，我们就留下了一个印象，你连杀人的时间也没有。

"那么，头又是怎么运进二楼畎傍房间的呢？根据菅彦和女佣的证词，你不可能把头带进畎傍的房间。我也一度解不开方法。然而，当我听说夕颜误以为头顶多侍摩首级的人（这个人当然也是你）是畎傍的幽灵时，我终于明白了。原来山部也把多侍摩的头错认成畎傍的头了。

"山部在畎傍房中见到的人头是多侍摩的。是的，就在畎傍还活着的十点前，你瞅准时机，待畎傍下楼后，将化过妆的多侍摩的头放在柜子上，特意比拟成《法国粉末之谜》，不就是为了化妆好让人辨不清真假吗？

"况且，山部一周才来苍鸦城两次，并不像宅内的其他人那样清楚地记得畎傍的面孔。此外，他是完全不相干的外人，比日纱更受查案人员的信赖，所以对你来说是一个绝好的证人。

"你在畎傍下楼指示山部修理的期间，潜入二楼畎傍的房间，把多侍摩的头放在柜子上。你有备用钥匙，所以就算门锁着你也能轻易进入。随后，你立刻跑下楼，待畎傍指示完毕正要走入中庭时——说不定这是出于你的巧妙诱导，你从背后将他击倒。木更津推理雾绘把头藏在裙子底下，但实际这么做的人是你。

"你和山部结伴来到畎傍的房间，先让他进屋，发现化过妆的多侍摩的头。当然，山部以为那是畎傍的头。这是最自然的反应。

"你适时发出惊叫，当场倒地。这么一来，山部必然会去找人求助。他离开房间、在走廊奔跑的时候，你趁着这短短的间隙，把多侍摩的头换成了偷偷带来的畝傍的头。

"我也完全被你骗了。谁能想到你那时的失态竟是装出来的？别看我这样，当时我还自觉观察得很仔细呢。我看你都能拿奥斯卡最佳女主角奖了。"

我微微一笑。这也是木更津常做的表情。

"撺掇菅彦认领雾绘的，也是假扮日纱的你吧。虽然菅彦觉得那是他自己的决断。

"另外，麦卡托的身世你也知道。木更津侦探社一天便能查到的东西，只要你上心马上就能了解到吧。说穿了，把麦卡托叫来的人也不是静马，而是你。从一开始麦卡托就注定要被你杀害。

"总之，你制订的计划始终进行得分毫不差。没有任何变动，也不存在任何偶然因素。可谓完美无缺。

"从一开始你就没打算杀掉夕颜。因为她是养女，没有继承今镜家的血脉。话虽如此，你留她的性命也并非出于好意。你留着夕颜，始终让她处于灰色区域，以便雾绘万一被判定不是凶手，你就能把嫌疑指向这个今镜家的唯一幸存者。你滴水不漏，甚至都想到了这一步。

"今天早上，正好就在麦卡托、菅彦、雾绘被杀害的时段内，我把夕颜带到了商业街的咖啡馆。在那里我们做了一点点惹眼的事，所以她的不在场证明应该很容易得到核实。当然，从结果来看，似乎没那个必要了。

"如此这般，你在保护好自己的同时，制造了一个伪凶手，那就是雾绘。木更津追逐你巧妙安排的线索，最后只能得出凶手是雾绘的结论。木更津在礼拜堂阐述的雾绘凶手说，正是你本人建起的构架。他只是你的代言人罢了。木更津自称是福音传教士，不过他不是雾绘的福音传教士，而是你的福音传教士。

"从这个意义上来说，你也许是本案的第一推动者[①]——'神'。"

我又一次开始了等待。

大约过了一两分钟吧，可我却觉得十分漫长。

栖身于置棺室角落的人，似乎终于有了开口的意思。

"你倒是动了一番脑筋啊。"

似曾相识的声音。尖锐，且充满威严与气度……

"你终于开口说话了。这证明我的推理是正确的。"

我向那影子施了一礼。

"还不错。"

语气镇静，甚至给人一种居高临下的感觉。

"你倒是很从容。刚才我也说过了，我什么都知道。如此情况下，你还说得出这种话？"

对方"喔"了一声，这莫非是自信的表现？

看来是时候抛出第二张王牌了。

"你为什么要选择埃勒里·奎因的国名系列呢？"我变换了盘脚的姿势，进入下一轮攻击。

"……"

"一方面是为了让木更津更容易中你的圈套，同时也是为了给雾绘的自杀安上一个合理的解释。但是，这些只是细枝末节，不必非得是埃勒里·奎因。"

[①]第一推动者：古希腊哲学家亚里士多德的哲学术语，指善、理性、神。亚里士多德认为，运动是永恒的，因此必然有永恒的运动原因。这个原因本身不能再是运动的，否则就得再找个更高一级的动因。他称自身不动的永恒的动因为第一推动者，也称"不动的动者"。

"你是说还有别的理由?"

恐怕凶手本人都没有意识到这项"事实"。不,还是说成"巧合"为好。

"是的,与心理极为密切相关的理由。当然,我不知道你是在有意识地利用,还是在下意识地利用。恐怕你还没意识到这个'巧合'。"

"此话怎讲?"

"为什么必须是埃勒里·奎因呢?"

"因为你自己就是 Queen[①]!不,如今应该称为'царь'[②]吧,安娜斯塔西亚公主?"

置棺室内的气息瞬间紊乱起来,连我这边都感觉到了对方的震惊。

"……你到底知道多少?"

语声中显现出感情的动摇。这是她第一次流露出不安的情绪。

"我说过,全部。你的名字,还有你从彼尔姆辗转到满州的事。"

我漠然地开始了讲述。

"今镜家留存的唱片,米哈伊尔·伊凡诺维奇·梅德韦杰夫的钢琴五重奏曲第三乐章《イマカガミ》。那是一支镇魂曲,一首吊唁死者的挽歌。

"然而,正常思考的话就会觉得奇怪。若是怀着承蒙收留、聊表谢意之心呈献这首曲子,那曲中的内容也未免太阴郁了。不管怎么说,这可是献给死者的。

---

① Queen:"女王"之意,而埃勒里·奎因的英文则是"Ellery Queen"。
② царь:俄语,即"沙皇"之意。

"那么，这首镇魂曲究竟是为谁而作的呢？

"不正为你而作的吗？革命爆发前，梅德韦杰夫曾是宫廷御用的音乐家。

"此曲是为你在俄罗斯革命中被布尔什维克杀死的家人而作的，不是吗？

"梅德韦杰夫为了他在遥远的异国他乡意外相逢的人——安娜斯塔西亚·罗曼诺夫，以及一九一八年七月十七日被布尔什维克残杀的你的兄弟，还有你的父亲沙皇尼古拉·罗曼诺夫二世，创作了这支曲子。

"然而，梅德韦杰夫正是因此而被你杀害的。当然，也可能是多侍摩代你下的手。梅德韦杰夫被杀并不是因为遗产，而是因为他知道了公主你的存在。

"回过头来想想，苍鸦城里其实有不少能让人忆起俄罗斯的事物。这些仅仅用梅德韦杰夫的影响是无法解释的。

"信仰俄罗斯东正教也是其中之一。所以这里才会装饰着那么多美丽的圣像。

"另外，无论是宅邸中的地毯，还是其他种种物件，整体的色调都被统一为红色——在俄罗斯被誉为最美的红色。这就好比紫色之于日本。而这余韵至今仍留存于莫斯科的红场。"

沉睡的狮子已然觉醒，如今正欲展露它的身姿。

漫漫长眠。埋藏了七十年之久的杀意。

"是出于自尊心，还是羞耻心呢？无论是哪一种，结果都一样。

"流着俄罗斯皇族血液的你，身为安娜斯塔西亚公主的你，却作为日本人的妻子在这东洋的偏僻乡村生活，你无法原谅这件事。不，其实是你不愿为外人知晓。你最不想让人知道的是，自己的血脉已注入边鄙之地的黄种人体内，并被延续了下去。更何况，这个家族在日本竟也是血统不明，疑点重重。

"这是你身为一个俄罗斯人的自尊吗？若是白人则欣然接受，若是日本人就不行……这一点我也不是不能理解。

"一九一八年时，你好歹保住性命，早已顾不得什么自尊，那时多侍摩救了你，于是你就和他结婚了。然而，正所谓'仓廪实而知礼节'，当你衣食无忧，渐渐认清了周围的形势时，你便再也无法忍受现状了。你不禁感叹被同化为日本人的自己是何等的肮脏。

"于是，你开始思考。你准备在丑闻大白于天下之前，先发制人，抹杀一切，让真相永远被湮没。你打算杀死拥有自己血脉的人，这样一来，即使真相暴露也不会有后顾之忧。

"不过，与吞食亲子的克洛诺斯不同，你心中还存着母爱，迟迟没有动手。而且，真相也完全可能一直被隐藏下去。这么说吧，由于斯大林实施的大肃清，梅德韦杰夫等人的存在被完全抹消了。既然如此，也就不必对自己的孩子下手了。你就是这么想的吧。

"隐居苍鸦城的二十五年间，你的计划一拖再拖。不过得除去偶然知道了秘密的椎月。但即便如此，你也不忍心杀椎月，而是把她一直关在地牢里。

"你本想就这样让一切都归于消亡。

"然而，就在你行将就木之际，发生了一件令人意想不到的事，一件足以颠覆你决心的事。

"是的。那就是经济自由化改革。

"经济自由化改革以及随之而来的开放政策，使一度被苏维埃当局抹消的作曲家梅德韦杰夫得以被重新评价。

"如此一来,《イマカガミ》早晚必将重见天日。即使不在当下,五年后,十年后……没准儿什么时候就会被发现。到时候,可能还会出现追踪循迹、查清你真实身份的人。你的担忧将成为现实,罗曼诺夫家族的血脉将化作污秽堕落之物。

"你的寿命也已所剩无几,所以你不能再犹豫了。于是,你终于决定动手,动手实施这场今镜家的大屠杀。"

"我说得对吗?

"你之所以先杀死伊都,拿他做我们的诱饵,是不是因为穿上黑斗篷的伊都与那个拉斯普京一模一样呢?就是那个搅乱你们命运的妖僧……"我问道。

或许是怀着优越感的缘故,我的嘴角似乎有所松弛。

"你居然知道那么多!"

语声恢复了曾经的气度。看来在我的解说过程中,对方已渐渐恢复镇静。

"不过,就算现在公之于众也完全没关系了。因为我的目的已经达成。"

"我无意声张,只是想压你一头罢了。"

我再度微笑起来。然而,这似乎引起了对方的不快。

"你以为这样就算是赢了吗?"

挑衅式的口吻。

"我可不是木更津。我不像他,总是以破案为第一目的。"

"这么说……"

对方似乎猜不透我的真意,显出了踌躇之态。

"我一开始就知道你的真实身份,但一直没说,此中原因我还没有提过。"

我点燃打火机,随后叼住了第三支烟。

"你可能已经知道了,近日我就要和夕颜结婚。是的,和最后一个能够继承今镜家巨额遗产的人。就算是养女,在继承方面也不会有任何阻碍。她将以今镜家的遗产为嫁妆,与我成婚。"

"原来如此,高明。"从阴影处传来了一声窃笑,"你的话,应该能成为夕颜的良伴吧。她是梅德韦杰夫的曾孙女。这也算是我的一点补偿。"

"果然啊!我就觉得应该是吧。"

"但是,这并不意味着你战胜了我。遗产如何我不在乎。反正我的使命已经完成了。"

"是吗?"我用嘲弄的口吻说道。

想必是被我的态度触怒了。

"不是吗?如果我计划杀掉夕颜,你打算怎么办?中途就公布一切?如果是这样的话,你就拿不到今镜家的遗产。仅从这一点来看,主动权难道不是一直握在我手中吗?香月君,你只是撞上了大运。"

潜伏在黑暗中的"日纱=绢代=安娜斯塔西亚"表现得争强好胜,颇有公主的气性——皇族唯一的直系后代,如今也算是女皇了。

"呵呵。"

我笑了。其实我无须说出这个真相。但是,由于母亲的死,我必须让对方付出相应的代价。

"怎么了?"对方诧异地问道,像是感觉到了什么。

我扶正眼镜,甩出了最后一张王牌。

"我问你,你可记得中野欣子这个名字?"

"……中野欣子?"

"她是我的乳母，不过你应该对这个名字有印象吧。是的，因为中野欣子也是我母亲——今镜椎月的乳母。"

"……椎月是你的母亲？！"

语声在此处戛然而止。这一刻对方受到的打击，似乎比我说出"安娜斯塔西亚"这个名字时更为沉重。

"看来就连你也没有料到这一点啊。你没料到我母亲椎月生下的是双胞胎。是的，我和麦卡托是孪生兄弟。"

我估算着自己的话给对方带来的冲击，在此处停顿了片刻。

"麦卡托的本名是龙树赖家。而我的名字是香月实朝。思考一下的话，也不是什么解不开的问题。当然，日本史对你这个俄罗斯人来说可能有点难。'赖家'和'实朝'出自源赖朝的两个儿子的名字，也就是镰仓幕府的第二代和第三代将军。我和麦卡托是异卵双胞胎，所以长得并非一模一样。即便如此，当木更津说我俩很像时，我还是小小地吃了一惊。"

"可是，双胞胎的事我闻所未闻。"

回应声中满是惊愕。对方所听到的恐怕是来自兴信所的报告吧。

"正如我刚才所说的那样，我的母亲椎月偶然知道了你的来历。母亲是个聪明人，所以完全看穿了你今后将要采取的手段。

"于是，她把刚出生的双胞胎中的我托付给了乳母——同时也是妇产医院护士的中野欣子，而且做得极为隐秘，对外则宣称只生下了一个孩子。这件事只有母亲和欣子知道。

"我在欣子的老家香月家长大成人。在二十岁那年，乳母交给我一个护身符，说是母亲留给我的。里面的折纸上写着事情的来龙去脉。比如，我是今镜椎月的儿子，有一个名叫龙树赖家的孪生哥哥，以及你的真实身份是安娜斯塔西亚，等等。

"不过，麦卡托似乎并不清楚这些事实。我想我的事母亲恐怕对父亲都没有透露。"

"你在说谎……"

"你不相信我，那也没办法。不过，请你看一下这个。"

我取出一个十字架。虽然粗糙，却是一件镶着珍珠的金制品。

"这是我母亲的遗物。"

从我所在的位置瞧不见棺后，但对方好像能看到我。惊愕的触感顿时向我这边传来。

"现在你信服了吗？"

明白已取得了十足的效果后，我把十字架再次挂回胸前。

"所以，关于你前面的那个问题……如果夕颜被杀了——这当然令人悲伤——但我只需表明自己是今镜家的血亲、是堂堂正正的继承人即可。不光是护身符，母亲还给了我证明身份的手印和证书。我若继承遗产是不会有任何问题的。不，应该说，就血亲这一点而言，我比夕颜更适合当继承人。

"刚才我提到了咖啡馆里的那场华丽的求婚，这不光是为了保障夕颜的人身安全，同时也能起到让我自证清白的作用。由此，我便可以索取遗产，而不背上任何嫌疑。

"但是，我不想这么做。你知道我有多爱夕颜吗？如果我只以财产为目的，那她就是无足轻重的。而我的未来需要她，所以我才选择了她。"

我中断话语，等待对方的反应。

"其实我不想说出这些事。不管怎么说，你也是我的亲外婆。可是，你残忍地杀死了我的母亲，既然如此我就必须复仇。尽管这复仇远难抵消我母亲二十多年来所受的苦难。"

所以，我必须摧垮你的内心……我在心中喃喃自语。

我感觉自己的行动已收到实实在在的效果，与此同时我给出了最后一击。

"结果，虽然你对自己坚信不疑，但你并不是神。你的基本行动已事先被人参透，然后被人利用，甚至就连你原来的目标也未能圆满达成。因为我这个确凿无疑的直系血亲还在嘛。你绝非什么'第一推动者'，也不是什么'神'。因为在你之上还有一个我。

"当然，我丝毫没有自封为神的意愿。因为我没能救出母亲。

"至于你……你既不是你本人所认为的那种神，也不是什么'君主'，你只是一个傀儡，一个失败者。

"……如果现在你还是一位纯正的公主，还拥有皇族的尊严，那我奉劝你不如痛痛快快地去死，就像我那伟大的曾祖父——你的父亲尼古拉那样。

"我把丑话说在前头，你最好别做出有失体面的反抗，比如企图杀我。这会把你自己犯下的耻辱一直带到那个黄泉世界，就连你的外孙我也会感到羞耻。"

我从棺材上直起身。由于在冰冷的石头上坐久了，我的腰有点儿痛。

"好了，我想夕颜一直在等我，我这就告辞了。不用担心，我不会公布这个秘密。至少这件事我可以向你保证。

"再见了，我亲爱的绢代外婆。"

我打开石门，举步从来路返回。

内心已然崩溃的她肯定就站在我的身后吧。

完美无缺的剧本。

只是毁灭千年古都罗马的男人换成了我。

身后的人究竟是以怎样的表情在看着我呢？

也许正打算杀掉我吧。

不……这个应该不会。恐怕会亲手终结自己的生命，毋庸置疑。

在这里杀掉我，就意味着最后的尊严已被其抛却。

这是贵为君主者的自尊，是梦想成神者的宿命。

这七日间，种种思绪萦绕于心际。

但是，我没有回头。

因为……天界的灿烂光芒正包裹着我的未来，我与夕颜的未来。

——闭幕。

自作解说

《有翼之暗》的前身是题为《MESSIAH》[1]的中篇小说,于一九八九年刊登在京大推理研究社的社刊《苍鸦城》的第十五期上。

《MESSIAH》的篇幅是改稿后的《有翼之暗》的一半,按四百字一页的稿纸计算,大约有三百五十页。不过,情节和诡计等构成小说主干的部分几乎未做改变,无非就是给雾绘新添了一些属性。《MESSIAH》里出现了十几个死者,所以案子一个接一个地发生,情节进展十分紧凑。即便如此,页数之多还是让当时的我吃了一惊。

为什么要这么说呢?因为《苍鸦城》以短篇为主,较长的作品一般也就是一百五十页左右。理由有二。其一,大家一旦开始创作长篇,页数就会剧增,导致印刷费用暴涨。(不过,说到页数问题,前一年的《苍鸦城》第十四期投稿较少,新入学的我毫无征兆地提交了一篇超过一百页的短篇小说,反倒大受欢迎。所以,我对页数其实不怎么在意。)

其二,当时的原稿创作仍以手写为主。相比可以轻松增减

---

[1] MESSIAH:即弥赛亚。古犹太语,意为"救世主"。

和修改的文字处理机，手写原稿对体力和精力的要求高得多，因为一有修改就必须重新誊清。

如果像新人奖的应征稿那样，拿出豪赌人生的气魄倒也罢了，只是给社刊投稿的话，很难保证有这个持续的时间和精力去创作数百页的长篇。其实，不光是我们这些业余人士，就连业内也有作品页数随文字处理机的普及而增加的趋势。

《苍鸦城》从曾经的手写誊清——据说字迹优美的誊写人员被视若珍宝——改为文字处理机誊清，正是前一年的事。当然，没有文字处理机（电脑）的会员还很多，所以也有会员把手写的原稿输入文字处理机进行誊清。

到了翌年《苍鸦城》第十五期时，用文字处理机创作的投稿者有所增加。除了我的作品，另有长度达一百至二百页的中短篇小说五部。由于总量差不多是去年的两倍，导致制作经费堪堪用完。初始计划的偏差让我这个主编一阵心慌（京大推理研究社强制二年级学生当主编）。不过，这一年正好是颇具纪念意义的十五周年，加之前辈们也表态"薄不如厚"，于是我决定包括自己的作品在内，一篇不砍全都装订成刊。

当时，我用的是一款名为"文豪"的台式文字处理机，带显示器。也有一些写短篇小说的人，用的是那种只能在液晶屏上显示一两行字的便携式文字处理机。前辈中西智明先生尤其强悍，竟拿"一行式"文字处理机创作了正式出道的长篇小说《消失！》。

总之，我的第一部长篇就是这么出炉的。如果当时文字处理机还很昂贵，又或者上一年的《苍鸦城》厚度惊人的话，我想我大概会写一篇字数更少的小说吧。

其实，《MESSIAH》的最初构想是一部彻头彻尾的喜剧。

我原本打算写一个极具闹剧性的轻松小短篇，形式上恶搞《黑死馆杀人事件》，讨人厌的名侦探跑进奇异洋馆的设定也是一样的，但诡计只有两个。

文中的侦探是一个净说无聊笑话、满嘴烟味、人有点胖的中年活宝，老是嘲笑歇斯底里的女助手，结果被人家扔了茶碗和镇纸。就是这么一个无聊透顶、能让人会心一笑的形象。

然而，在执笔过程中，我想到了一个结合国名系列和《十日惊奇》的点子，于是案子的数量增加了。诸位可能会想，先按预定的计划，新点子拿来另写一篇不就行了嘛。但是，这样的展示舞台毕竟一年只有一次，所以当时我只想尽量把貌似有趣的情节和诡计往里塞。进而，我在每个案子里放入斩首情节，导致全文无法再纳入喜剧的氛围。诡计所必需的篇幅增加后，我也渐渐无暇写那些傻里傻气的对话了。

想尽办法写了一阵子，结果在写到二三十页的时候，我又从头来过了（这份初稿我改了文件名一直保留着。后来，有位前辈会员读过后，笑我说"亏你能把这篇改成那篇"）。

推倒重来的直接契机是我想到了第一个密室杀人的诡计。因为我心里有个"卑鄙"的小算盘：此类花招与其以喜剧风格展示，倒不如故作深沉地亮出来效果更佳吧。《有翼之暗》出版时，这个诡计受到了热议，所以我还不清楚这个小算盘究竟打得对不对……

如此这般，我重新设定风格，改得严肃了几分，侦探也换成了典型的福尔摩斯式的名侦探。这就是木更津悠也。

结果，对"黑死馆"的恶搞没了，侦探也成了正统派，感觉就只剩下了对"黑死馆"的致敬。之前我只写过喜剧风格的短篇，所以常会不由自主地被带入"黑死馆"或奎因作品的氛围中，受到的影响直接就在文章中显现出来。当时的我似乎正处于这样的年龄。

麦卡托算是我初期恶搞的唯一残余吧。在仅限于社内发表的短篇戏作里，他一会儿和兄弟几个使出三人合体必杀技，一会儿又徒手和宇宙人搏斗。这么说吧，在那之前他就是一个特立独行的角色。

总之，《MESSIAH》经前辈作家的介绍，引起了讲谈社NOVELS的编辑宇山日出臣先生的关注，最终得以付梓。在店里看到自己的书时，我大为感慨，自己也算是有了一份青春的美好回忆。当时的我做梦也没有料到会成为职业作家。开始打算入行继续创作小说则是在写完《夏与冬的奏鸣曲》之后。

在《有翼之暗》中我思考的问题是，由谁来攀登顶点。当然，从创作《MESSIAH》的时候开始便是如此。本格推理，又有名侦探，在这种情况下独享此地位的通常是侦探。所以侦探才会被称为名侦探，贯穿整个系列解决谜案，最终为作品拉下帷幕。然而，自从我在高中时读了《十日惊奇》，不知为何很抵触这种单纯的名侦探大获全胜的故事。话虽如此，以凶手的胜利告终则又抛弃了本格推理——尤其是名侦探推理类作品所宣扬的劝善惩恶。劝善惩恶类作品给人带来的畅快感毕竟不同凡响，所以不让凶手受到相应的惩罚是不行的。

只有一人能登上作品的最高峰，由谁来占据这个位置呢？侦探还是凶手，抑或是其他人呢？也许是谬论，我认为后期奎因问题如果换一种表述方式，其实就是"如何能保证侦探抵达至高点呢"。

侦探能成为神吗？

从最初《MESSIAH》的这个标题就能看出，作品中会出现若干个"神"的形象。不过，和后来的成品不同，当时我的想法还只是简单的"第一推动者＝神"，类似"亚里士多德＝托马斯·阿奎纳斯"的模式。也就是说，唯有拉下最后一块帷幕的人才能获得"神"也即"第一推动者"的资格。

一场为取得唯一绝对地位的障碍跑比赛。修改《有翼之暗》时，我在这方面做了进一步强调。而实朝君则有幸得到了这个地位，但其实这偏离了我原来的主旨。

我这么说是因为，如果这是一个无法完全确定线索真伪的世界，那么绝对的神之地位自然也会随时翻转，亦即所谓"无限循环阶梯"。

作品中，实朝君貌似顺利地收了尾，但他也只是一尊"临时"神。世间认为是木更津破的案，而读者认为是实朝破的案，两者若是不对等可就麻烦了……因此在最后一章里，虽然实朝在与真凶对话，但文中除去一处①，并未点明对方的主语。而那一处又是第一人称的视角叙述，所以是实朝本人认定的主语。没点明主语这一点，同时也可表示实朝本人其实也不这么认为。

当然，今后我也不会明示此人是谁。因为即便点明也没多大意思吧（我曾以《无限循环阶梯篇》为名在社内发表过一次，如我所料被批为画蛇添足）。而且，如此一来上层便被确定，但这又是另一尊"临时"神，于是我就必须再次暗示上面还有一层。

既然我无法把"绝对之物"带入节节攀升的故事，就只能进行暗示处理。这就是我当时（现在也是？）的结论。

---

①见三百零一页加了着重号的"她"。

再来说说这本书，我重新读过一遍后，发现了不少让人害臊的地方。怎么说呢，就是很拙劣吧。要是没有宇山先生恐怕这本书不会问世，直到现在我都非常感激他。

文中完全暴露了我当时的爱好，以至于我突然想起自己有十年没听卡尔·伯姆指挥的莫扎特的《安魂曲》，忍不住就从架子上拿出一盘听了起来。古斯塔夫·马勒的音乐也是当时我所热衷的。《MESSIAH》的扉页图采用了经过二次设计的埃尔泰的版画，而伯恩斯坦的第二张专辑（德意志留声机公司出品）的封面用的也是这幅版画。

前面说到的"黑死馆"和奎因也是如此，喜好的东西自然而然地就会直接出现在作品中，真是觉得很难为情。与故事相关的俄罗斯口味也是受鲇川哲也老师的影响。在大学里，我专攻的第二外语是俄语，直到现在签名用的也是俄语。我所在的电子系专业里，大家基本都选德语或法语，学俄语的奇人只有两个。

说到鲇川老师的影响，麦卡托鲇的"鲇"也是其中之一，《有翼之暗》这个书名也模仿了鲇川老师的《戌神看到了什么》的临时标题——《有翼之靴》[①]。

然后，有一件事我必须做出诚挚的反省，不能光害臊一下就完了。那就是我竟敢随意编造炫学的内容。作品中的一部分炫学内容是假的。说是不知天高地厚吧，其实是我自作聪明地认为：反正都只是一些小点缀，读者不会仔细阅读，胡扯几句也不要紧吧。

出于类似的理由，实朝和夕颜的对话也被我故意写得乱

[①]《戌神看到了什么》（《戌神はなにを見たか》）在出版前的预告里，书名是《有翼之靴》（《翼ある靴》）。

七八糟。在最初的《MESSIAH》里，他俩的交谈还是很平常的。

此等轻慢之极的态度，说到底就是觉得"反正就写这么一篇嘛"，有点胡乱写写的意思，说得不好听就是一种业余心态吧。当时我丝毫没有想到这本书竟会成为我的代表作之一，直到二十年后都有人阅读。事实上，从第二作开始，虽然有不少因无知而犯下的错误，但我已经不再信口开河了。

这次新装版出炉，但抱歉的是，我几乎没做修改。文章仍像以前一样难读。

原因有二。其一，不管怎么说这是我的出道作，包括苦涩的部分在内，我想尽可能地保持原样。其二，拙劣之中自有不同寻常的气势，我怕凭自己现在的力量，改得不好可能会丧失这种气势。满纸胡诌的炫学似乎也如实反映了当时那个不知利害、见识浅薄的我，所以我一概保留，未加修改。

等哪天具备了与改稿相匹配的能力，我还是想做一次全面修改的，只是究竟会在什么时候呢……

总之，《有翼之暗》有好亦有坏，乃我青春之作。

二〇一二年二月

TSUBASA ARU YAMI MERUKATORU AYU SAIGO NO JIKEN
© Yutaka Maya 1996
All rights reserved.
Original Japanese edition published by KODANSHA LTD.
Publication rights for Simplified Chinese character edition arranged with
KODANSHA LTD. Through Kodansha Beijing Culture Co., Ltd. Beijing, China.
Simplified Chinese edition copyright: 2025 New Star Press Co., Ltd.
All rights reserved.

图书在版编目（CIP）数据

有翼之暗 /（日）麻耶雄嵩著；张舟译. — 2 版.
北京：新星出版社, 2025.3. — ISBN 978-7-5133-5789-0

Ⅰ. I313.45
中国国家版本馆 CIP 数据核字第 2024XP6666 号

午夜文库
m
谢刚 主持

有翼之暗

[日] 麻耶雄嵩 著；张舟 译

责任编辑	刘 琦	责任校对	刘 义
责任印制	李珊珊	装帧设计	冷暖儿
封面绘制	KEN		

出 版 人 马汝军
出版发行 新星出版社
（北京市西城区车公庄大街丙 3 号楼 8001　100044）
网　　址 www.newstarpress.com
法律顾问 北京市岳成律师事务所
印　　刷 北京盛通印刷股份有限公司
开　　本 910mm×1230mm　1/32
印　　张 10
字　　数 147 千字
版　　次 2025 年 3 月第 2 版　2025 年 3 月第 1 次印刷
书　　号 ISBN 978-7-5133-5789-0
定　　价 56.00 元

版权专有，侵权必究。如有印装错误，请与出版社联系。
总机：010-88310888　　传真：010-65270449　　销售中心：010-88310811